KB059066

오모리 후지노
OMORI FUJINO

일러스트 **하이무라 키요타카**
KIYOTAKA HAIMURA

캐릭터 원안 **야스다 스즈히토**
SUZUHITO YASUDA

김민재 옮김

사내는 무언가에 홀린 것처럼 구멍을 파고 또 팠다.

던전에서 만남을 추구하면 안 되는 걸까 외전

소드 오라토리아 7
Sword Oratoria

© Kiyotaka Haimura

CONTENTS

프롤로그 ◆ Villains   003

1 장   ◆ 미궁도시의 지금   011

2 장   ◆ 던전 트랩   051

3 장   ◆ 죽음의 연회   105

4 장   ◆ 검의 바람이 되어   159

5 장   ◆ 노곡총전(怒哭總戰)   249

에필로그 ◆ 절망한 자는 ——   301

소드 오라토리아 7

Sword Oratoria

던전에서 만남을 추구하면 안 되는 걸까 외전

오모리 후지노 지음 ┃ 하이무라 키요타카 일러스트
야스다 스즈히토 캐릭터 원안 ┃ 김민재 옮김

S NOVEL

커버 그림, 본문 일러스트 | **하이무라 키요타카**

Villains

Гэта казка іншага сям'і.

злыдні

© Kiyotaka Haimura

수많은 촛불에 비친 지하공간이었다.

입가까지 가린 두건 위에 서클릿을 착용하고 대형 로브를 입은 수많은 이들이 넓은 석실을 가득 메웠다. 그 광경은 지하조직, 비밀교단, 그런 표현이 딱 어울렸다.

엄숙하고 숙연하면서도 모두가 눈동자 속에 '열'을 머금고 있었다.

정적에 달라붙은 기이한 열기가 그곳에 있었다.

"주신이시여, 새로운 우리의 동포를 축복하여 주소서. 부디 은혜를."

평범한 석제 홀은 제단처럼 장식되었으며 중앙의 벽에는 신의 파벌을 나타내는 휘장이 있었다.

철과 청동의 심장, 그리고 사신의 낫을 방불케 하는 까만 외날개의 엠블럼.

그 앞에 무릎을 꿇은 자는 로브만을 걸친 엘프 미녀였다. 높은 지위를 나타내는, 색이 다른 로브 차림의 사내가 목소리를 높이자 그녀의 눈앞에 한 남신이 나타나 섰다.

퇴폐적이면서 요염함을 띤, 아름다운 남신이었다.

여성처럼 긴 머리카락은 비단과도 같이 매끄러웠으며 색은 짙은 보라색. 키는 크고 몸의 선은 가늘다. 너덜너덜한 흑의를 걸쳤으며 입술에는 요염한 미소를 머금고 있었다.

머리카락과 같은 색을 띤 눈은 엘프 여자를 앞에 두고 가늘어졌다.

"시, 신이시여…… 정말로, 정말로 저의 바람을 들어주시는 것입니까?"

"물론. 나와 계약을 맺는다면. 서약에 대해서는 이미 들었겠지? 나의 신의에 따를 때…… 반드시 네가 갈 길에 약속을 지켜주마."

요사스러우면서도 축복에 가득 찬 신성한 웃음이 드리워졌다.

이에 매달리는 듯한 눈빛을 띤 여성은 떨리는 손으로 가만히 로브를 걷고 신 앞에 등을 드러냈다.

그곳에 세례를 내리듯, 나이프로 벤 신의 손가락에서 붉은 피가 뚝뚝 떨어졌다.

'팔나'를 내리는 것이다.

남신이【히에로글리프】를 다 새기자, 그 자리에는 새로운 신의 권속이 탄생했다.

"너희도! 약속의 날을 맞이했을 때 내가── 이 타나토스가 모든 바람을 성취시켜주마! 나의 이름에 맹세코!"

그 순간 로브를 입은 자들이 환성을 질렀다.

감격에 북받친 것처럼 몸을 떨며, 어떤 자는 눈물까지 흘리며 무시무시한 열광에 휩싸였다.

"타나토스 님 만세!"

"부디, 부디 우리의 바람을!!"

신의 이름은 이윽고 한목소리가 되어 석조 홀을 쩌렁쩌렁 진동시켰다.

제단에서 그들을 내려다보는 남신―― 타나토스는 웃음을 지었다.

권속들의 목소리가 끊어지기 전에 등을 돌리고 홀의 밖, 어두운 통로로 나아갔다.

푸른 마석등 빛이 일렁이는 어스름한 통로, 메아리치는 한 사람의 발소리.

그렇게 걷기를 한동안, 벽에 기대 선 여자가 신 앞에 나타났다.

"수고 많으셨어, 타나토스 님~."

몬스터에게서 드롭된 모피가 달린 오버코트를 걸친 휴먼이다. 코트 안쪽의 상반신은 가슴을 가리기 위한 속옷뿐이었으며, 하반신에는 가죽제 바지를 입었다.

얼굴에 지은 웃음은 그야말로 비웃음이었다.

"위대하신 신 행세도 이제 제법 폼이 나는데?"

"――그렇지도 않아. 막 부담스럽단 말이야, 이거. 나랑 바꿀래, 바레타?"

그 순간 타나토스의 요염한 분위기는 온데간데없이 사라졌다. 늘어지는 눈꼬리와 헤벌쭉한 웃음은 경박함을 넘어서, 그야말로 한가함을 주체하지 못하는 신들과 똑같아졌다.

위엄도 어이없이 사라져, 유일하게 남은 것은 퇴폐적인 분위기뿐이었다.

"바~보. 누가 바꿔줄 줄 알아? 게다가 신인 댁이 안 하면 의미가 없잖아. 멍청이들의 바람을 들어주겠다고 위엄을 철철 드러내줘야 설득력이 생기지."

"나도 알아, 나도. 내 말을 들어줄 애들은 얼마든지 있어도 모자라고……. 하계의 위정자들은 언제나 이렇게 행동하나? 조직이 커지는 것도 힘들어."

바레타라 불린 여자는 기대섰던 벽에서 떨어져 타나토스의 뒤로 다가왔다.

"근데 뭐 볼일이라도? 그냥 놀리러 온 건 아니겠지?"

"손님이야. 봐봐."

바레타가 턱짓을 한 통로 저편에는 피처럼 빨간 머리카락이 출렁이고 있었다.

녹색 두 눈에 냉랭한 표정.

인간도 괴물도 아닌 존재, '괴인'이라 불리는 붉은 머리 여자였다.

"아아, 레비스? 오랜만이야. 무슨 일로 왔어?"

"에인(가면인물)의 메시지를 가져왔다. 『이제 곧 【로키 파밀리아】가 찾아온다』."

웃음을 지으며 그녀에게 다가가려던 타나토스는 우뚝 걸음을 멈추었다.

"……아~ 역시 오는 거야? 근데 그쪽, 지하 팀의 의향은 어때?"

"이곳으로 유인해. 그리고 가둬버려. '아리아' 이외의 놈들은 전부 죽이고."

"아리아…… 아아, 【검희】 말이구나. 레비스는 어떻게 할 건데?"

"――나는 아리아를 해치운다."

마지막 한 마디를 내뱉으며 한순간 어조가 강해진 여자에게서는 심상찮은 분위기가 풍겼다. 그것은 위압감, 혹은 존재감이라 부를 만한 것이었으며, 과거 【검희】라 칭송을 받던 소녀와 교전했을 때와는 이미 다른 차원에 있었다.

가늘어진 두 눈이 살기를 띠었다.

"잠깐 기다려봐, 레비스. 그쪽의 조건은 받아들일 테니까 말이야, 이쪽 말도 좀 들어줘야지. 아니, 솔직히 좀 도와줘. 【로키 파밀리아】는 장난이 아니라 진짜 강하잖아."

"난 모른다. 네놈들끼리 알아서 해."

"너무 그러지 말고요. 여긴 일단 지상이잖아. 유인하는 건 좋지만, 그 '정령들'이 들통 나는 것도…… 곤란하지?"

"…………."

발을 돌리려 하던 괴인 여자의 어깨에 타나토스는 겁도 없이 손을 얹었다. 그 손을 철썩 쳐낸 레비스는 빤히 남신의 눈을 바라보았다.

"아리아는 내가 해치우겠어…… 그걸 약속하겠다면, 들어주지."

대답을 기다리지 않고 레비스는 이번에야말로 통로 저편으로 사라졌다.

처음부터 끝까지 냉담했던 지하세계의 주민에게 타나토

스는 어깨를 으쓱하면서도 어딘가 즐거워하는 눈치였다.

"타나토스. 핀은 내가 해치울 거야. 무조건. 알았어?"

"아, 그쪽도 악연이 있었다고 했지? 좋아, 맡길게. 솔직히 너 말고는 맡길 사람이 없지만."

흉흉한 웃음을 짓는 바레타에게 타나토스는 고개를 끄덕였다.

음울한 분위기를 뿌려대던 남신은 문득 마지막으로 무언가를 떠올렸다는 듯 말했다.

"아, 바르카 좀 불러와줘."

까앙, 까앙.

어두운 통로에 울리는 소리가 있었다.

망치와 끌을 쓰는 그 사내의 손은 얼마나 오래 작업을 했는지 피딱지로 지저분했다.

왼쪽 눈을 가리는 긴 앞머리, 오른쪽 눈 밑에 생긴 시커먼 피로의 흔적.

피부는 지상의 빛을 잊어버린 듯 새하얗다.

움직이는 인형처럼 하염없이 작업을 반복하는 사내는, 무언가에 홀린 양 구멍을 파고 또 팠다.

미궁도시의
지금

1장

Гэта казка іншага сямі.

Цяпер лабірынта горада

© Kiyotaka Haimura

"끄으으으응······!"

레피야는 떨고 있었다.

제어할 수 없는 감정이 몸을 흔들어대, 언어를 이루지 못하는 목소리가 조그만 입술에서 새나왔다.

그것도 모두, 홈을 뒤흔들고 있는 '어떤 소식' 때문이다.

"그 자식······!!"

"아우, 베이트! 빨랑 보여달라니깐—?!"

홈의 대식당에서는 베이트가 정보지를 으스러져라 움켜쥐고, 티오나가 고함을 지르며 재촉했다.

주위에서는 아이즈나 티오네, 라울이며 아키 같은 이들이 베이트와 티오나를 에워싸고 있었다. 제1급 모험자에서 하급 단원에 이르기까지 그 '어떤 소식'에 경악과 흥미를 드러냈다.

오늘 아침의 일이었다.

어떤 '이벤트'의 흥분이 채 가시지도 않은 가운데, 모험자들을 술렁이게 만드는 소식이 오라리오를 휩쓸었던 것이다.

──소요 기간 1개월.

──벨 크라넬, Lv.3 도달.

거슬러 올라가기를 일주일 전.

【헤스티아 파밀리아】와 【아폴론 파밀리아】 사이에서 '워

게임'이 치러졌다.

두 파벌의 갈등과 항쟁에서 비롯된 '신들의 대리전쟁'. 오락을 좋아하는 신들에 의해 온 오라리오가 말려드는 축제로까지 발전했던 그것은 놀랍게도 약소 파벌 【헤스티아 파밀리아】의 극적인 승리로 막을 내렸다. 주위의 예상을 뒤집어버리는 자이언트 킬링이었다.

그리고 오라리오를 크게 뒤흔들었던 사건의 열기가 채 가시기도 전에 이 소식이 터진 것이다. 온 도시의 모험자들과 마찬가지로 【로키 파밀리아】 멤버들이 놀라는 것도 무리는 아니었다.

"이거 봐, 이거 봐, 아이즈! 아르고노트 군이 Lv.3이래—!! 굉장하지—?!"

"응…… 굉장히, 굉장해."

"그렇지만 암만 생각해도 한 달 만에 【랭크 업】이라니 이상하잖아……. 어빌리티 올 S…… 미노타우로스를 잡았을 때 그거하고도 뭔가 관련이 있을까? 어떻게 생각해, 리베리아?"

"끊임없는 노력, 만 가지고는 분명 불가능하겠지. 확인되지 않은 '발전 어빌리티', 아니, '레어 스킬' 같은 것이라 생각하는 편이 타당하지 않을까."

"음— 뭐, 특별한 능력이 있었다 해도 거기에만 만족했다면 미노타우로스는 물론이고 【포이부스 아폴로】…… 제2급 모험자였던 히아킨토스를 쓰러뜨릴 수는 없었을 거야."

"쳇!"

희색만면 웃음을 짓고 흥분하는 티오나와 깊이 감개무량한 듯 연신 고개를 끄덕이는 아이즈. 의구심을 넘어 어이없어하는 티오네의 물음에 리베리아가 생각에 잠기고, 핀이 어딘가 유쾌하다는 듯이 평가를 내렸다. 요란하게 혀를 찬 것은 물론 베이트였다.

바로 곁에서는 캣 피플 아나키티와 휴먼 청년 라울이,

"벨 크라넬이라면 분명 여기에도 왔었지?"

"그렇지 말임다. 아이즈 씨랑 만나게 해달라고. 그때는 다들 화내고 난리도 아니었지 말임다……."

【파밀리아】의 제2군 멤버들끼리 이야기를 나누고 있었다.

여러 가지 사건으로 벨 크라넬에게 악감정을 품었던 하급 단원들도 이번 소식에는 혀를 내두르고 있었다. 자신보다 Lv.이 높은 상대를 앞에 두고 한 발도 물러나지 않던 호승심을 보여주었던 소년을 인정하지 않을 수 없다는 분위기였다.

핀을 비롯한 수뇌진도 포함해, 대식당은 이제 리틀 루키의 화제 일색이었다.

"아이즈랑 내가 도와준 보람이—— 아차차, 이건 비밀이었지. 에헤헤. 그래도 어쩐지 신난다~. 가슴이 막 두근거려!"

소년의 소식에 괜히 기분이 좋아진 티오나를 중심으로

이채를 띠는 동료들의 모습을 바라보며, 레피야는 역시 혼자서만 몸을 떨고 있었다.

'이게 대체 어떻게 된 거예요! 뭔가 이상하지 않냐구요?!'

【헤스티아 파밀리아】의 자이언트 킬링은, 뭐 좋다 치자.

좋다 치는 정도가 아니라 엄청난 쾌거지만 지금은 차치하고.

'티오네 씨 말대로, 암만 그래도 너무 빠른 거 아니냐고요! 반칙 아니냐고요……! 얼마 전에 막 Lv.2로【랭크 업】하지 않았냐고요!!'

아닌 밤중에 홍두깨란 바로 이런 일을 두고 하는 말이다.

애초에【로키 파밀리아】가【칼리 파밀리아】와 결판을 내고 항구도시 멜렌에서 귀환한 후 눈 깜짝할 사이에 벌어진 일이었다.

피로가 남아 홈의 침대에서 밤을 지새우고 있으려니, 헤스티아 파벌과 아폴론 파벌의 항쟁이 발발하고, 그 후로는 신이 난 신들——주신 로키도 착실하게 가담했다——이 불을 붙여서, 이러니저러니 하는 사이에 '워 게임'이 개최되었다.

결정타로【리틀 루키】의【랭크 업】까지.

레피야의 입장에서 보자면, 여행에서 돌아오자마자 소년이 자신과 같은 Lv.3이 된 것이다.

극동의 동화에 나오는 용궁성에라도 다녀온 기분이었다.(일본의 동화 '우라시마 타로'에 빗댄 말. 용궁에 간 우라시마 타로가 용

숭한 대접을 받고 돌아왔더니 지상에서는 엄청나게 오랜 세월이 흐른 후였
다는 이야기)

'난 Lv.3 되는 데 2년이나 걸렸는데……!'

레피야는 언제든 Lv.4로 【랭크 업】이 가능하지만, 흰토
끼의 맹추격은 그런 레피야를 언제든 추월해버릴 기세였
다. 자칫하면 들떠 있던 레피야를 들이받아 날려버릴 것만
같은 일격, 정도가 아니라 충격이었다.

단원들의 손을 돌고 돌아 자신에게까지 온 '워 게임'의
기사, 소년의 얼굴 캐리커처를 보고 부들부들 떨던 두 손
에 정보지가 당장이라도 구깃구깃 비명을 지를 것 같았다.

"저기저기, 레피야! 레피야는 아르고노트 군, 을…….."

"저도 마음만 먹으면 Lv.4가, 딱히 분하지는……! 아뇨
거짓말이에요열받을정도로거짓말이에요, 이런소릴하고있
을때가아니죠! 이대로는눈깜짝할사이에…… 지고있을수
없어……!!"

말을 걸었던 티오나의 목소리를 차단시켜버릴 정도로
중얼중얼중얼중얼거리는 레피야에게서 귀기가 느껴졌다.
그녀의 등 너머로 엘프의 숲에서 일어난 산불의 환영을 본
티오나와 단원들이 사사삭 거리를 벌렸다.

소년에게 대항의식을 불태우는 엘프 소녀는 결의를 새
로이 다졌다.

"레피야가, 어쩐지 무서워~."

"응, 레피야도…… 굉장히 굉장해."

© Kiyotaka Haimura

"한참 감수성이 풍부할 시기니 가만히 두자."

솔직한 감상을 늘어놓는 티오나에게 아이즈가 고개를 끄덕였다. 리베리아는 레피야의 마음을 헤아린 것처럼 연장자의 말을 덧붙였다.

강함을 추구하는 아이즈도 아이즈 나름대로, 솔직히 말하자면 이번 【리틀 루키】의 【랭크 업】에는 엄청나게 관심이 갔지만…… 레피야의 모습에 압도당하고 말았다.

다음에 다시 한 번 만나볼까, 하고 금발금안의 소녀는 소년의 얼굴을 떠올렸다.

"아침부터 소란스럽지만요…… 단장님."

"왜 그러지, 티오네?"

"뭐 게임이니 뭐니 여러 가지 일이 있었지만, 앞으로는 어떻게 하실 건가요? 결국 멜렌은 던전의 두 번째 출입구와 관계가 없었고…… 다음번 목표는 뭐죠?"

레피야와 아이즈, 다른 단원들을 흘끔 보며 티오네가 핀에게 물었다.

얼마 전 【로키 파밀리아】가 오라리오 밖의 항구도시로 갔던 것은 던전의 두 번째 출입구가 존재하는지를 밝혀내기 위해서였다. 이블스의 잔당, 그리고 '더럽혀진 정령'의 암약을 저지하기 위해.

"음— 아마 로키가 조만간 지시할 거라 생각하지만……."

티오네의 질문에 파룸 두령은 반쯤 확신하듯 자신의 예상을 밝혔다.

"'다이달로스 거리'를 조사하게 되지 않을까?"

"그라믄 역시 '다이달로스 거리'가 수상하다 카는 거네?"

로키는 그렇게 말하고 눈앞에 있는 신들의 얼굴을 둘러보았다.

장소는 고급 주점. 정보가 외부로 새나가지 않는 차음성이 뛰어난 특별실이었다.

"그렇다기보다는, 이제 거기 말고는 안 남았다고 해야겠지."

"지난 3주 동안 디오니소스나 우리 애들이 온 도시의 수상한 곳을 모조리 다 뒤졌는데 전부 허탕이었어. 그럴듯한건 나오지 않았다고."

원탁에 자리를 잡은 디오니소스와 헤르메스가 대답했다.

【로키 파밀리아】가 멜렌에서 귀환하고 처음으로 마련된밀회 자리였다. 오랜만에 모인 세 신은 정보를 공유하고있었다.

각자 호위로 동반시킨 엘프 피르비스, 시앙스로프 루루네, 그리고 드워프 가레스가 지켜보는 가운데 보고를 나누었다.

"내는 첨부터 그짝 찍어놓기는 했다. 나무를 감추려면숲속에, 던전 입구를 감추는 것도 미궁 속에, 라 안하나.

도대체 와 이제까지 거기 손을 안 댔노?"

"아니아니, '다이달로스 거리'도 조사하기는 했어, 로키. 다만 성과가 없었지. 넓은 오라리오 내에서도 거긴 좀 지나치게 특수하거든."

원탁에 놓인 포도주를 물처럼 들이켜는 로키에게 헤르메스가 쓴웃음과 함께 어깨를 으쓱했다.

실제로 세 파벌이 결탁해 던전의 두 번째 출입구를 찾기로 했을 때, 로키 자신도 말했다. 수상한 곳은 대충 감을 잡았다고.

그것이 '다이달로스 거리'.

어떤 '명공'이 만들어낸, **지상의 던전**이라고도 불리는 영역이다.

"그 구역만은 아직도 전모를 파악한 사람이 없어. 바벨 이외의 던전 입구가 여전히 알려지지 않은 점을 생각해보면, 로키 말대로 가능성은 충분히 있지. ······무엇보다 '다이달로스 거리'의 위치는 '몬스터 필리아'가 개최됐던 도시 동쪽하고 아주 가깝고."

식인꽃이 출현했던 '몬스터 필리아' 사건을 언급한 디오니소스에게 로키가 고개를 끄덕였다.

"그럼 마 얘기 끝났구마. 다음 목표는 '다이달로스 거리'데이. 내일 당장이라도 조사하러 갈란다."

"그래도 괜찮겠어, 로키?"

"어느 입으로 그런 소릴 하고 앉았는데. 이번에도 전부

내한테 떠넘길라 카면서?"

흘겨보자 두 남신은 짐짓 하하하 웃음을 지었다. 사실은 사이가 좋은 거 아닐까 억측하고 싶어질 정도로 호흡이 착착 맞는다. 이젠 푸념하기도 귀찮다는 양 로키는 콧방귀를 뀌었다.

"마, 어쨌든 날짜가 지나서 우리 애들도 쫌 쉬었고…… 적의 윤곽도 겨우 뚜렷하게 보이는 데까지는 왔데이."

여러 사건을 추적하며 단서를 발견하고, 진상으로 이어지는 가느다란 선을 따라왔다. 로키는 적의 맨얼굴이 또렷이 보일 위치에 이르렀다는 뜻을 내비쳤다.

"오라리오를 어떻게 하겠다는 문디 같은 생각이랑 같이 냅다 밟아삐고, 대가는 내 단단히 받아낼기라."

조용히 말하는 여신의 입가에 떠오른 호전적인 웃음에 루루네와 피르비스가 압도된 것처럼 몸을 움찔거렸다. 로키의 곁에 대기했던 가레스만이 싸울 의욕 넘치는 주신의 말에 슬쩍 한숨을 쉬었다.

권속들이 저마다 반응하는 가운데, 헤르메스는 여리여리한 미소를 무너뜨리지 않고 질문했다.

"근데 로키, 멜렌 쪽은 어땠어? 생각보다 일이 커졌던 것 같던데."

"마, 요란하게 싸웠던 칼리네는 사건에 무관한 것 같았데이. 캐도 수확은 있었다."

로키는 자신이 얻은 정보를 원탁 위에 펼쳐놓았다.

뇨르드가 거래했다는 수수께끼의 휴먼 사내, 그리고 또 하나는 멜렌에 식인꽃을 가져다주었다는 【이슈타르 파밀리아】였다.

"바다의 치안을 지키기 위해 식인꽃을 사들이다니, 뇨르드도 과감한 짓을 했군……. 그런데 거래를 했다는 이 휴먼과 접촉한 장소는 어디지?"

"뇨르드 말로는 도시 지하수로에서 만났다 카데. 이블스의 잔당인지는 모르겠고, 이 음침~할 것 같은 얼라가 뭔가 단서를 가졌다는 건 확실할기라."

뇨르드가 그린 정밀한 초상화가 테이블 위에 놓였다. 왼쪽 눈은 앞머리에 가려졌지만 드러난 오른쪽 눈은 움푹 들어가 '음침하다'는 로키의 표현이 딱 어울렸다. 어두운 얼굴은 숫제 무언가에 홀린 것처럼 보일 정도였다.

"남은 건 이슈타르로군. 장소나 정체를 아는 만큼 정보를 캐내는 것 자체는 금방 가능하겠지만……."

왕자와도 같은 얼굴을 찡그리는 디오니소스의 말에 로키가 수긍했다.

"하모. 까놓고 말해서 그쪽이 훨씬 귀찮을기라. 내 듣기로, 뇨르드랑 마찬가지로 이 휴먼하곤 이해관계로 엮인 깃 같다."

【이슈타르 파밀리아】는 오라리오 내에서도 손꼽히는 대형 파벌이다. '바벨라'라 불리는 전투창부를 비롯한 전력도 전력이지만, 영역은 창관 거리—— 환락가의 대부분에 이

른다. 도시 내에서도 중요한 역할을 가진 '밤의 거리'를 다스리는 그녀의 파벌에는 길드도 강경한 태도를 보이지 못하는 것이 현실이다.

만약 잘못해서 항쟁을 벌이게 된다면 환락가를, 그리고 여기에 관여한 세력을 모두 상대하게 될지도 모른다. '미의 신'을 숭배하는 자들도 많으므로 그들의 반발이나 제재 또한 있을 수 있다.

무엇보다 멜렌 때도 그랬듯, 이슈타르는 머리가 비상하다.

불온분자로 거론된 '미의 신'에 대해 로키는 참으로 성가시다는 표정을 지었다.

"이슈타르라……."

그리고 그때.

이제까지 무언가 생각에 잠겨 입을 다물고만 있던 헤르메스가 중얼거렸다.

"마침 잘 됐군…… 로키, 디오니소스. 그녀에게서 정보를 캐내는 건 나한테 맡겨주겠어?"

"아앙?"

역할을 자청한 헤르메스를 보고 로키와 디오니소스는 나란히 의아하다는 표정을 지었다.

"머고, 갑자기. 니 평소엔 귀찮은 일 떠넘기는 주제에 이번엔 상당히 적극적이구마?"

"하하하. 나도 할 때는 한다고, 로키."

"상대는 오라리오에서도 손꼽히는 【파밀리아】야. 섣부른 짓을 했다가는 순식간에 지워져버릴 텐데?"

헤르메스는 디오니소스의 말에 웃으며 대답했다.

"뭘, 괜찮아. 때마침 지금은 이슈타르에게 '의뢰'를 받고 있거든. 지금이라면 아무 의심도 사지 않고 본거지까지 들어갈 수 있어. 게다가 여차하면…… 내 귀여운 아이들이 어떻게든 해주겠지!"

"엑, 우린 끌어들이지 마세요, 헤르메스 님……."

주신의 진담인지 농담인지 알 수 없는 말에 호위로 따라온 루루네가 처량한 표정을 지으며 개 꼬리를 축 늘어뜨렸다.

"로키도 이렇게 빈정거리니 일은 확실히 하고 올게. ……이슈타르 님의 '처리'는 내게 맡겨줘."

마지막으로 희미한 웃음을 짓더니, 헤르메스는 자리에서 일어났다. 그리고 루루네를 이끌고 방을 나갔다.

"……저녀은 진짜 소란스러운 바람 같데이. 대충대충 할 때는 철저히 대충대충이고, 뜬금없이 싸돌아다니기도 하고."

"헤르메스의 저 성격은 어제오늘 이야기가 아니지……만."

참으로 민폐스럽다는 듯 얼굴을 찡그리는 로키와 함께 고개를 설레설레 흔든 디오니소스는 헤르메스가 나간 방문을 바라보았다.

금색 앞머리를 출렁이며 유리색 눈을 가늘게 뜬다.

"로키…… 헤르메스를 조심해."

"아앙? 머고, 뜬금없이? 그 여리여리한 자슥이 보통내기 아니란 건 새삼스럽지도 않구마."

디오니소스는 문 쪽을 바라본 채 진의를 털어놓았다.

"너도 알았을지 모르겠지만, 헤르메스는 우리하고 손을 잡았으면서 우라노스하고도 이어져 있어."

"…………"

"권속을 잃은 개인적인 원한, 똑같은 피해자…… 우리하고 손을 잡았을 때 녀석이 한 말은 적어도 본심이었다고 생각해. 하지만 동시에, 그의 움직임은 우라노스의 신의에 따른 것이기도 할 거야. 필요 이상의 정보를 제공하고 자유로운 행동을 허락하면, 우리가 우라노스의 손바닥 위에서 놀아나게 될지도 몰라."

길드의 주신을 거론한 디오니소스는 자신의 우려를 밝혔다. 그의 얼굴에는 우라노스에 대한 불신감과 불쾌감이 생생히 떠올랐다.

"그걸 알믄서 와 그 여리여리한 놈하고 동맹 같은 걸 맺었노?"

"이용할 수 있으리라 보았을 뿐……. 그리고 그 외에는, 우라노스가 뭘 숨기고 있는지, 그걸 알고 싶었어."

금발 남신은 로키에게 시선을 되돌렸다.

"로키, 정보를 캐러 갔던 네가 말했듯 우라노스는 어쩌면 결백할지도 몰라. 하지만 '더럽혀진 정령'을 둘러싼 이 사건과 무관하다 해도, 그 노신이 숨겨놓은 '무언가'는 이 사건보다도 더 성가셔서 오라리오에 혼란을 가져올 것 같다……. 난 자꾸만 그런 생각이 들어."

길드를, 우라노스를 신용할 수 없는 이유는 그 점이라고 확실히 밝혔다.

어쩌면 노신의 신의에는 '재앙'이 숨어 있을지도 모른다고.

로키는 입을 다문 채 긍정도 부정도 하지 않았다.

"그리고 거기에 더해서…… 헤르메스도 자신만의 목적을 가진 것 같아."

"?"

"그는 우리에게 힘을 보태주고, 우라노스의 개 행세를 하면서── 자기가 바라는 신의를 이루려고 해. 아까의 그 웃음을 보고 난 그렇게 느꼈어."

디오니소스는 이때 처음으로 정체 모를 이상사태를 경계하듯 입을 다물었다. 그의 등 뒤에 있는 피르비스, 로키의 곁에 서 있는 가레스가 조용한 표정으로 귀를 기울였다.

"조심하라고 했던 건 그런 이야기였어. 파란이 한두 가지 정도는 더 생길 것 같아."

"…………."

마음을 다잡은 남신이 지친 듯 한숨을 내쉬고, 완전히 식어버린 홍차에 입을 가져다댔다.

맞은편에 앉은 디오니소스를 흘끔 쳐다본 후 로키는 방문으로 눈을 돌리고 조금 전 헤르메스가 보인 의미심장한 웃음을 머릿속에 그리고 있었다.

✦

'다이달로스 거리'는 오라리오 남동쪽에 있는 광대한 주택가다.

주택가라는 이름을 달고는 있지만 구조는 복잡기괴하기 이를 데 없다. 중층구조는 상하로 뻗어나가는 계단을 수없이 만들어내며, 복잡한 길이 구역 구석구석까지 범람한다. '지상의 던전'이라는 형용 그대로 외부 사람은 물론이고 이곳에 사는 주민들조차 한번 길을 잘못 들면 빠져나오지 못할 정도다.

착공한 것은 수천 년 전, 바로 신들이 강림한 직후, 구시대와 '신시대(神時代)'의 경계.

설계자는 이름의 유래이기도 한 명공 '다이달로스'.

옛 기술자가 오라리오에 남긴 유물이다.

"언제 봐도 대단해, 여긴~."

"만약 길을 잃었다간 여러분하고 합류할 자신이 없어요……."

해가 동쪽 하늘에서 중천으로 향할 무렵, 【로키 파밀리아】는 '다이달로스 거리'에 도착했다. 복잡한 미궁거리에 들어서자마자 주위를 둘러보는 티오나의 말에 레피야가 동의했다. 이를 옆에서 들으며 아이즈도 같은 생각을 했다.

빨랫줄에 널린 세탁물, 길가에서 내키는 대로 체스를 두는 노인 등, 주민들의 생활감만 제외하면 차라리 고대의 유적이라고 말해도 될 정도였다.

"내 홈에서도 말했는데, 여기에 우리가 **찾는 기** 있을 가능성은 높데이. 쫌이 아이라 엄청나게 고생할 텐데, 다 같이 조사해보꾸마~."

던전의 두 번째 출입구에 대한 정보는 감춘 채 선두에 있던 로키가 아이즈 일행을 돌아보았다. 이곳에 있는 것은 아이즈를 비롯해, 아니나 다를까 여성 단원뿐이었다.

핀과 같은 남성진은 별도로 행동 중이다.

"알아본다고는 하지만 뭘 어떻게 하라고? 단서는 이 남자 얼굴 그림뿐이잖아?"

"그야 마 꾸준한 탐문하고, 이 잡듯 뒤지는 거 말고 머가 있겠노."

"으아아……."

뇨르드가 접촉했다는 휴먼의 초상화를 든 티오네가 로키의 대답에 신음했다.

이곳 '다이달로스 거리'에 있을지도 모른다는 사람을 찾는 일은, 설령 거액의 보수가 약속된 퀘스트라 해도 오라리오의 모험자라면 절대 받아들이지 않을 것이다.

"【검희】, 【아마존】, 【요르문간드】…… 【나인 헬】까지! 엄청나다~!!"

"얘, 라이! 밀지 마!"

"예쁘고…… 멋있어."

주위에서는 멀리서 구경하는 미궁거리의 주민들이 고명한 도시 최대 파벌의 등장에 예외 없이 술렁이고 있었다. 길을 걷는 제1급 모험자에게 눈을 빛내는 휴먼, 시앙스로프, 하프엘프 아이들의 모습에 아이즈는 흐뭇한 미소를 지었다.

'다이달로스 거리'에는 별로 오고 싶지 않았지만…….'

금색 시선으로 가볍게 훑고 지나가보면, 주민들의 복장은 도시의 메인 스트리트를 활보하는 일반인과 비교해 남루한 사람이 많았다.

'다이달로스 거리'는 도시의 빈민층이 사는 슬럼이기도 하다. 몰락한 모험자나 【파밀리아】가 이곳으로 오는 경우도 적지 않아, 이른바 무뢰배들이 빈번히 출몰한다고 들었다.

주민들의 모습을 봐도 눈에 뜨일 만큼 치안이 나쁘다는 느낌은 들지 않았지만, 도시 내에서도 악당이라 불리는 자들이 모이기 쉬운 것은 사실이다. 던전의 두 번째 출입구가 숨겨진 장소도 그렇고, 악행을 획책하기에 딱 좋은 장소임은 사실이다.

"근데 진짜루 던전보다도 더 던전 같구마, '다이달로스 거리'는."

"무슨 소리인지……. 그보다 이제부터는 어떻게 움직이면 되나, 로키?"

"일단 마 집합장소 정해놓고, 거기서부터 분담해가꼬…… 응?"

리베리아의 질문에 대답하던 로키가 무언가를 발견하고 발을 멈추었다.

아이즈 일행도 그쪽으로 눈을 돌려보니, 건너편의 광장에 인파가 있었다.

사람들의 눈앞, 분수에 등을 돌리고 있던 것은 한 늙은 여신이었다.

"자자, 너희들! 손때 묻은 지저분한 돈을 놓고 가라고! 심신의 군살을 깎아낸 가난의 고통, 청빈이야말로 너희의 영혼을 빛나게 해줄 테니!"

두 손에 든 것은 뼈 붙은 고기와 포도주병.

주름이 진 입가에서는 음식 찌꺼기와 술이 칠칠맞게 뚝뚝 떨어졌다.

신이 두 팔을 벌리자 인파 속에서 함성이 치솟았다.

"아아, 페니아 님!"

"저희가 번 더러운 재물이옵니다. 받아주시옵소서, 페니아 님!"

데미휴먼들이 감격한 얼굴로 수많은 금화를 가져온다.

신의 발치에 놓이는 발리스 금화와 돈자루. 길거리에서

돈을 버는 곡예사나 음유시인을 비웃을 만한 거금이 순식간에 모여들었다.

"뭐야, 저거……."

티오나가 중얼거린 한 마디가 【로키 파밀리아】의 속내를 대변해주었다. 당황한 아이즈 일행은 그야말로 기이한 시선을 보냈다.

"이봐, 거기 서 있는 너희도 나에게 재물을…… 아, 뭐야. 로키잖아."

"페니아…… 니 '다이달로스 거리'에 있었나."

이쪽을 알아본, 별로 신답지도 않은 동포에게 로키 또한 어이없다는 표정을 보냈다.

페니아라 불린 할머니 신을 표현할 말은 남루하다는 한 마디뿐이었다.

로브라고도 할 수 없는 넝마를 걸쳤으며 긴 백발은 부석부석하다. 노파라고는 하지만 신의 일원이니 피부에는 한 점의 얼룩이나 때도 찾아볼 수 없었지만, 위엄이나 엄숙함 같은 개념과도 무관했다.

동화에 등장하는 요염한 마녀가 늙고 타락하면 이렇게 변하지 않을까. 아이즈마저 그런 생각이 들게 만드는 신물이었다.

"로키…… 이 여신하고 아는 사이인가?"

신이라고는 여겨지지 않는 남루한 모습에 기품 있게 눈살을 찡그린 리베리아가 귓속말을 건네자, 로키는 말을 흐렸다.

"마~ 아는 사이랄까 머랄까……."

그녀는 '신들 사이에서는 아마도 모르는 자가 없을 것'이라고 전제를 깔며 설명했다.

"신들 사이에선 말이제, 이넘 이름을 들은 순간 『으아~ 페니아 균 옮는데이~ 도망치라~』라고 하면서, 진짜로 다들 내빼버린데이. 천계에선 아무렇지도 않게 남의 집…… 신전에서 저금이란 저금을 몽땅 털어삐는…… 걸어다니는 가난병인기라."

여신 페니아.

관장하는 사물은 '빈궁'.

신들 중에서도 가장 미움을 사는 신이라고, 로키는 그렇게 설명을 마무리 지었다.

"무슨 실례되는 소리람, 나 원. 가난이야말로 인간도 신도 정화해주는 특효약이거늘! 나를 봐도 무시하지 않는 건 화덕의 여신밖에 없구먼!"

"그 땅꼬마야 땅꼬마임시로 1년 내내 가난뱅이에 빚쟁이라 그런 거 아이가……. 니는 지금 머 하는기고?"

"보면 모르겠나? 가난의 훌륭함을 귀여운 아이들에게 설파하고 있지!"

로키의 질문에 페니아는 씨익 웃으며 큰소리를 쳤다.

듣자하니 이곳에 있는 자는 모두 페니아의 가르침에 동조되어 그녀를 떠받드는 아이들이라고 한다. 개중에는 백

만장자 상인도 있어 그들에게서 필요 없는 금붙이를 받고 있는 모양이었다. 신을 두고 이런 말을 하는 것도 우습지만 마치 신흥종교 같았다.

페니아의 말을 빌리자면, '재물은 정신을 썩게 만든다. 풍요로움은 육체에서 노동을 빼앗는다'.

하긴, 가만히 들어보면 정말로 진리의 측면을 찌르는 것 같기도 하다.

하지만 그 가르침을 역설하는 페니아 본인이 지금도 손에 든 뼈 붙은 고기를 우물우물 맛있게 먹고 있다는 점에서 설득력은 없는 것이나 마찬가지다. 적어도 아이즈 일행의 눈에는 그렇게 비쳤다.

요컨대 페니아는 아이들에게서 돈을 뜯어내며 하계생활을 만끽하는 모양이었다.

"【파밀리아】같기는 하지만…… 【파밀리아】가 아니네."

"하계에 내려온 신들은 '은혜'를 내려주는 대신 권속들에게 도움을 받는 게 보통이라고 생각했지만요……."

"그냥 이 인간들 전부 세뇌당한 거 아냐?"

"일 하나 하지 않고 돈을 벌다니 대단하네~."

【파밀리아】 결성조차 하지 않았다는 페니아의 삶에 아이즈, 레피야, 티오네, 티오나가 순서대로 감탄인지 탄식인지 모를 반응을 보였다.

그러나 한편으로 페니아는 자신에게 모여든 재물을 '다이달로스 거리'의 빈민들에게 베풀어주기도 한다는 것이었다. 그녀가 가져오는 슬럼의 순환은 그녀가 사기꾼 취급을 받지 않는 이유 중 하나였다.

'빈궁'의 신은 이 슬럼에서 많은 이들에게 지지를 받는 것이다.

"'다이달로스 거리'의 주인이라고 해야겠군."

탄식과 함께 리베리아가 중얼거렸다.

이제까지 만나본 적이 없는 속성의 신물을, 왕족 하이엘프인 그녀를 포함해 아이즈 일행이 어떻게 대해야 좋을지 갈팡질팡하고 있으려니 로키가 한 발 앞으로 나섰다.

"페니아, 들어보면 너도 이 '다이달로스 거리'에 눌러앉은 지 오래 댄 모양이네?"

"나에게야 눈 깜짝할 사이지만, 그야 아이들의 척도로 보자면 몇 세기쯤 되지 않겠나?"

"그럼 마침 잘됐구마. 니 이넘 아나?"

로키가 보여준 것은 예의 초상화였다. 정밀하게 그려진 음습한 사내의 얼굴을 페니아가 쳐다보았다.

"……이 휴먼이 어쨌다는 겐가?"

"쫌 볼일이 있어서 찾는 중이구마. '다이달로스 거리'에 있는 거 아닌가 싶데이."

로키가 대충 설명하자, 한바탕 초상화를 들여다보던 페니아는 고개를 들고 로키 일행을 둘러보았다.

그리고 이내 콧방귀를 뀌었다.

"모르겠는걸, 이런 녀석은. '다이달로스 거리'에선 못 봤어. 그리고 알고 있다 해도 별 상관도 없는 너희한테 거저 가르쳐줄 수는 없지."

"그럼 돈 내믄 니도 찾는 거 좀 도와줄라나?"

"웃기는 소릴! 난 귀찮은 일이 정말 싫어! 어디 끌어들이려고 그래! 아~ 싫다 싫어. 이러니까 예쁘장한 것들은 정말 마음에 안 들어!"

페니아는 투덜거리면서 등을 돌려버렸다. 주위의 신도들에게서 재물을 한바탕 거둬들인 그녀는 광장을 떠나갔다.

"안 되겠구마. 말이 안 통한데이……. 여기 유지라 카면 아는 기 없어도 뭔가 도와주지 않을까 싶었는데……."

"예정대로 우리끼리만 찾을 수밖에 없겠지."

리베리아의 말에 로키는 그래야겠다며 한숨과 함께 대답했다.

마음을 바꿔먹고, 그녀는 아이들을 돌아보았다.

"그라믄 행동 개시하제이. 집합장소는 이 광장이고, 갈라져서 '다이달로스 거리'를 뒤지는기라. 요래조래 갈라졌다간 길 잃는 얼라가 잔뜩 나올 것 같으니께, 처음엔 2개조 정도로 나눠서 가보는기라."

"2개조라니, 그건 너무 극단적이지 않아?"

티오나가 끼어들자 로키가 대답했다.

"멜렌에서 그넘의 똥꼬마한테 혼나지 않았나. 만약 여기가 예상대로 적의 아지트라 카면 주의해서 나쁠 건 없데이."

그 말에 단원들은 수긍했다. 【칼리 파밀리아】에게 레피야가 습격당했던 것처럼, 이 미궁거리에서 분산된 소대가 공격을 당했다간 큰일이다.

그렇게 일행은 주신의 신의에 따라 둘로 나뉘어졌다.

한쪽은 하급단원 다수를 거느린 로키와 리베리아 조.

또 한쪽은 아이즈, 티오나, 티오네, 레피야까지 절친한 멤버들이 한데 모인 조였다.

"근데 무턱대고 찾다간 분명 길 잃을 텐데? 어떻게 하지?"

"훗훗, 나한테 생각이 있어."

외잡한 미궁거리를 보며 진저리를 치는 동생에게 티오네는 비책이 있다는 양 웃음을 지었다.

"'다이달로스 거리'에는 여기저기에 '아리아드네'라는 이정표가 있어. 이것만 따라가면 아무리 길을 잃어도 출구에 도달할 수 있도록 말이야. 이곳에서 오래 살았던 주민들도 여차하면 그걸 쓴다는 얘기, 다들 들어봤지?"

티오네의 말대로, 광장 벽에는 출입구 방향을 알리는 새빨간 선이 그려져 있었다.

그것을 흘끔 본 레피야와 티오나는 고개를 갸웃했다.

"어, 그건 그렇지만요……."

"무슨 말을 하려는 거야, 티오네~?"

"만약 내가 이곳에서 나쁜 꿍꿍이를 꾸민다면, 모험자는 물론이고 이곳 주민들에게도 들키지 않게 할 거야. 그리고 자기도 '아리아드네'를 만들어서…… 아지트하고는 반대 방향으로 유도하겠지."

여기까지 말을 들은 아이즈가 아, 하고 짐작 가는 데가 있다는 듯 입을 열었다.

"그러니까 '아리아드네'를 반대로 따라가면……"

"바로 그거야── 적의 아지트에 도착할 수 있어!"

""오~!""

아이즈에게 고개를 끄덕이는 티오네의 선언에 티오나와 레피야가 감탄해 소리를 질렀다. 다른 하급단원들도 일리 있겠다며 술렁거렸다.

"어쩐지 이번에는 정말 괜찮을 것 같아!"

"응. 설득력, 있어……."

"당연하지! 나는 단장님께 적의 꼬리를 잡으라는 부탁을 받았으니까!"

티오나와 아이즈의 찬동에 티오네는 자신의 풍만한 가슴에 한쪽 손을 척 가져다댔다. 사랑에 불타는 아마조네스는 사랑하는 이의 기대를 짊어져 평소와는 달리 날카로운 두뇌회전을 보였다.

레피야는 분명 핀이 잘 구워삶았을 거라고 해탈한 표정을 지었지만.

"이의는 없는 거지? 그럼 가자!"

리베리아 일행과 헤어져, 아이즈 일행은 광장을 출발했다.

의기양양한 티오네에게 이끌려 미궁거리로 향한 것이다.

그리고.

"전혀 못 찾겠다―!!"

두 손을 치켜든 티오나의 비명이 **한밤의** '다이달로스 거리'에 메아리쳤다.

"아지트를 찾기는커녕 완전히 길 잃었잖아!! 벌써 이렇게 깜깜해졌는데 어떡할 거야 티오네―!"

"시끄러워!! 이럴 리가 없었단 말이야! 이럴 리가……!"

추한 자매 싸움이 길 한쪽에서 발발했다. 혼자 갈팡질팡하는 아이즈를 제외하면 레피야나 하급단원들은 지쳐 벽에 기대거나 주저앉거나 했다.

이미 햇빛이 사라진 한밤중이었다. 미궁거리라는 별명은 헛것이 아니어서, 티오네의 얄팍한 아이디어 따위 산산이 부숴버리고 말았다.

'아리아드네'를 무시하면 무시할수록 아이즈 일행은 미궁거리 안쪽 깊은 곳으로 끌려가, 막다른 골목으로 들어가기도 하고 같은 곳을 빙글빙글 맴돌기도 하는 등 호된 꼴을 당했다.

"알고는 있었지만…… 역시 '다이달로스 거리'는 보통 힘든 게 아니네요……."

피로가 짙게 묻어나는 레피야의 말에 아이즈도 고개를 끄덕였다.

길 하나를 놓고 봐도 무수한 갈림길이 그물눈처럼 펼쳐졌으며, 헤아릴 수도 없는 계단이니 경사로가 위로 아래로, 때로는 나선형으로 이어졌다. 고개를 들어보면 깎아지른 단애절벽 같은 기괴한 건물이 처마를 맞대고 늘어섰으며 석조 구름다리가 이리저리 교차했다. 거무죽죽한 벽돌로 만들어진 건물들이며 길가의 풍경은 마치 트릭아트 같았다. 전투부대의 서포트를 담당하는 힐러 소녀 리네가 어떻게든 매핑을 시도해보았지만, 도중에 "이젠 무리예요오……" 하고 눈물을 머금으며 사과했을 정도였다.

　'기인'이라 불렸던 당시의 시공자가 얼마나 도착적이었는지를 알 수 있었고, 야유의 대상이 되기까지 하는 '다이달로스 거리'의 악명이 이해되는 순간이었다. 던전에 자주 내려가는 아이즈조차 너무나 혼란스러워 눈앞이 어질어질했다.

　"음…… 어떻게, 할까. 일단 광장까지, 돌아가?"

　"안 돼! 단장님의 기대에 보답하기 위해서라도, 하다못해 단서 하나쯤은 찾아야지!"

　"하루 이틀 가지곤 못 찾는다니깐~. 무리야~."

　아이즈가 쭈뼛쭈뼛 제안하자 티오네가 발끈해 이의를 제기하고, 그 말에 티오나가 진저리를 치며 반대했다.

　파티 내에서도 의견이 갈라져 나아갈지 물러날지도 애매해졌다.

　"레피야!"

"어…… 피르비스 씨!"

그때 건물 옥상에서 한 엘프가 뛰어내렸다. 제1급 모험자들은 재빨리 긴장하며 자세를 잡았지만, 레피야의 지인임을 알고는 이내 경계를 풀었다.

젖은 까마귀색 장발에 붉은 눈, 순백색 배틀클로스. 자태와도 맞물려 무녀라는 단어가 떠오르는 그녀는 【디오니소스 파밀리아】의 피르비스였다.

"여긴 무슨 일이세요?"

"디오니소스 님의 지시야. 너희 【로키 파밀리아】를 도우라고 하셨어. 갑작스러운 말에 놀랐지만…… 내가 함께 있어도 상관없을까?"

"저, 저는 대환영이에요! 고맙습니다, 너무 기뻐요!"

아이즈도, 레피야를 보며 부드러운 웃음을 짓는 피르비스의 얼굴을 기억했다. 팬트리에서 일전이 벌어졌을 때 함께 싸웠던 엘프다. 보아하니 조금 전에 티오나가 지른 비명을 듣고 이곳까지 달려온 모양이었다.

"어, 티오네 씨. 피르비스 씨가 같이 가도……."

"뭐, 사람이 많아서 나쁠 건 없으니까…… 괜찮지 않을까?"

기쁨을 감추지 못하는 레피야가 확인을 구하자 티오네가 승낙했다.

"응응, 시끌벅적해지겠네! 피르비스라고 했지? 난 티오나! 잘 부탁해~!"

아이즈는 물론이고 다른 멤버들도 고개를 끄덕였으며,

웃음을 머금은 티오나가 제일 먼저 자기소개를 하자——.

"……피르비스 셜리아다."

레피야에게 보였던 따뜻한 웃음은 어디로 갔는지, 엘프 소녀는 갑자기 온도를 낮추었다. 조용히, 무뚝뚝하게 이름만을 밝힌 피르비스를 보며 티오네와 다른 멤버들은 당혹감을 보였다.

"아, 아하하하……."

레피야의 헛웃음만이 공허하게 울려 퍼졌다.

"……애, 레피야. 저 엘프 뭐야? 낯가림이 심한 거야? 극도로?"

"아뇨, 그런 건 아니라고 생각하지만요……. 피르비스 씨에게도 사정이……."

소곤거리는 티오네에게 레피야가 열심히 변명하는 한편, 티오나는 굴하지 않고 피르비스에게 활달하게 말을 붙였지만.

"에에~ 어쩐지 어둡잖아! 기껏 파티 맺었는데 재미있게 가자~!"

"협력하겠다고는 했지만 터놓을 마음은 없다……. 너희들도 다른 파벌 사람과 친하게 지낸다는 억측을 사면 여러모로 좋지 않을 텐데."

피르비스는 홱 고개를 돌렸다.

놀랄 정도로 새하얀 피부를 거의 드러내지 않는 모습은 엘프의 결벽성을 여실히 드러내주어, 티오나를 비롯한 아마조네스의 기풍과 극단을 보인다 해도 과언이 아니었다. 매정하게 군다고까지는 할 수 없지만 무뚝뚝한 응답이었다. 여기에는 단원들 중에도 얼굴을 찡그리는 사람이 많았다.

꼬장꼬장한 엘프들에게서 흔히 보이는 서먹서먹함이 극치에 달한 것 같은 모습이었다.

레피야가 저렇게까지 마음을 터놓는 것을 보면 나쁜 엘프는 아니겠지만…… 말주변이 서툰 자신보다도 다루기 힘들지 모르겠다고, 아이즈는 자각과 함께 그런 생각을 하고 말았다.

"레피야, 지금은 뭘 하고 있지?"

"아앗, 피르비스 씨, 그러니까요! 지금은 조사를 계속할지, 일단 집합장소로 돌아갈지 결정하질 못해서……!"

'밴시'라는 별명의 유래를 아는 레피야도 레피야대로 피르비스를 배려해, 그녀와 다른 멤버들 사이를 오가느라 바빴다.

어쨌거나 일단 돌아가자는 데 합의를 보고, 일행은 이동을 시작했다.

그동안 계속 무시했던 '아리아드네'에 따라 한데 뭉쳐 나아가기는 했지만…… 레피야의 곁에 자리를 잡은 피르비스를 의식해 단원들 사이에서는 무어라 형언할 수 없는 분위기가 흘렀다.

무언가 해주고 싶지만 아무것도 할 수 없는 아이즈가 자신의 무력함을 탄식하고 레피야가 우왕좌왕하던 그때였다.

"음— 역시 이런 건 안 좋아! 아니 뭐랄까, 싫어!!"

분위기 파악 못 하는 천진난만한 아마조네스가 상황을 타파하고자 했다.

"저기저기 리네, 여자들끼리 금방 분위기 좋아질 만한 화제 같은 거 뭐 없어~?"

"네, 네에? 저 말인가요? 어…… 연애담, 같은 거겠죠?"

느닷없이 화살이 돌아와 힐러 소녀가 뺨을 붉히며 생각을 입에 담자,

"그럼 연애담!"

티오나는 활짝 웃으며 두말없이 결정해버렸다. 그리고.

"피르비스가 좋아하는 사람은 누구야~?"

"콜록?!"

피르비스가 요란하게 기침을 했다. 그녀의 하얀 피부가 금세 새빨갛게 물들었다.

【로키 파밀리아】가 자랑하는 전열공격수의 기습에 다른 단원들은 "오오!" 하고 일제히 칭송했으며 레피야는 피르비스의 변모에 깜짝 놀랐다.

"초, 초면인 상대에게 느닷없이, 마음에 둔 인물을 묻나, 아마조네스?!"

"에이~ 뭐 어때서 그래. 친해지고 싶으니까 연애담 하자~!"

목소리를 높이는 피르비스에게 티오나는 여전히 웃음을 지으며 싹싹하게 말했다. 눈에 뜨이게 갈팡질팡하는 동포

소녀를 보며 레피야는 전율할 수밖에 없었다.

'대단해요, 티오나 씨……! 나는 그렇게 고생했는데……!'

약 두 달 전, 제24계층 팬트리로 간 아이즈를 쫓아가기 위해 베이트와 피르비스까지 셋이서 파티를 짰던 당시의 고뇌가 떠올랐다. 가차 없이 상대의 벽을 부숴버리는 티오나에게 레피야는 두려움과 존경심이 담긴 눈빛을 보냈다.

"저, 저도 연애담에 참가할래요! 어, 피르비스 씨가 곧잘 함께 있는 상대라고 한다면—— 디오니소스 님인가요?!"

"레피야—!!"

"헤에~ 신이 상대구나~."

"하긴, 신격자의【파밀리아】에선 흔한 이야기잖아?"

이 기회를 놓칠세라 레피야가 온 힘을 다해 끼어들고, 그런 그녀의 쓸데없는 간섭에 피르비스가 얼굴을 새빨갛게 물들이며 고함을 질렀다. 티오나와 티오네가 천연덕스럽게 받아치니 이제는 아무도 말릴 수가 없었다. 소녀 단원들도 갑자기 의욕이 솟아 연애담으로 이야기꽃을 피웠다.

어리둥절한 아이즈 한 사람만을 남겨놓고.

"그, 그런 너희들은 어떤데!! 남에게 캐묻기 전에 자신들 이야기부터 해라!"

"나는 단장님!"

"난 말이지~ 신경 쓰이는 남자 같은 건 잘 모르겠지만, 응원하는 모험자 군이라면 있어! 에헤헤~."

"나는 단장님!!"

"저는 딱히, 그런 사람은…… 아, 그래도! 동경하는 분이 라면 있지만요……!"

"나는 단장니임!!!"

"티오네 시끄러워~."

연호하는 티오네를 제외하면, 티오나는 기뻐하며 활짝 웃고, 레피야는 갈팡질팡하는 아이즈에게 슬쩍슬쩍 시선 을 보냈다.

"아키는? 곧잘 같이 있는 라울이라든가?"

"아냐아냐."

"으음~【파밀리아】 내에서라면…… 역시 단장님?"

"귀여운데 멋있기까지 하다니 치사하죠! 할 수만 있다면 꼭 끌어안고 싶어! 츄르릅."

"티오네~ 주먹 내려~."

다른 사람들에게도 이야기가 전파되어, 소녀들 특유의 기세로 하염없이 이야기가 달아올랐다. 역시라고 해야 할 까, 파벌 두령을 흠모하는 목소리가 대부분을 차지하는 가 운데 한밤의 미궁거리를 떠들썩하게 나아갔다.

"그럼 리네는?"

"어, 저는……."

연애담의 발단이 되었던 휴먼 소녀도 티오나의 질문공 세를 받았다. 땋아 내린 머리카락을 찰랑이고 안경의 위치 를 이리저리 바꾸며 대답했다.

"……베이트 씨를."

"뭐어?! 거짓말이지 리네!"

"리네, 그 취향은 진짜 아니야~! 지난번 '원정' 때도 '약한 것들한테 신경 써봤자'라느니 뭐라느니, 그 바보 늑대한테 한 소리 들었잖아!"

생각도 못했던 대답에 아마조네스 자매가 맹렬히 반발했다. 그러거나 말거나 리네는 볼을 붉히며 수줍어했다.

"베이트 씨는 그래도, 멋있고…… 게다가, 착한 사람, 이라고 생각해요."

"뭐어~? 아냐아냐, 절~대 아냐!"

살짝 황홀한 표정을 짓는 후배에게 베이트와 사이가 나쁜 티오나가 요란하게 투덜거렸다.

레피야나 다른 동료들이 쓴웃음을 짓는 가운데, 마지막으로 화살을 받은 것은 금발금안의 소녀였다.

"그럼 아이즈는?"

"……별로, 그런 사람은……."

"아주 조금이라도 신경이 쓰인다거나 하는 사람 정도는 있을 거 아냐? 자자 어서!"

"난……."

이야기를 재근하는 티오나의 웃음, 입을 오물거리는 아이즈, 다른 이도 아닌 【검희】의 이야기에 흥미진진해하는 단원들, 온 힘을 다해 귀를 세우는 레피야. 여기에 지쳐서 축 늘어져버린 피르비스를 에워싸고, 떠들썩한 대화가 연신 오갔다.

당초의 목적도 잊고, 소녀들은 나이에 어울리는 대화로
꽃을 피웠다.

⊡

"푸에취!"
재채기를 한 베이트에게 단원들의 시선이 모여들었다.
"감기 걸렸어, 핀?"
"그럴 리가 있냐, 핀. 헹, 어디서 또 잔챙이들이 쓸데없
는 험담이라도 하는 거겠지."
"그런 단장님은 어쩐지 아까부터 떨고 계시는 것 아님까?"
"아니, 어째서인지 모르겠는데 계속 오한이 멈추질 않아."
"또 티오네 같은 녀석들이 설치고 있을 것 같구먼……."
핀, 베이트, 라울, 가레스의 목소리가 터널 속에 메아리
쳤다.
장소는 지하의 하수도. 로키가 이끄는 파벌 여성진이 '다
이달로스 거리'를 탐색하는 동안 핀을 비롯한 남성진은 도
시에 펼쳐진 지하수로를 조사하고 있었다.
열 명 정도의 하급단원과 라울이 휴대용 마석등을 들고
대열을 짰다.
"신 뇨르드가 예의 수상쩍은 남자와 만났던 게 분명 이
지하수로라고는 들었네만…… 5년도 더 된 이야기 아닌
가? 단서가 남아 있을 것 같지는 않구먼."

"뭐, 그렇긴 해. 여긴 베이트와 로키가 한번 조사한 곳이기도 하고, 아이즈네가 팬트리 사건에 말려들었을 때는 나나 티오네도 조사했는걸. 식인꽃을 몇 마리 발견하긴 했어도 그게 다였어."

"알면서 왜 온 거냐?"

"사람을 찾을 때랑 몬스터를 찾을 때는 방식이 달라지니까. 그리고 이번에는 '다이달로스 거리'…… 도시 남동쪽 부근의 지하수로를 중점적으로 조사해볼 생각이야. 안 그래도 넓은 조사범위가 한정되면 뭔가 흔적을 찾을 수 있을지도 모르고."

가레스와 베이트의 의문에 핀은 막힘없이 대답해주었다.

장창을 장비한 파룸 두령은 대열 한복판에 서서 푸른 눈을 빈틈없이 주위로 돌렸다. 돌발적인 전투에 대비해 무장을 명령받은 단원들도 마찬가지였다. 미미한 이변도 놓치지 않고자 미궁탐색과 전혀 다를 바 없는 집중력을 발휘했다.

지하를 내달리는 물의 흐름을 들으며, 일행은 어두운 길을 나아갔다.

"!"

"베이트, 왜 그래?"

도시 남부에서 '다이달로스 거리'가 존재하는 남동쪽으로 접어들고 어느 정도 지났을 무렵, 베이트가 발을 멈추었다. 그만이 아니라 다른 수인들도 반응을 보이며 코를 울렸다.

"이 지독한 냄새…… 식인꽃이구만."

돌아온 대답에 핀은 표정을 바꾸었다.

즉시 대열을 재편성해 베이트를 선두에 두고 진로를 바꾸었다.

메탈 부츠의 발끝이 향한 곳은 '구식 지하수로'.

낡은 쌍여닫이 철문을 거쳐 돌다리 위를 나아갔다. 제각각 울리는 발소리의 간격이 어딘가 채근하듯 빨라져갔다.

이윽고.

"……비밀계단?"

수로에서 떨어진 막다른 골목 너머, 바닥에 뻥하니 입을 벌린 단차를 발견했다.

옆으로 미끄러뜨린 흔적이 있는 석판은 평소에 '뚜껑' 역할을 했다는 증거일 것이다. 폭은 넓어, 이 정도라면 식인꽃의 커다란 몸도 너끈히 드나들 수 있을 만했다.

"전에는 그림자도 보이지 않았는데…… 뭐가 이리 쉽게 나와?"

영 수상하다는 베이트의 중얼거림에 그의 진의를 헤아린 라울과 하급단원들이 긴장을 머금었다.

핀과 가레스 또한 눈을 가늘게 뜨며 일동에게 지시하고, 계단 아래로 내려갔다.

지하수로와는 명백히 구조가 달라진 석재 통로를 따라, 몬스터의 잔향에 이끌려 이동하기를 한동안—— 그것을 발견했다.

"금속제 문……."

"이 광채는…… 혹시 '오리할콘' 아닌가?"

아연실색한 라울에 이어 가레스의 목소리가 울렸다.

높이 3M을 가뿐히 넘는 금속덩어리.

흠집 하나 없는 은색 광택 속에 존재하는 붉은 보옥의 광채.

할 말을 잃은 【로키 파밀리아】의 눈앞에, 거대한 문이 우뚝 서 있었다.

2장

던전 트랩

Гэта казка іншага сям'і.

Dungeon пастка

© Kiyotaka Haimura

콰득, 콰득.

어둠 속에서 흙무더기를 파헤치는 소리가 울려 퍼졌다.

망치를 휘둘러, 쐐기를 꽂아. 흙을 깎아나가는 작업이 하염없이 이어졌다.

"손 좀 빌려주지 않을래, 바르카?"

"……방해하지, 마, 타나토스."

각등이 부옇게 비추는 터널 내. 연신 구멍을 파는 등에 대고 남신이 말을 걸었다.

바르카라 불린 휴먼 남성은 돌아보지도, 손을 멈추지도 않았다.

한쪽 눈을 가린 앞머리, 나머지 한쪽 눈을 원래보다도 한층 어둡게 만드는 어두운 표정. 틀림없이 아이즈 일행이 찾고 있는 초상화 속의 인물, 바로 그 자였다.

"시간이 없어. 이렇게 당신과 이야기를 나누는 시간조차 아까워……. 좀 이해해달라고, 타나토스. 영원을 살지 못하는 우리의 고뇌를. '작품'은 아직도 완성되지 않았어……."

"그게 말이야, 드디어 【로키 파밀리아】가 여기까지 다가온 모양이거든."

중얼중얼, 생기 없는 망자처럼 나직하게 읊조리던 바르카의 손이 작업을 멈추었다.

빤히 바라보던 타나토스는 웃음을 지은 채 단어를 골라가며 말했다.

"계속 냄새를 맡고 다니면 좋을 게 없어. 그 녀석들을 어떻게든 처리하지 않고선 자금 조달도 어려워질⋯⋯지도 모르고. 내 생각에는 이곳으로 초대해서, 안락한 어둠과 평생을 함께 해주었으면 싶은데."

입을 다문 뒷모습에 신은 결정타가 될 말을 들이댔다.

"이대로는 선조님의 '미궁'을 만들 수 없게 될지도?"

추욱. 사내의 두 손이 늘어졌다.

천천히 몸을 돌린 바르카는 어두운 눈동자로 타나토스를 바라보았다.

"뭘 하면 되지⋯⋯?"

"장치를 썼으면 하는데, 그거, 너네 말고는 다룰 수가 없잖아? 잠깐만 앞쪽으로 좀 나와줘."

"⋯⋯우리의 '작품'에 흠집을 낼 생각인가, 타나토스?"

"우리가 일망타진당하면 본전도 못 찾잖아~. 뭘 위해 그동안 준비를 했냐고 묻는다면, 이럴 때를 위해서 아니겠어? 내 말이 틀려?"

"⋯⋯⋯⋯."

"응? 부탁해."

눈을 가늘게 뜬 신의 웃음으로부터 바르카는 입을 다물고 등을 돌렸다.

"⋯⋯때가 되면 불러줘."

귀찮다는 듯, 마지못해 따르는 것임을 확실하게 밝히며 고개를 끄덕인다.

다시 작업으로 돌아가는 자신의 권속에게 참으로 꿋꿋

하다며 한바탕 웃은 후, 남신은 그 자리를 떠났다.

 핀 일행이 지하수로 너머에서 발견한 '문'.
 그 정보는 '다이달로스 거리'에서 조사를 허탕치고 홈으
로 돌아온 아이즈 일행에게도 전해져, 【로키 파밀리아】는
이곳의 조사에 착수하게 되었다.
 '문' 발견으로부터 하루가 지난 다음 날.
 로키를 포함해 단원들이 비밀통로 안으로 집결했다.
 "우와~ 이게 핀이 말했던 '오리할콘' 문? 크다아~."
 "이렇게 요란삑적지근한 현관문을 준비했음 마, 여기가
그넘아들 아지트라 봐도 틀림없을 것 같데이."
 우르가를 어깨에 걸머진 티오나가 눈앞의 금속제 문에
경탄하고, 로키가 확신이 담긴 목소리로 말했다.
 '내 《데스퍼러트》와, 같은 재질…….'
 허리에 찬 애검에 한쪽 손을 가져다댄 아이즈 또한 단원
들 사이에서 그 문을 바라보았다.
 '오리할콘'.
 아이즈의 무기 《데스퍼러트》── 수페리오르인 불괴무
기 '뒤랑달'을 만드는 데 빼놓을 수 없는 소재가 되는 최강
의 정제금속. 강도로는 던전에서 채굴되는 초강금속 아다
만타이트를 웃도는, 세계 최고위의 금속이다. '미스릴'과

마찬가지로 정제법은 몬스터의 지상진출에 따라 인류가 일치단결했던 '고대'에 확립되었다고 한다. '스미스' 어빌리티도 '팔나'도 존재하지 않았던 시대에 말이다.

휴먼과 여러 데미휴먼의 기술이 결집된 인류의 지혜이자, 하계의 크나큰 '가능성'을 보여준 '고대'의 결정체다.

오리할콘이 사용된 이 '문'을 파괴하기란 불가능하다.

로키의 말대로 이렇게까지 거창한 '문'을 배치한 시점에서 이 너머에 '무언가'가 있다고 말하는 것이나 마찬가지였다.

아이즈 일행은 마침내 적의 본거지를 발견한 것이다.

"지도와 대조해 봐도 이 비밀통로는 틀림없이 '다이달로스 거리'와 이어진다. 로키의 예상이 맞았군."

"하지만…… 단장님이나 가레스는 그렇다 쳐도, 베이트 같은 녀석들한테 선수를 빼앗기다니 뭔가 아니꼽달까, 스스로가 한심하달까……."

구 지하수로와 이어진 이곳의 비밀통로는 동쪽과 남동쪽의 메인 스트리트 사이에 위치한 도시의 제3구역과 겹쳐져 있다. 미궁거리와 이어졌을 가능성도 내다보는 리베리아의 옆에서 티오네가 분한 듯 중얼거렸다.

어젯밤 '다이달로스 거리'를 조사해보고 아무 단서도 얻지 못했던 여성 단원들은 티오네의 말대로 부끄러움을 느꼈지만, 남성진의 견해는 달랐다.

"다들 마음에 둘 것 없어. 우리도 마치 유인당한 것처럼 발견했으니까."

"마치 찾아주십쇼 하는 것처럼 비밀통로의 입구가 열려 있었다네. 덤으로 식인꽃의 냄새까지 남겨놓고 말이지."

여성단원들이 그렇게 말하는 핀과 가레스를 쳐다보았다. 라울은 굳은 얼굴로 '문'을 올려다보고 있었다.

"그럼…… 함정, 인가요?"

레피야의 긴장 어린 목소리가 석조 통로 안에 울려 퍼졌다.

한순간 조용해진 공기가 그 말을 긍정하고 있으려니—— '문'이 소리를 내며 열리기 시작했다.

"!!"

눈을 크게 뜬 아이즈 일행 앞에서 어스름이 도사린 통로가 드러났다.

푸른 인광을 뿜어내는 마석등이 마치 기분 나쁜 도깨비불처럼 일렁이며 안으로 이어져 있었다.

"핀……."

"그래, 나도 봤어."

가레스의 말에 핀이 눈을 가늘게 떴다.

"가면을 쓴 자…… 틀림없어. '문'을 열어준 건, 그 괴인인 것 같아."

'문'이 다 열리기 직전, 어둠 속으로 후퇴한 그림자를 핀의 푸른 눈동자는 정확히 포착했던 것이다.

자남색 후디드 로브와 기분 나쁜 무늬의 가면.

제24계층의 팬트리, 그리고 원정을 갔던 제53계층에서 아이즈 일행이 교전했던 가면인물이다.

적은 【로키 파밀리아】를 환영하고 있었다.

"하아~ 니들 그 한순간에 용케도 봤구마. 내는 하나도 모르겠데이."

"'은혜'로 오감이 강화된 우리하고 일반인과 다를 바 없는 신을 똑같이 취급하지 마라. 게다가 핀 같은 파룸은 데미휴먼 중에서도 시각능력이 뛰어나지."

손을 이마에 대고 미간을 한껏 주름잡으며 어둠 속을 쳐다보는 로키에게 리베리아가 어이없다는 듯 말했다. 두 사람의 대화를 들으며 핀은 지시를 내렸다.

"베이트, 크루스. 내부로 침입해 정찰을 다녀와. 다만 너무 깊이 들어가지는 말고. 즉시 돌아와야 해."

제1급 모험자 베이트, 그리고 파벌의 제2군인 크루스에게 척후를 명령했다. 신중을 기하는 그의 지시에 따라 Lv.6인 웨어울프와 Lv.4인 시앙스로프 모험자는 말없이 통로 안으로 침입했다.

몇 분 후, 두 사람은 귀환했다.

"입구 부근에는 사람 모습도 몬스터도 보이지 않았습니다. 하지만 한동안 나아가니 길이 복잡하게 갈라져서 마치 미로…… 아니, 던전 같았습니다."

베이트를 대신해, 평소에는 과묵한 크루스가 정찰 내용을 보고했다.

이야기를 들은 일동이 떠올린 것은 군대가 농성하는 요새였다.

파룸 두령이 잠자코 생각에 잠긴 가운데, 다른 단원들은 서로 의견을 나누었다.

"이, 이젠 어떻게 하면 좋습까……?"

"오리할콘 '문'을 처리할 수고를 덜었잖아? 이대로 들어가자!"

"하지만 분명 함정일걸?"

"그놈들이 초대해준 거니까 제안을 받아들이면 될 거 아냐. 잔재주를 부렸다면 그것도 한꺼번에 박살 내면 그만이지."

"그야 여기까지 와서 수수방관하는 것도 이상하지만요……."

라울, 티오나, 아키, 티오네, 그리고 엘프 아리시아가 순서대로 발언했다.

의견을 나누는 단원들에게 리베리아가 말했다.

"결론부터 말하자면, 갈 수밖에 없다. 적의 노림수가 '데미 스피리트'를 소환하는 것인 이상 우리에게는 시간이 없으니. 그것이 지상으로 진출한다면 오라리오는 불바다로 변할 거다."

──리베리아의 말이 맞아.

생각에 잠겼던 핀은 속으로 맞장구를 쳤다. 여기서 파고들어 적을 막을지, 수수방관하며 '데미 스피리트'의 지상진출을 기다릴지. 어느 쪽을 선택할지는 말할 것도 없었다.

적을 몰아붙였다. 그것은 틀림없다. 설령 함정이 기다리고 있다 해도 돌입을 미루었다가는 추세의 악화를 가져올 뿐이다.

'하지만…… 욱신거린단 말이지.'

핀이 내려다보는 오른손 엄지.

그것이 마치 모종의 조짐을 알리듯 시큰거렸다.

그리고 그 둔통은 던전의 '심층'에 진입했을 때 늘 느껴지는 것과 흡사했다.

라울과 리베리아가 말없이 그에게 최종적인 판단을 구하자, 핀은 곁에 있던 로키를 바라보았다.

"음~ 마, 내는 불길~한 예감이 드는구마, 진짜로. 안 갈 수는 없지만서도."

주신도 핀과 같은 느낌을 받았다는 이야기였다.

자신의 직감이 옳음을 확신하면서, 핀은 머릿속으로 부대의 편성을 그려나갔다.

그리고

"야, 핀. 잔챙이들은 두고 가자."

그때까지 잠자코 있던 베이트가 열린 '문' 너머를 노려보며 말했다.

머리 위의 짐승 귀를 쫑긋 세우고 코를 몇 차례 울렸다.

"마음에 안 드는 냄새가 풍긴다고……. 거치적거리는 것들은 필요 없어. 방해만 돼."

그 난폭한 발언에 하급단원들은 발끈했다. 티오나도 티오네도 베이트의 말에 항의했다.

"베이트, 우린 같은 【파밀리아】 동료니까 그런 말투는 좀 자제하라고."

"서포터의 지원도 없이 쳐들어가서 너나 우리가 얼마나 힘을 발휘할 수 있겠어. 여긴 던전이나 다를 바 없다며? 무기나 아이템 떨어졌다고 소란 떨어도 우린 몰라."

베이트는 요란하게 혀를 찼다. 티오나의 말은 그렇다 쳐도 티오네의 지적은 지당했다. 게다가 이 너머에 던전의 두 번째 출입구가 존재한다면 그것을 발견하기 위해서라도 인원은 필요하다.

자존감 강한 젊은 간부진이 다투는 광경에 가레스가 탄식하는 가운데, 핀은 결단을 내렸다.

"전열과 후열, 그리고 치료반. 나와 가레스가 이끌고 공략하겠어. 리베리아는 만에 하나를 위해 여기서 대기. 이 비밀통로의 정보를 수집하면서 로키나 다른 사람들과 같이 기다려줘."

"알았다."

단장의 지시에 단원들도 재빨리 움직였다. 서포터들은 홈에서 가져온 예비 무기나 아이템 같은 각종 장비를 갖추기 시작했다.

핀이 선발한 멤버에 들어간 레피야도 원통형 백팩을 손에 들고 장비를 챙겨나갔다. 그러던 도중, 누군가가 말을 걸었다.

"레피야…… 너도 가는 건가?"

"피르비스 씨……?"

어젯밤에 이어 피르비스는【로키 파밀리아】와 함께 행동을 하고 있었다. 그녀의 붉은 눈은 레피야를 빤히 바라보았다.

"저 웨어울프와 의견이 겹치는 것은 아니꼽지만…… 나도 불길한 예감이 든다. 여기에는 무언가가…….."

말을 흐리면서도 피르비스는 레피야에게서 시선을 떼지 않았다.

자신을 걱정해주는 소녀의 마음을 기쁘게 여기면서도 레피야는 또박또박 대답했다.

"저는 갈 거예요. 아이즈 씨를…… 동료들을 돕고 싶으니까."

"……그래."

자신은 마도사니까.

지팡이를 두 손으로 쥐고 말하는 레피야를 보고, 피르비스는 잠시 눈을 감더니 자신의 가슴에 손을 가져다대며 말했다.

"그렇다면 나도 가지. 너를 지키겠다."

어딘가 기사의 맹세처럼 약속하는 피르비스에게 레피야는 한순간 놀라 뺨을 붉혀버렸지만, 이내 활짝 웃으며 고맙다고 인사했다.

황급히 움직이는 단원들에게 에워싸여, 두 엘프가 미소를 나누었다.

"우히~ 엘프 미소녀끼리 백합틱한 조합이라니, 내 보기만 해도 배부르구마~. 역시 좋데이."

"좋긴 뭐가 좋다는 겐가, 나 원……."

그런 레피야와 피르비스를 멀리감치 떨어져 지켜보며 로키는 느물느물 웃고 가레스는 한숨을 쉬었다.

"괜찮겠나? 다른 파벌 사람을 동행시켜도."

"음~ 마, 24계층 때도 도와줬다 안하나. 게다가 아까 살~짝 캐물어봤는데, 디오니소스가 시키갖고가 아니라 지가 독단으로 움직인 것 같드라. 본인은 그 재섥는 놈이 시키갖고 왔다 캤지만."

"허어?"

가레스에게 대답한 로키는 협조를 자청한 피르비스와의 대화 내용을 들려주었다.

『저는 레피야를 지키고 싶습니다.』

거짓말을 하지 못하는 신의 눈을 앞에 두고 하얀 엘프는 그렇게 딱 잘라 고백했던 것이다.

"거짓말은 아이었데이. 저 엘프는 신짜루 레피야의 기사님인기라."

"……나도 익숙해졌다고 생각했는데, 엘프란 것들의 꽉 막힌 면은 역시 드워프인 내겐 영 낯간지러워서 견딜 수가 없구면."

싯싯싯 웃는 로키에게, 가레스는 눈을 가늘게 뜨며 짐짓 위팔을 문질러대는 시늉을 했다.

그런 두 사람이 시켜보는 가운데, 어린 엘프 소녀들은 공략 준비를 돕기 시작했다.

"…………."

가레스와 로키의 대화를 듣던 아이즈도 레피야와 피르비스를 흘끔 보며 미소를 지었다.

그리고는 표정을 다잡고, 앞을 본다.

바쁘게 이리저리 움직이는 동료들의 소란을 들으며, 입을 쩍 벌린 적의 아지트를 조용히 응시했다.

리베리아를 제외한 제1급 모험자들, 라울을 비롯한 Lv.4로 구성된 제2군, 그리고 Lv.3이 주체인 하급단원들, 여기에 피르비스를 더한 파티가 문 안으로 침입했다.

선두에 가레스와 티오나를 두고, 석판으로 뒤덮인 통로를 따라 나아간다.

"그건 그렇다 쳐도, 적의 아지트라 생각해 쳐들어왔더니…… 정말 그냥 던전이잖아."

"요새 같은 건 적의 공격에 대비해 편하게 진행할 수 없는 구조를 띤다고 들었어요. 하지만…… 이건 좀 도가 지나치네요."

티오네의 푸념에 레피야가 동조했다.

외길은 이내 복잡한 미로로 바뀌었다. 갈림길, 교차로, 수많은 옆길. 통로에서 갈라지는 길이 눈에 띄게 늘어나 모험자들에게 분기를 들이댔다.

전형적인 미로 구조였으며, 복잡하기로는 '다이달로스 거리' 못지않았다. 갈림길이 나타날 때마다 척후를 보내면 종종 '막다른 곳'이라는 보고를 가지고 돌아와, 남은 선택지 속에서 정답을 더듬어나가듯 찾아 나가야만 했다.

통로는 드워프 셋이 나란히 서도 너끈히 지나갈 수 있을 정도였다. 철저하게 계산된 듯한 획일적인 구조는 흐트러질 줄을 몰랐다. 다만 석재 자체는 대부분이 균열을 일으켜 세월의 흔적이 느껴졌다.

그야말로 유적 속에 놓인 미궁 같았다.

"엇…… 뜨아악?!"

"라울?!"

"아, 아니…… 그냥 조각상이었슴다. 죄송함다…….."

라울은 갑자기 비명을 지르는가 싶더니 이내 헛웃음을 지었다. 그가 든 휴대용 마석등이 비춘 것은 통로 안에 설치된 악마처럼 생긴 조각상이었다. 아키를 비롯해 놀라 경계했던 모험자들에게서 빈축의 목소리가 들려왔다.

통로 내에는 괴물을 본뜬 조각상이 곳곳에 있었다. 벽면에는 식물의 부조가 새겨져 【로키 파밀리아】의 멤버들은 어떤 몬스터, '식인꽃'의 존재를 떠올리지 않을 수 없었다.

벽에 박힌 푸른 마석등이 긴장감을 띤 모험자들의 옆얼굴을 비추었다.

원래 같으면 별것 아니어야 할 발소리가 석조 미궁 때문에 뚜벅―, 뚜벅―, 무시할 수 없는 메아리를 띠고 귓전을 진동시켰다.

"뭐랄까, 좀…… 던전보다도, 추운 느낌이 드네요."

힐러로 동행한 리네가 불안한 듯 중얼거렸다.

던전은 '살아 있다'. 그것은 모두가 아는 사실이다. 온갖 '이상사태'는 마치 하나의 생물처럼 덤벼들어 모험자들을 괴롭힌다.

그러나 이 인공미궁에서는 던전의 '숨결'이 느껴지지 않았다.

그 결정적인 차이가 무기질적인 분위기를, 냉랭한 무언가를 느껴지게 했다.

그렇다, 이것은…… 으스스했다.

기분 나쁜 정적과 어두운 중압.

인공적으로 치밀하게 만들어진 석조 미로는 아무 말 없이 그저 침입자들에게 폐쇄감을 줄 뿐이었다.

이미 적진 속이다. 단원들은 함정을 각오하고 나아갔다.

"미개척 영역 같은 곳도 그렇지만, 제대로 매핑도 안 된 던전은 좀 긴장되지 않아? 길 잃었다간 출구는 고사하고 방향조차 모르게 되고."

"응. 던전에서, 제일 안 좋은 상태……."

"산자락의 동굴 같은 곳이라면 바람이 부는 경우가 많으니 그걸 따라갈 수도 있네만."

대화가 끊어지기 십상인 그런 파티 속에서 자각이 있는지 없는지 긴장감을 누그러뜨리려는 것처럼 티오나는 계속 말을 이어나갔다. 아이즈와 가레스가 이에 대답했다.

"그게 무슨 말이야, 가레스?"

"바깥하고 안의 온도 차이 때문에 기류가 발생하거든. 동굴 안을 바람이 오가서…… 뭐, 그냥 출입구 쪽에서 바람이 빨려 들어온다고 생각하게."

고개를 연신 갸웃거리는 티오나에게 말을 바꿔 쉽게 설명해주며 가레스는 미로를 성큼성큼 걸어나갔다.

"요컨대 바람이 오는 쪽이든 가는 쪽이든, 그 방향으로 나아가면 막다른 길에 들어설 염려가 없단 소리일세. 물론 사람이 지나가지 못하는 길로 통하는 경우도 많네만."

"아~ 그렇구나~!"

"넌 머리를 좀 써……."

이해했다며 활짝 웃는 티오나에게 티오네가 어이없어하며 고개를 가로저었다.

그때 문득 가레스가 주위를 둘러보았다.

"……진로가 한정되고 있구먼."

몇몇 통로 너머에 나타난 오리할콘 '문'을 가레스가 우러러보았다. 돌아온 척후의 보고도 그의 말을 긍정해주었다. 굳게 닫힌 불괴의 문은 아이즈 일행의 앞길을 몇 번이나 가로막았다.

"유인당하고 있단 소리야? 그래도 괜찮아! 여차하면 벽 부수고 가면 돼!"

"아니, 그것도 어려울 걸세."

티오나는 아마조네스다운 발언을 했지만, 가레스의 부정적인 대답에 눈을 동그랗게 떴다. 드워프 전사는 옆쪽의 벽을 주먹으로 후려쳤다. 갑자기 울려 퍼진 타격음에 레피야와 리네가 어깨를 흠칫 떨었다.

"이건…… 혹시 '아다만타이트'?"

"음. 바깥쪽은 석판으로 덮어놓았지만 아마 통로 전체가 이 레어메탈로 지어졌을 게야. 나나 자네들이라면 부수지 못할 것도 없네만…… 뭐, 현실적이진 않겠지."

부서진 석판 안에서 드러난 강철색 레어메탈을 보고 티오나는 눈을 휘둥그렇게 떴다. 이야기를 듣던 모험자들은 오리할콘 문만이 아니라 아다만타이트로 지은 미로 그 자체에 놀라움을 보였다.

"이 멍청이 같은 아지트를 만들려고, 그 자식들은 멜렌까지 들쑤셔가면서 돈을 벌어댔던 거야? 이해가 안 가네."

베이트의 난폭한 매도가 단원들의 마음을 대변했다. 오리할콘도 아다만타이트도 입수가 지극히 어려운 레어메탈이다. 이만한 양을 갖추려면 아이즈 일행이 따라오지 못할 만한 노력과 자금이 필요했을 것이다.

"몇 년 정도로 지은 게 아닐 게야. 그야말로 수십 년, 아니, 그 이상…… 아무래도 상당히 규격에서 벗어난 것을 만들고 있었던 모양이구먼, 이블스의 잔당은."

"역시 우습게 보고 덤비면 큰코다치겠는데."

핀은 그렇게 솔직한 감상을 내리더니, 왔던 길을 잃어버리지 않도록 라울에게 분필로 벽에 선을 그어놓도록 지시했다. 모험자로서 빈틈이 없는 그의 행동을 곁눈질로 바라보며 아이즈는 속으로 중얼거렸다.

'오리할콘 문에 아다만타이트 벽…… 탈출도, 침입도 어려워.'

난공불락의 요새.

그런 말이 뇌리에 떠오르는 한편, 무언가 위화감을 씻을 수 없었다.

왜 이렇게까지 복잡한 미로를 이루고 있을까? 누가 무슨 생각으로 착공했을까? 스멀스멀 미궁의 구조에서 전해져 오는 어두운 감정…… 이 으스스한 감각은 무엇일까.

——정말로 이곳은 적의 아지트로 지어진 곳일까?

불가사의한 마음을 품으면서, 아이즈는 의구심을 꾹 담아놓고 파티의 진행에 몸을 맡겼다.

이윽고 진로에 변화가 나타났다.

"이 너머에 계단이 있습니다. 아래로 이어지는 것 같았습니다."

"다른 길도 마찬가지예요. 매복 중인 적의 기척은 없었고요."

정찰을 다녀온 크루스와 아키가 같은 내용을 보고했다.

파티가 발을 멈춘 곳은 길이 T자로 갈라지는 분기점이었다.

"어떻게 할 텐가, 핀?"

"……둘로 갈라지자. 어차피 이렇게 많은 인원이 몰려다니면서 습격을 당했다간 제대로 전투도 하지 못할 테니."

가레스에게 대답하고 핀은 선언한 것처럼 파티를 둘로 나누었다.

오른쪽 길로는 가레스와 아이즈, 티오나, 티오네를.

왼쪽 길로는 자신과 베이트, 레피야와 피르비스를.

따라올 하급단원의 밸런스를 고려해 가레스 쪽에 제1급 모험자를 치중시킨 배치였다. 편성 내용에 티오네가 콧김을 씩씩거리며 필사적으로 이의를 제기했지만, 사랑하는 단장 본인이 설득해 무마시켰다.

힐러를 포함해 전력이 균등하게 분배되었다.

"뒷일 부탁해, 가레스."

"그래. ……이보게, 핀."

"?"

"넋 놓고 있다가 당하지 말게."

"……그래, 명심할게."

농담처럼 말하는 가레스에게 핀도 웃으며 대답했다.

양분된 파티는 좌우의 길을 나아갔다.

"그거 참…… 적도 몬스터도 전혀 안 나타나지 말임다. 반대로 기분 나쁠 정도로……."

"식인꽃의 냄새는 여기저기 남아 있는데……. 수로에 있었던 괴물들도 여길 지나 풀려나온 게 분명해."

핀의 파티에 편성된 라울이 주위를 둘러보며 중얼거리자 베이트가 얼굴을 찡그리며 대꾸했다.

계단을 내려간 곳은 이제까지와 마찬가지로 미로 구조를 띠었다. 이쪽 길을 정찰하고 왔던 아키의 보고대로 복병은 전혀 없었다. 동행한 레피야와 피르비스 또한 주의 깊게 주위를 둘러보았다.

'……던전의 '상층'과 구조가 비슷한걸.'

통로의 높이, 폭, 갈림길의 형식을 관찰하던 핀은 두 눈을 가늘게 떴다.

'구식 하수도…… 도시에 펼쳐진 지하수로보다도 더 깊이 내려간 장소에 오리할콘 '문'이 있었지. 이제까지 내려왔던 계단의 길이를 역산해봐도 현재 위치는 딱 던전 1계층에서 2계층 언저리가 분명해.'

바벨 지하에 있는 던전의 '구멍', 나아가 제1계층과 제2계층의 지도를 핀은 머릿속에 펼쳐보았다. 지금도 진행 중인 이 대규모 미로는 던전의 첫 층과 인접했을 거라고 그의 두뇌가 해답을 내놓았다.

'방법은 둘째 치더라도, 인접한 던전과 이어놓았다면 '바벨'을 대신하는 출입구의 역할을 할 수 있겠지. 미로……아니, 이 인공미궁 그 자체가 '던전의 두 번째 출입구'라 생각하는 편이 무난하겠어.'

여기서 핀은 질서정연하게 늘어선 발밑의 석판을 내려다보았다.

'문제는 이 미궁의 **심도(深度)**……'

문을 지난 후로 세고 있던 발걸음 수, 그리고 경과 시간으로 생각해봐도 이 미궁은 광대하다. 도시에 펼쳐진 지하수로와 같은 규모가 있으리라 생각해도 좋을 것이다.

대체 얼마나 넓게, 얼마나 깊게 이어진 것일까.

제24계층의 팬트리에서 태어나던 식인꽃. 레피야가 제18계층에서 목격했던 이블스의 잔당.

만약 지금 핀이 머릿속에 그린 대로 미궁의 심도가 최소 '중층'에까지 미친다고 한다면…… 경탄과 전율을 금할 수 없다.

아이즈가 직감했던 것과 같은 의구심을 핀은 씻어버릴 수가 없었다.

"……룸 같아."

시야가 탁 트였을 때 아키가 중얼거렸다.

그들이 도착한 곳은 던전의 룸과도 비슷한 정사각형의 공간이었다. 수십 명이나 되는 모험자가 넉넉하게 눌러앉을 수 있을 만큼 넓었다. 한 변이 50M은 되지 않을까.

좌우 변에는 오리할콘 '문'이 있었으며, 정면에는 올라가는 계단 끝에 달린 통로가 존재했다.

"…………."

다른 곳과 마찬가지로 으스스한 정적에 에워싸인 룸에서, 갑자기 베이트의 귀가 날카롭게 쫑긋 섰다. 아키를 비롯한 다른 수인들도 마찬가지였다.

단원들과 함께 핀의 시선이 정면으로 고정되었을 때, 통로의 어둠 속에서 느긋한 발소리가 들리더니, 이내 사람의 실루엣이 일렁거렸다.

"피이이이이이이이이이이이이이인~~~~~~~~~~~ !!"

모습을 드러낸 순간, 그녀는 큰 목소리로 고함을 질렀다.

여성이라고는 생각할 수 없을 정도로 커다란 육성에 라울을 비롯한 하급단원들은 얼른 두 귀를 막았다.

일행을 내려다보고 있던 것은 휴먼 모험자였다.

"보고 싶었다, 이 망할 놈의 새침데기 용사님아!!"

"응, 역시 살아 있었구나…… 바레타."

침을 튀기며 흉포하게 웃음을 띤 상대에게 핀은 눈을 가늘게 떴다.

모피 달린 오버코트를 입은, 보기에도 거친 인상을 풍기는 휴먼 여성이었다.

핀이 입에 담은 바레타라는 이름에 라울과 아키는 긴장된 표정을 지었다.

© Kiyotaka Haimura

"그 새침한 낯짝을 잊어버린 날이 없었다고, 빌어먹을! 네놈은 날 기억했어? 기억했겠지이? 잊어버렸다고 시치미 뚝 뗐다간 쳐 죽여버린다!! 내장을 뽑아내고 얼굴을 잘게 저미고 온몸을 푹푹 쑤셔대고! 두 번 다시 시건방진 소리를 못하도록 내 존재를 영혼에 새겨줄 거야!!"

이제 막 나타났음에도 그녀는 이성을 잃은 것처럼 고래고래 외쳐댔다. 눈꼬리가 찢어져라 힘을 준 얼굴로 핀만을 바라보며 두 눈 안쪽을 흉악한 빛으로 번들거렸다.

"……야, 핀. 너 이상한 여자들한테 사랑받는 지병이라도 있는 거 아니냐?"

도를 넘어서는 집착을 드러낸 여자, 바레타에게 베이트가 진저리를 치며 말했다.

"티오네를 얘기하는 거라면 그녀에게 실례야, 베이트."

여전히 그녀를 바라보는 파룸 두령은 그를 나무랐다.

"적어도 티오네는 그녀처럼 악역무도한 인간은 아니니까."

핀의 푸른 눈이 여자의 흉악한 웃음을 올려다보았다.

서로를 아는 듯한 핀과 바레타에게 다른 단원들이 놀라움을 드러냈다.

"아, 아는 사람이에요, 단장님?"

하급단원인 흄 바니 라크타가 묻자 핀은 막힘없이 대답했다.

"그래. 그녀의 이름은 바레타 그레데. 15년 전부터 시작된 오라리오의 암흑기, 질서를 어지럽히고 혼란을 가져왔던 이블스의 주요 간부…… 중 하나지."

그 말에 단원들은 흠칫 숨을 멈추었다.

"단장님이나 리베리아 씨, 가레스 씨는 물론이고【프레이야 파밀리아】,【가네샤 파밀리아】…… 길드와 손을 잡은 수많은 파벌과, 적대했습다."

"5년 전,【질풍】의 폭주가 결정타가 되어 이블스가 궤멸됐을 때는 다들 이미 죽었다고 생각했어. 바로 '제27계층의 악몽'에서……."

15년 전부터 대두되었던 이블스의 박멸에는 당연히【로키 파밀리아】도 관여하고 있었다.

8년 전에【로키 파밀리아】에 입단한 라울과 아키는 딱딱한 목소리로 당시의 정보를 덧붙였다.

"그렇다면 '제27계층의 악몽'은 역시 죽음을 위장하기 위한 술책이었나 보네."

"속이 뒤틀릴 정도로 정답이야, 콩알 용사님. 6년 전 그 시점에서 길드와 네놈들에게 호되게 당해서 이블스의 힘은 다 깎여나갔거든. 그래서【백발귀】올리버스를 꼬드겨서 간부들은 죽은 척했던 거야."

핀의 지적에 바레타는 웃음을 일그러뜨리며 대답했다.

'제27계층의 악몽'은 이블스가 일으킨 집단 규모의 '괴물 증정', 즉 '패스 퍼레이드'였다. 온 계층 내의 몬스터는 물론 '몬스터렉스'까지도 유인해, 함정에 걸린 길드 산하의 모험자들에게 붙였던 것이다.

그 후에 펼쳐진 것은 시산혈해의 광경이었으며, 적도 아군도 구분할 수 없을 정도로 뜯어 먹히다 만 주검이 여기 저기 널브러졌다. 바레타를 비롯한 주요 간부들은 그곳에 위조한 시체를 섞어 길드의 눈을 속이고자 했던 것이다.

헤아릴 수 없는 동지를 희생해가며, 언젠가 다시 일어나 기 위해.

처참한 결말을 초래한 '악몽'의 진상은 힘을 잃어가던 이블스의 연명조치였다.

하지만.

"핀~ 네놈은 쓰레기야! 우리한텐 악마처럼 끔찍한 개자 식이라고!! 그날 넌 27계층을 지원하러 오지 않았어! 정보 를 듣자마자 프레이야와 가네샤 패거리를 끌고 우리 주신 들한테 쳐들어갔지!"

격정에 사로잡힌 바레타의 노성이 핀에게 날아들었다.

당시의 핀은 바레타 일당의 계략을 간파했으며, 이미 때 가 늦었다고 판단한 제27계층을 **저버렸다**. 그 대신 후보로 열거되었던 이블스의 본거지를 모조리 습격했던 것이다. 적진의 수비가 허술해졌음을 꿰뚫어 보고.

주신들의 손을 빌린 핀 일행은 멋지게 '사신'이라 불렸던 이블스의 신들을 대부분 송환시키는 데 성공했다. 그리고 그것이 이블스와 길드 측의 역학관계를 크게 기울게 만드 는 결정타가 되었다.

이블스의 생존자들이 보기에 【브레이버】의 존재는 가증스럽기 그지없을 것이다.

"주신님이 송환되고 던전 안에서 '은혜'가 봉인돼버린 내 공포를…… 네놈이 알기나 해? 몇 번이나 몬스터한테 잡아먹힐 뻔했는지!"

"그래, 아주 잘 알겠어. 하지만 너희가 저지른 짓을 생각하면 불쌍하게 여겨야겠다는 생각은 들지 않는걸."

"이게 어디서 뺀질거리고 앉았어! 궤멸된 이블스 따위 아무래도 상관없다고! 하지만 네놈만은 절대 용서 못해! 반드시 복수해주겠다고, 난 그렇게 맹세했어!!"

당시의 기억을 떠올렸는지 바레타는 두 눈에 핏발을 세우며 침을 튀겨댔다.

"팔다리를 토막 낸 다음 네놈의 몸에 걸터앉아 마음대로 능욕하고, 그 새침한 얼굴을 흐물흐물하게 만들어주겠어!! 마음껏 내려다보며 깔깔 웃어주지!!"

"뭐야, 데이트 제안이야? 안됐지만 나에게는 일족의 비원이 있다 보니 잠자리에서 다정하게 속삭일 상대는 동족 이성으로 정해두었거든."

천박한 바레타의 매도에 핀은 웃음을 지으며 표표히 받아넘겼다. 흔히 말하는 음담패설로 대꾸하는 단장의 대담한 옆모습을, 여성단원들은 얼굴을 붉히면서도 흥미진진하게 바라보았다.

티오네가 아니더라도 모두가 좋아하는 파룸 단장이었다.

"게다가 여성을 상대로 이런 소리를 하는 것도 마음이 아프지만…… 바레타, 너는 기품이 너무 없어. 하다못해 리베리아만큼 조신해진 후에 다시 불러주지 않겠어?"

꺄악—!!

후방에서 새된 목소리가 터져나왔다.

"역시 단장님의 취향은 리베리아 님……!!"

"메모, 메모."

긴박한 상황을 내팽개쳐놓고 수첩에 펜을 놀리는 여성 단원들. 두령의 매력에 사로잡히지 않은 남성진과 아키, 레피야 등등은 분노에 찬 어떤 아마조네스의 반응을 상상하며 두려움에 팔을 문질렀다. 도발임을 알면서도 베이트조차 진저리를 칠 정도였다.

"피~인, 너 이 자식……!!"

한편 분노가 한계를 넘어선 바레타는 푸른 힘줄을 불끈불끈 드러내며 쏘아 죽일 듯한 기세로 파룸 용사를 노려보았다.

"역시 네놈은 내가 죽여버려야겠어!! 오늘, 이 자리에서!"

"생각보다 성격이 느긋하네? 그렇게나 내가 마음에 들었다면 오늘이 아니어도 얼마든지 기회가 있었을 텐데?"

"멍~청하기는!! 난 기다렸다고! 네놈들이 여기! 우리의 성에 어슬렁어슬렁 찾아오기를!!"

입술을 틀어 올린 바레타에게 처음으로 핀의 얼굴에서 웃음이 사라졌다.

맹금과도 같이 눈을 번들번들 빛내며, 복수에 사로잡힌 여자는 내뱉었다.

"이곳이 네놈들 무덤이다! 이 '크노소스'에 먹혀 죽어버려!!"

——'크노소스'?

그 단어야말로 미궁의 명칭이 아닐까 하는 생각에 눈썹을 틀어 올리는 핀을 보며 바레타는 오른팔을 불쑥 내밀었다. 그녀의 손에는 웬 구체가 들려 있었다.

바깥쪽을 감싼 재질은 정제금속이고—— 그 내부에는 'D'라는 기호가 새겨진 붉은 구체가 있었다.

매직 아이템으로 보이는 구체가 붉게 빛나는가 싶더니, 핀 일행의 뒤에서 '문'이 닫혔다.

"갇혀버렸습니다?!"

라울의 고함이 솟은 다음 순간, 룸의 좌우에 있던 '문'이 힘차게 열리고 엄청난 숫자의 식인꽃 무리가 출현했다.

눈 아래의 광경에 웃음을 지으며 바레타는 바닥을 박차 통로 안쪽으로 후퇴했다.

"야, 잔챙이들! 전투 시작됐다!!"

『오오오오오오오오오오오오오오오오오오오오오오!!』

베이트의 포효와 식인꽃의 포효가 겹쳐지며 전투가 막을 열었다. 각자 무기를 뽑아든 【로키 파밀리아】의 단원들이 몬스터에게 맞섰다.

'바레타가 사용한 저 저 매직 아이템, 그게 오리할콘 '문'

을 여는 '열쇠'로군……. 그리고 일부러 보여주었어.'

황금색 날의 장창을 가볍게 휘둘러, 동료들 중에서도 베이트와 견줄 만한 기세로 식인꽃을 없애기 시작한 핀은 바레타가 사라진 정면 통로 방향을 노려보았다.

'미끼를 들이대고 진짜 함정으로 유인하려는 심산이겠지……. 아니꼽지만 그 작전에 따라줄 수밖에 없겠는걸.'

좌우의 통로에서 출현한 몬스터는 끊일 줄을 몰랐다. 퇴로를 차단당한 지금, 길은 앞밖에 남지 않았다. 핀은 즉시 결단을 내렸다.

"전원 정면으로 전진!"

두령의 지시에 단원들은 손발처럼 따랐다. 적의 공격을 피하며 재빨리, 그러면서도 일사불란한 움직임으로 룸에서 정면 통로로 달려갔다. 당연히 식인꽃의 무리도 이를 따라왔다.

모험자들에게는 충분히 폭이 넓은 통로지만 대형급 몬스터에게는 좁은 직선통로에 여러 마리의 커다란 몸이 물밀 듯이 밀려든다.

"——단장님, 최후방은 저와 피르비스 씨에게 맡겨주세요!"

그 광경을 보고 고함을 지른 것은 레피야였다. 마도사가 나서기에는 위험한 포지션을 제안하는 바람에 라울을 비롯한 단원들은 놀랐지만, 중견 위치에서 몸을 돌린 핀은 소녀의 남색 눈을 바라보고 고개를 끄덕였다.

"부탁해, 레피야."

"네!"

두령이 보낸 신뢰의 웃음에 레피야는 자신을 분기시키며 몸을 돌려, 뒤를 쫓아 밀려드는 식인꽃과 맞섰다.

"피르비스 씨!"

"……그런 거였군. 나한테 맡겨!"

행동을 함께 한 동포 소녀는 목소리와 눈빛만으로도 모든 것을 헤아리고 한 걸음 앞으로 나섰다.

"【방패가 되어라, 파사의 성배】!"

왼손을 내밀며 순식간에 주문을 완성시킨다.

"【디오 그레일】!"

초단문영창으로 완성된 원형 장벽. 소녀의 고결함을 나타내는 순백색 광휘는 그야말로 철벽의 방패로 바뀌어 식인꽃 여러 마리의 돌격을 한꺼번에 막아냈다.

"【해방될 한 줄기 빛, 성스러운 나무로 지은 활대. 그대는 명궁일진저——】."

여기에 이어지는 노랫소리는 레피야의 영창이었다.

뚜껑이 되어 통로를 덮은 피르비스의 장벽이 몬스터를 한 걸음도 전진시키지 않는 가운데, 입에 익은 노래와도 같은 주문이 흐트러짐 없이 엮여 눈 깜짝할 사이에 포대를 완성시켰다.

"피르비스 씨, 쏠게요!"

척척 맞는 호흡으로 마법을 해제하고 후퇴하는 소녀와

엇갈려 나오며, 레피야는 포격을 해방시켰다.

"【아르크스 레이】!!"

『─────────────────────아아아아?!』

눈부신 대섬광이 빛에 타오르는 식인꽃과 함께 통로 안을 휩쓸었다.

직선통로로 쇄도하던 몬스터를 모조리 소멸시키는, 말 그대로 일소.

"이, 이 수법, 던전에서도 통하겠는데요……!"

"이곳을 빠져나가면 몇 번이고 시험해주지. 또 온다!"

새로운 식인꽃의 무리가 밀려드는 가운데 선황색과 흰색 매직 서클을 연달아 출현시킨 엘프들은 겨우 둘이서 추격을 저지했다.

"레, 레피야가 대단하지 말임다!"

"하기야 벽에서 몬스터가 태어날 걱정은 없으니까 최적이겠어."

레피야의 임기응변에 Lv.이 더 높은 라울과 아키는 에누리 없이 칭찬을 보내고,

"……헹, 겨우 쓸만해졌구만."

베이트는 확실하게 보인 소녀의 성장에 대담한 미소를 지어주었다.

"후배가 기대를 넘어서는 성장을 보여줘서 무엇보다 기쁜걸. ──베이트, 그대로 전열에서 장애물을 제거해! 너무 앞질러 가지 말고. 대열의 길이에 주의해!"

마찬가지로 입가에 웃음을 머금었던 핀은 다음 순간에는 날카롭게 지시를 내렸다. 전방에서 나타난 몬스터의 그림자에 베이트가 이끄는 선두집단이 부딪쳤다.

"식인꽃이 아니군…… 신종?!"

조우한 것은 물거미 비슷한 몬스터였다. 여섯 개의 다리는 길어서 휴먼의 허리 정도 높이까지 왔다. 한가운데의 몸통에는 '마석'과는 다른 붉은 크리스탈이 존재했다. 소형이며, 무엇보다도 수가 많았다.

선두집단에 섞여 있던 홉 바니 라크타가 공격방법도 알 수 없는 몬스터를 경계하고 있으려니,

"알 게 뭐야! 공격하기 전에── 밟아버리면 되지!"

『끼이익?!』

질주한 베이트의 공격이 한꺼번에 몬스터들을 잡아먹었다.

날카롭기 그지없는 속도에 양단되는 여러 마리의 적. 자신의 말을 그대로 실행하겠다는 양, 상대에게 공격할 틈을 주지 않고 신종을 순식간에 해치워나갔다.

강자에게만 허용되는 곡예에 겁을 먹으면서도 선두집단의 단원들은 든든한 웨어울프의 뒤를 따랐다.

"우왁, 바닥에 함정임다?!"

"조심해! 주위에도 몇 개나 있어!"

전방에서 베이트 일행이 맹위를 떨치는 가운데, 뒤로 펄쩍 뛰어 물러난 라울과 그에게 주의를 주는 아키의 목소리가 터졌다. 두 사람 말대로 폭 5미터는 될 것 같은 통로 곳

곳에 정사각형 수직굴이 뚫렸다. 시커먼 어둠은 까마득한 아래쪽으로 이어졌음을 나타냈다.

아무렇게나 뚫린 바닥함정은 트랩이라기보다는 증설 도중 방치되었다는 인상을 주었다. 발밑을 주의하며 버클러와 한손검을 장비한 아키, 활을 꺼낸 라울은 주위의 옆길에서 우글우글 몰려나오기 시작한 몬스터들과 맞붙었다.

'바레타…… 보고 있군.'

혼전의 양상을 띠기 시작하는 가운데, 중견 단원들과 함께 창을 휘두르던 핀은 주위로 시선을 보냈다.

바레타는 이탈하지 않았다. 이블스와의 항쟁 속에서 몇 번이나 충돌하면서 상대의 생각은 잘 파악했다. 옆길 중 하나에 몸을 숨긴 채 이쪽을 엿보는 것이다.

기회를 살펴 진짜 함정을 작동시키려는 것일까――.

머리를 굴리던 핀이 거대한 십자 교차로로 접어들려던 바로 그때.

엄지가 시큰거렸다.

"_____."

전에 없을 정도의 둔통.

손가락이 마비될 정도의 예감.

동시에 핀의 귀가 그것을 포착했다.

근처의 '문'이 열리는 무거운 소리를.

'――이, 건.'

위기를 알아차리는 '감'을 가진 핀도 대처하지 못할 사태였다.

지각할 수는 있지만 지시가 한 발 늦거나 몸이 따라오질 못하는, 개인과 집단의 처리능력을 초월한 '이상사태'. 이것 때문에 '심층' 원정 도중 몇 번이나 부하를 잃었던가.

그 위협의 전조가 지금, 절대영도의 오한이 되어 쏟아져 내렸다.

그 직후, 핀이 있던 파티 중견의 바로 옆면.

흉포한 몬스터의 무리가 일제히 세로로 갈라졌다.

마치 시중을 들듯, 왕의 대행자에게 길을 열어주듯.

십자 교차로 너머의 '문'이 활짝 열리고, 바람을 가르며 돌격해온 것은──

'──붉은 머리.'

녹색 두 눈, 시커멓게 물든 기분 나쁜 장검, 선혈과도 같이 붉은 머리카락.

'문' 너머에서 기척을 숨기고 이때를 기다렸던 습격자.

괴인── 레비스는 순식간에 핀의 눈앞으로 육박했다.

"크윽?!"

"또 만났구나, 파룸."

싸늘한 목소리와 함께 내리친 흑검의 일격.

이를 막아낸 핀에게 내달린 무시무시한 충격.

현저한 위력, 속도. 작디작은 몸으로는 다 받아낼 수 없을 만한 파괴력.

검격을 나누기를 겨우 세 차례, 그것만으로 핀의 자세는 **무너졌다.**

"18계층에서 진 빚을 갚아주지."

이전에 보았을 때와는 비교도 되지 않을 위압감. **있을 수 없는 전투능력의 상승.**

적은 괴인, 그리고 '강화종'.

대체 얼마나 많은 '마석'을 먹고——.

'——【헬 피네가스】를 써야해.'

쓰지 않으면 진다.

하지만 핀의 머리에 일말의 노이즈가 스치고 지나갔다.

【헬 피네가스】는 능력을 월등히 끌어올리는 '마법'이다. 그러나 대신 솟아나는 전투 욕구에 지배당해 제대로 지시를 내릴 수 없는 흉전사로 전락하고 만다.

이 상황에서 라울을 비롯한 단원들이 자신의 지휘를 잃어버린다면——.

남의 위에 선 자이기에 생겨난 한순간의 번민.

그리고 바로 그 한순간이 승부의 명암을 갈랐다.

"죽어."

핀이 품었던 망설임은 지금의 레비스에게는 치명적인 허점을 제공할 뿐이었다.

맹렬한 곡선을 그린 시커먼 검신이 핀의 몸을 갈랐다.

"크윽————!"

방어하고자 내밀었지만 양단된 창자루, 왜소한 몸에 새겨진 너무나도 깊은 검상.

요란한 핏방울이 흩어지는 핀의 시야에서, 레비스의 얼굴이 무감정하게 멀어져간다.

모험자들 사이에서 모든 소리가 사라지고 시간의 흐름이 완만해지는 가운데, 잘려나간 '포르티아 스피어'와 함께 파룸의 몸이 휘청 뒤로 기울어졌다.

"다……"

괴인의 급습에 아무 반응도 하지 못했던 단원들의 눈이 기울어져가는 용사의 몸을 보았다.

"……단장니이이이이이이이이이이이이이이이이이이이이이임?!"

핀의 몸이 포석 위로 튀었다. 단원들의 절규가 울려 퍼진다.

베이트가, 레피야가, 뒤를 돌아보며 얼어붙었다.

핀이 쓰러졌다.

어떤 순간에도 【파밀리아】를 고무시켰던 【브레이버】가, 꺾였다.

리베리아나 가레스, 아이즈 같은 이들이 쓰러졌을 때에도 느껴보지 못했던 절망. 창백해진 단원들의 그 충격이 얼마나 깊은지는 이루 헤아릴 수도 없었다. 눈 깜짝할 사이에 팽창하는 공황이 정지된 시간을 폭발시키려 했다.

그를 대신할 자는 없다.

핀은 【로키 파밀리아】에서 결코 무너져서는 안 될 정신적 지주였다.

'———.'

그렇기에.

장본인인 핀은 얼마나 현재의 상황이 치명적인지 누구보다도 깊이, 빠르게 이해했다.

사기 저하, 혼란, 와해.

선혈에 흐려져가는 머릿속으로 내린 결론은, '전멸'이라는 두 글자.

따라서 그의 마지막 결단은 가장 빠른 속도로 내려졌다.

"라울!!"

있는 힘껏 쥐어짜낸 피에 젖은 외침은 뻣뻣하게 굳어 있던 한 청년에게 닿았다.

핀을 비롯한 수뇌진으로부터 온갖 지식과 경험을 주입받았던 라울은 눈을 크게 뜨고, 다음 말은 필요 없다는 양자신이 해야 할 일을 깨닫고 실천했다.

"크흑!!"

활과 화살을 내팽개치고 다른 누구보다도 빠르게——레피스보다도 빠르게 튀어나갔다.

그를 추격하고자 했던 괴인은 청년에게 들이댔던 검을 번뜩였지만, 핀밖에 보지 않는 청년의 우직한 질주는 절대로 기세를 늦추지 않았다.

그 단행이 공을 세웠다.

오른쪽 어깨받이만이 부서져 흩어지고, 충격에 비틀거렸던 라울의 손이 간발의 차이로 핀에게 닿았다.

"쯧!"

레비스의 혀 차는 소리 밑에서 핀의 몸을 아기처럼 끌어안고, 혼신의 힘으로 바닥을 박차며 통로 한구석—— 아득한 나락을 향해 이어지는 수직굴로.

"모두 따라와!!"

"!"

청년이 정신없이 터뜨린 목소리에 이끌리듯 아키와 다른 단원들도 그 뒤를 따랐다. 전투를 포기하고, 라울과 핀이 낙하한 수직굴을 향해 몸을 던진다. 전멸을 회피하기 위해, 괴인과 괴물에게서 도망치기 위해.

핀의 곁에 있던 중견 위치의 모든 단원이 그 자리를 벗어났다.

"히얏하하하하하하하하하하하하하하하!!"

바레타의 홍소가 통로 안에 울려 퍼졌다.

핀의 예상대로 전황을 뒤집어엎은 그녀는 옆길 중 하나에서 고개를 내미는가 싶더니, 【로키 파밀리아】가 낙하한 수직굴로 다가왔다.

"꼴 좋~게 됐구나, 핀~~~~! 네가 꼬랑지를 말고 도망치다니~ 최고의 구경거리였어!"

희열을 머금은 목소리를 수직굴에 울려 퍼뜨린 바레타는 고개를 들고 레비스를 보았다.

"고마워. 역시 해결사 님이셔."

"이로써 놈들의 머리는 없앤 셈이지?"

괴인은 께느른하게 대답하며, 핀을 놓친 수직굴을 흘끔 쳐다보았다.

그녀의 관심은 거기서 끝났다.

"나는 그만 아리아에게 가보겠어."

"야, 아직 핀의 숨통을 끊은 게……"

"나머진 네가 알아서 해. 아니면 밥상을 차려준 걸로도 모자라 이젠 떠서 먹여주기까지 해야 하나?"

파룸의 피를 뒤집어썼던 시커먼 검신에서 뚝뚝 붉은 물방울이 떨어졌다. 검을 휘둘러 이를 털어낸 레비스는 바레타를 싸늘하게 조롱했다.

붉은 머리 괴인은 자신의 목적을 위해 발을 돌렸다.

"쳇, 아주 멋대로야…… 마음에 안 들어."

등을 돌리고 떠나가는 붉은 머리 여자에게 바레타는 얼굴을 찡그렸다.

"뭐, 됐어…… 누구에게도 양보할 마음은 없었으니까. 기다리라고, 핀~. 금방 해치워줄 테니까아."

그러나 이내 마음을 다잡고, 수직굴을 향해 가학적인 미소를 떨구었다.

치켜 올라간 입 양쪽 끝은 그녀의 집착이 얼마나 깊은지를 말해주었다.

"······야, 이것들아."

그런 그녀들에게, 갈라진 목소리로 중얼거린 것은 베이트였다.

경직된 전열 멤버들 중에서 가장 빠르게 충격에서 회복된 웨어울프는 두 눈을 곤두세우며 땅을 박찼다.

"크아아아아아아아아아아아아아아아아아아아아아아아아아!!"

분노의 포효를 터뜨리며 바레타와 레비스를 향해 질주한다.

앞을 가로막는 몬스터를 모조리 재로 만들어 날려버리며, 자신의 발톱을 꽂으려 했지만,

"Lv.6인 네놈하고 곧이곧대로 맞붙을 마음은 없~다고, 【바나르간드】."

바레타는 그것조차 비웃었다.

손에 든 매직 아이템이 빛을 뿜어내는가 싶더니, 베이트의 정면에 두꺼운 금속벽이 급속도로 떨어졌다.

"!!"

꽝음과 함께 닫혀버린 십자 교차로, 눈앞을 가로막은 오리할콘 '문'.

불괴의 장벽을 보며 베이트는 노성을 터뜨렸다.

"빌어먹을!!"

주먹을 꽂아 무시무시한 타격음을 터뜨렸지만, 오리할콘 '문'은 꿈쩍도 하지 않았다.

얼굴에 새겨진 푸른 문신이 요란하게 일그러지고 이를 뿌득뿌득 가는 소리가 들렸다.

"베, 베이트 씨!!"

게다가 단원들의 비명이 나쁜 소식을 알려주었다.

뒤를 돌아보니, 그곳으로 밀려들던 것은 물거미에 식인 꽃까지 더한 몬스터의 대군이었다.

바레타가 원래 심어두었던 것으로 보이는 트랩에 분노를 터뜨리며 베이트는 주위로 시선을 돌렸다.

막다른 골목으로 변한 지금의 위치에 있다가는 말 그대로 독 안에 든 쥐가 된다. 헤아릴 수도 없는 몬스터의 대군을 곧이곧대로 상대했다가는 베이트는 그렇다 쳐도 단원들이 버티질 못한다.

베이트는 속이 뒤집히는 심정으로 고함을 질렀다.

"이 자식들아, 뛰어!"

앞에서 밀려드는 몬스터의 파도를 헤치며 남은 퇴로로 뛰어들었다.

베이트 또한 그 자리에서 철수할 수밖에 없었다.

"다, 단장님…… 베이트 씨……."

이 모습을 모두 지켜보던 레피야는 아무것도 할 수 없었다.

겨우 다 쓰러뜨렸는지, 식인꽃은 더 이상 통로로 밀려들지 않았지만 그 자리에서 움직일 수가 없었다. 최후방을 맡아 파티에서 떨어졌던 레피야와 피르비스만이 통로 안에 남고 말았다.

피르비스와 함께 뻣뻣하게 서 있으려니, 바레타가 흘끔 쳐다보았다.

"이봐, 해결사 나리. 하다못해 저기 엘프들은 정리해주고 가지? 난 냉큼 핀의 울상을 보고 싶거든."

그렇게 말하며 또 다른 '문'을 닫고 십자 교차로 지역을 완벽하게 차단해버렸다. 동료들의 구조를 방해한 바레타의 웃음이 격벽 너머로 사라졌다.

앙갚음처럼 떠넘긴 지시에 레비스는 불쾌하다는 듯 눈살을 찡그리더니 레피야와 피르비스를 돌아보았다.

얼어붙은 눈빛에 레피야의 어깨가 떨렸다.

"…………."

레비스의 눈이 스윽 가늘어졌다.

그리고 여성 괴인은—— 레피야와 피르비스를 **무시하고는** 자신도 옆길 중 하나로 들어가 사라졌다.

"어……."

—— 보내줬어?!

신경 쓸 가치도 없는 상대라고 판단한 것일까. 레피야의 배 속이 확 뜨거워졌다.

길 저편에서 울리는 '문'이 여닫히는 소리. 레피야는 달

려갔으나 레비스가 사라진 옆길은 이미 금속문으로 가로
막힌 상태였다.

"큭……!"

"레피야, 기다려! 침착해!"

입술을 깨무는 레피야에게 피르비스가 달려왔다. 그녀
의 말을 듣고 어떻게든 감정을 억누르며, 거칠어진 호흡을
토해냈다.

"피르비스 씨, 단장님이, 동료들이……. 구하러 가야 해
요……!"

"나도 알아. 하지만 【브레이버】에게는 갈 수 없어. 돌아
가려 해도 오리할콘 '문'이 방해가 되어서 나아갈 수가 없
어……!"

피르비스의 목소리에서는 조바심이 묻어났다. 레피야도
알고 있었다.

후방의 홀은 이미 오리할콘 '문'에 가로막혀 동료들과 합
류할 방법도 바레타에게 저지당했다. 이제 두 사람은 고립
무원이었으며, 이 미궁 안에 갇혀버린 것이었다.

"밑으로 떨어진 네 동료들을 구하려 해도, 탈출해서 리
베리아 님 일행에게 지원을 청하려 해도, 지금 우리가 해
야 할 일은――."

"――새로운 길을 찾는 것."

말을 이어받은 레피야에게 피르비스가 긴박한 표정으로
고개를 끄덕였다.

"가자. 전투는 최대한 피해야 해. 지금 우리는── 이미 거미집 안에 사로잡힌 셈이니까."

그리고 그 안에서 아리아드네가 될 정답의 실을 찾아내야만 한다.

숨을 들이마시며, 레피야는 고개를 끄덕여 대답했다.

주위로 뻗어나가는 옆길 중 하나로 들어가, 두 엘프는 일말의 희망을 찾아 달려나갔다.

🔥

"────."

쩌적.

전조도 없이 건틀렛에 내달린 균열을 보고 가레스는 움직임을 멈추었다.

"가레스……? 왜 그래?"

"……아니다, 아무것도."

아이즈에게 대답한 가레스는 자신의 한쪽 팔을 바라본 후 몸을 뒤로 돌렸다.

핀 일행과 헤어진 등 뒤의 길을 바라보며 찜찜한 마음을 털어냈다.

불온한 예감을 느끼면서 파티와 함께 앞으로 나아갔다.

"여긴……."

"넓다아……."

그들이 도달한 곳은 마침 핀 일행이 발견한 곳과 비슷한 룸이었다.

전방 이외에는 길이 없었으며, 정면의 통로도 위쪽에 있다. 2층 건물에 필적할 만한 높이였으며 계단이 갖춰지지 않은 기묘한 구조였다.

티오네와 티오나의 목소리가 메아리치는 가운데—— 한 사내가 정면의 입구에서 나타났다.

"!"

"이렇게 만나게 되는군…… 【로키 파밀리아】의 모험자 여러분."

통로 안의 어둠에서 마석등 불빛과 함께 모습을 나타낸 것은 음습하게 생긴 남자였다.

긴 허리띠를 감은 의상은 작업복인지, 활동에는 편해 보였지만 후줄근하고 때 묻은 모습은 청결함과는 거리가 멀었다. 도저히 건강하다는 인상을 주지 못하는 희디흰 피부는 전혀 빛을 받지 못했음을 이야기해주는 것 같았다.

색소가 희박한 머리카락은 부석부석했으며 앞머리가 한쪽 눈을 가렸다.

드러난 눈의 아래쪽도 누적된 피로에 시커멓게 죽어 있었다.

약간의 나이 차이가 느껴지기는 했지만, 틀림없었다——.

"우리가 찾던 초상화 속의 남자!"

"당신, 멜렌에서 신이랑 거래했던 휴먼 맞지?"

티오나가 손가락으로 가리키고, 티오네가 날카로운 안광과 어조로 물었다.

높은 곳에서 내려다보던 인물은 흘끔 아마조네스 자매에게 시선을 보냈다.

"그런 일도 있기는 했지만…… 나를 찾아다녔나? 나는 너희와 만나고 싶지 않았는데."

불쑥 중얼거린 말에 티오나와 티오네는 눈을 깜빡거렸다.

"애초에 이러고 있는 시간조차 아까워. 우리 시조님의 비원은 원대하고도 장대해서 시간이 아무리 많아도 모자라니……. 설령 도달했다 한들 틀림없이 나는 그곳에 있지 못하겠지……. 인간의 몸인 이 육체가 원망스러워…… 하다못해 장수종족인 엘프의 피를 물려받았다면…… 아아, 원통하다."

중얼중얼, 중얼중얼. 수상쩍은 혼잣말을 시작하는 사내에게 자매만이 아니라 다른 단원들도 으스스함을 느꼈다. 아이즈도 약간. 그는 놀랍게도 적인 로키 파밀리아를 방치하고 있었다.

식인꽃은 물론이고, 가차 없이 덤벼드는 이블스의 잔당 중에서도 보지 못했던 타입이었다.

"자, 잠깐잠깐! 자기 세계에 빠져들지 말고!"

"대체 뭐야, 당신! 뭐 하러 온 거야!"

당황했던 티오나와 티오네가 간신히 고함을 지르자, 사

내는 혼잣말을 그치고 고개를 들었다.

"이거 실례했군. 내 이름은…… 바르카, 라고만 말해두지."

여전히 어두운 목소리로, 하지만 나름대로 예의를 차려 이름을 밝힌 바르카는 귀찮다는 듯 오른쪽 눈을 가늘게 떴다.

"나는 너희를 어둠의 늪으로 초대하는 임무를 명령받았다……."

그 말에 아이즈 일행은 겨우 긴장감을 되찾았다. 힐러리네나 크루스 같은 하급단원들도 자세를 잡았다.

그런 가운데, 조금 전부터 침묵을 관철하던 가레스는 혼자 위화감을 느끼고 있었다.

'이 인원을 상대하면서, 저렇게 호리호리한 남자 하나? 몬스터가 나오는 것도 아니고……. 아이즈라면 한달음에 쓰러뜨릴 수 있을 텐데.'

바르카가 풍기는 분위기는 아무리 봐도 전사의 것은 아니었다. 그나마 마술사나 주술사라고 부르는 편이 어울릴 것 같았다. 설령 마법 같은 것이 있다 해도, 이 거리에서라면 단문영창을 마치기도 전에 아이즈를 비롯한 제1급 모험자들의 공격이 더 빨리 닿을 것이다. 【로키 파밀리아】를 상대하기에는 분명히 역부족이다.

몬스터의 기습도 줄곧 경계하고 있지만, 그럴 기척도 없었다.

그렇다면 지금도 유유히 서 있는 사내의 꿍꿍이는, 트

랩——

'——?'

그때 가레스의 시야에 어떤 것이 들어왔다.

'바닥의 중심에, 붉은 보옥……?'

그것은 룸의 한복판, 바닥 포석 안에 파묻히다시피 내장된 것이었다.

이 미궁을 나아가는 도중 몇 번쯤 보았던 것과 같은 재질의 '보옥'이었으며, 그리고 이제까지 보았던 것들보다도 컸다.

"!!"

그때 가레스는 흠칫 튕기듯 고개를 들고 위를 보았다.

이쪽을 내려다보는 바르카의 시선이 보옥 한 점에 집중되어 있었다. 마치 공명하듯, 붉은 보옥의 안쪽이 **일렁였다.**

"자네들, 뛰——."

"늦었어."

가레스의 고함을 가로막고 바르카가 앞머리를 쓸어넘겼다.

그리고 드러난 왼쪽 눈, 붉은 왼쪽 눈에 새겨진 것은——

'D'라는 기호.

다음 순간.

덜컹!!

굉음과 함께 넓은 룸의 바닥이 **열렸다**.

"_____."

얼어붙은 아이즈, 티오나, 티오네, 가레스, 그리고 다른 단원들.

느닷없이 사라진 바닥, 몸을 에워싼 것은 압도적인 부유감, 아득한 아래쪽으로 이어진 것은 끝없는 어둠.

'**바닥함정**'.

이 넓은 룸의 '바닥'은 단순한 석판이 아니라.

오는 도중 아이즈 일행이 보았던 것과 마찬가지로, 오리할콘으로 만든 '문'.

석판으로 위장된, 초대형 사이즈의 거대 쌍여닫이문.

침입자를 나락 밑바닥으로 빠뜨리는 던전 기믹.

"안녕히, 【로키 파밀리아】—— 좋은 악몽을 꾸길."

이내 아이즈 일행의 몸은 낙하를 개시했다.

"으——아아아아아아아아아아아아아아아아아아아아아아아아아아아아아아아아?!"

깊은 어둠으로 빨려 들어가는 단원들이 비명을 질렀다.

넓은 룸 전체가 범위. '문'을 연 바르카에 의해 【로키 파밀리아】는 예외 없이 트랩의 먹이가 되었다.

"바닥함정?!"

"쳇!"

티오나의 비명을 들으며 티오네, 그리고 일부 단원이 나이프며 갈고리 로프, 사슬 같은 것을 벽에 투척했다. 그러나 이음매가 없는 아다만타이트 벽이 이를 모조리 튕겨냈다. 낙하 이외에는 용납하지 않는 수직굴의 구조에 티오네 일행의 눈은 경악으로 물들었다.

제1급 모험자라 해도 땅에 발이 닿지 않으면 아무것도 할 수 없다.

충격과 혼란에 머리가 새하얗게 물든 자가 속출하는 가운데, 머리 위의 오리할콘 쌍여닫이문이 천천히, 무자비하게 닫혀나갔다.

"아이즈!"

"크읏!"

그러나 그때 가레스와 아이즈가 동시에 움직였다.

"흐으음!!"

"【눈을 뜨라, 폭풍】!"

바람을 두른 아이즈를 향해 가레스의 거대 배틀액스가 투척되었다. 이를 바람의 검으로 후려친 아이즈는 머리 위쪽을 향해 가속해, 【에어리얼】의 힘을 빌려 그야말로 기류처럼 상승했다.

문이 닫히기 직전, 미미한 틈을 뚫고 혼자 함정에서 탈출했다.

"?!"

룸 높은 곳에 있던 바르카의 아래쪽까지 그대로 단숨에

짓쳐들었다.

거리를 두고 착지한 【검희】의 모습에 사내는 경악을 드러냈다.

"이거 놀랍군……. 선조의 함정을 피하는 인간이 있을 줄이야."

"저 '문'을 열어!"

동료들의 위기상황에 귀기를 띤 아이즈를 보며 바르카는 한쪽 눈을 가늘게 떴다.

"하지만 나도 붙잡힐 수는 없지."

오직 도주만이 있을 뿐.

바닥을 박차며 후퇴하는 바르카를 아이즈는 그 이상의 가속으로 따라잡았다. 하지만 한 걸음 못 미쳐 사내가 옆 길로 들어간 순간, 오리할콘 '문'이 힘차게 떨어졌다.

"큭……?!"

앞을 가로막는 금속문에 얼굴을 찡그리며 아이즈는 통로로 되돌아갔다.

조금 전까지 바르카가 있던 위치에서, 동료들이 사라진 룸을 내려다보았다.

"동료들이……!"

빛이 끊어진 미궁 내.

"갇혀버린 거야……?"

"가레스하고도, 갈라져버렸어……."

낙하한 곳에서, 티오네와 티오나는 단원들과 함께 아연 실색 어둠에 잠긴 미로를 둘러보았다.

"가, 가레스 씨……?!"

"그만 마음 단단히 먹게. 깔끔하게 인정하는 게야. 몰아붙이던 우리가 사냥당하는 입장이 되었다고."

몬스터의 대군에 에워싸여 단원들에게 대답한 가레스는 투구를 고쳐썼다.

"단장님, 단장님?!"

"……라, 울…… 지휘를, 맡아……. 여기서, 탈출, 해……."

멈추지 않는 피, 자꾸만 끊어지려는 호흡.

반쯤 죽어가는 두령의 모습에 울부짖는 라울과 단원들.

라울의 품에서 살짝 눈을 감은 핀은 어둠에 가로막힌 천장을 힘없이 올려다보았다.

"베이트 씨, 어디로 가야 하죠……?!"

"내가 알아?! 코를 써! 귀를 기울여! 찾아내! 뭐가 됐든 상관없으니까, 단서를 긁어모아서 핀이 있는 곳으로 간다!"

현재 위치도 확실치 않은 미로를 나아가는 베이트는 자신을 따라오는 수인들에게 고함을 질렀다.

"레피야, 우선 출구를 찾아! 반드시 어딘가에 있을 테니!"

"네, 넷!"

고립된 레피야 또한 피르비스와 함께 동료들의 궁지를 구하기 위해 혼돈에 찬 미궁을 분주히 뛰어다녔다.

그리고

"【검희】는 놓쳐버렸지만…… 이제 타나토스의 부탁은 다 들어줬군."

추격을 뿌리친 바르카는 어두운 통로를 혼자 나아갔다.

"바레타 쪽도 잘했겠지……. 준비는 갖춰졌어."

그의 눈앞에는 온갖 '문'이 있었다.

수많은 문을 빠져나가, 미궁을 자유로이 오가는 붉은 눈동자의 소유주는 조용히 선언했다.

"'인조미궁 크노소스'…… 시조님께서 만드신 걸작의 초석이 되거라, 【로키 파밀리아】."

어둠이 이를 드러냈다.

3장

죽음의 연회

Гэта казка іншага сям'і.

фестываль смерці

© Kiyotaka Haimura

"안 되겠어요! 이 너머에서 '문'이 떨어져서…… 내부로 나아갈 수가 없게 됐습니다!"

단원의 찢어지는 비명이 비밀통로 내에 울려 퍼졌다.

리베리아 일행이 남은 【로키 파밀리아】의 진영이었다. 미궁의 출입구 앞에 자리를 잡은 모험자들은 내부로 파견했던 척후의 보고를 듣고 웅성거리기 시작했다.

핀 일행이 미궁으로 들어간 지 이미 7시간.

소식이 두절된 진입부대에게 무슨 일이 있었던 것이라 확신하기에 충분한 시간이었다.

"핀네가 갇혀삔기가……? 가능성은 예상했지만…… 니는 어케 생각하노, 리베리아?"

"아무리 오리할콘 '문'에 격리되었다 해도, 여차하면 가레스가 아다만타이트 벽을 파괴하고 탈출했을 테지. 그러지 않는다는 것은…… 미궁 내부에서 함정에 걸렸다고밖에 생각할 수 없다."

핀과 가레스는 물러날 때를 잘못 판단할 사람이 아니라고, 리베리아는 어둠 너머를 바라보며 단언했다.

주위에서 동요하는 단원들을 흘끔 보고, 비취색 두 눈이 날카로운 빛을 띠었다.

"그라믄 마, 만약 바닥함정 같은 데 빠졌다 치고…… 핀이 즈그 힘으로 탈출할 수 있을 거 같나?"

"이것이 평범한 미궁이었다면 아무것도 아니라고 단언했겠지만……."

미궁의 벽 앞까지 다가간 리베리아는 손에 든 지팡이의 물미로 후려쳐보았다.

아다만타이트의 광택이 안에서 드러난 가운데, 부서진 석판의 일부를 주워 들었다.

"역시……."

"머고, 그기? 머 섞여 있기라도 했나?"

"그래. '옵시디언 솔저의 체석(體石)'이지."

옆에서 들여다보는 로키에게 리베리아는 어떤 '드롭 아이템'에 대해 설명했다.

'옵시디언 솔저'. 심층영역인 제37계층에 출현하는, 흑요석 몸을 가진 몬스터. 이 몬스터의 특성은 '액막이돌'과도 같이 '마법'의 효과를 감쇄시킨다.

지상으로 가져온 '드롭 아이템'은 고가에 거래되며, 스미스들이 종종 마법에 대항하기 위한 뛰어난 갑옷이나 방패를 만드는 데 쓸 정도였다.

"아다만타이트를 두른 석판 전체에 이 돌이 섞여 있다고 봐도 좋을 거다. 견고할 뿐만 아니라 '마법'에도 내성이 있어."

손바닥에 얹은 액막이용 흑요석을 희고 가느다란 손가락이 꾹 움켜쥐어 부쉈다.

버들잎처럼 모양 좋은 눈썹을 찡그리며 리베리아는 말했다.

"바깥에서 '마법'을 쏴도 다이달로스 거리나 지하수로에

피해가 미칠 뿐이다. 나라 해도 이 미궁을 완전히는 파괴
할 수 없다. 내부에서라면 더더욱. ……핀의 창으로 불가
능하겠지."

　냉정하게, 막힘없이 견해를 피력하는 부단장에게 주위
단원들은 흠칫 숨을 멈추었다.

　로키도 그게 진짜냐고 탄식하며 미궁을 향해 눈을 가늘
게 떴다.

　"이 미궁은 미증유의 존재. 이것을 만들게 된 경위 같
은 것을 알 방법도 없지만…… 아마 우리의 상상을 초월하
는 망집이 관여했을 것이 분명해."

　이제는 단순한 적의 아지트라 보는 것은 자살행위라고
리베리아는 단언했다.

　이를 전제로, 그녀는 주신과 함께 상황의 타개책에 대해
의논했다.

　"음— 리베리아, 니 매직 서클에 레이더 같은 능력 있지
않았나? 그걸로 몬 찾나?"

　"레이더가 뭔진 모르겠다만…… 제2계위 공격마법 레아
레바테인이라면 매직 서클 내에 든 사람과 몬스터를 모두
식별할 수 있다. 다만 어디까지나 '옆'의 범위일 뿐. 아래
계층은 인식할 수 없다."

　"전력으로 광역전개하고, 불 퍼붓기 전에 캔슬하고 반복
하면…… 연비는 끝장이고 엄청 비효율적이겠지만서도,
함 해 보제이. 이 플로어만 조사해보는기라."

"알았다. 해보지."

로키의 명령에 리베리아는 당장 영창에 들어갔다.

거대한 비취색 매직 서클이 전개되는 가운데 로키는 재삼 지시를 날렸다.

"아리시아, 몇 명 데리고 이 근처 지도 좀 마련해온나. 이 미궁이 얼마나 큰진 몰라도, 리베리아 이동시키면서 매직 서클 시험해봐야 쓰겠데이."

"아, 알았어요!"

여러 명의 단원과 출발하는 엘프 아리시아를 지켜본 후, 로키는 떨떠름한 표정을 지었다.

입을 꾹 다문 신의 얼굴이 발밑에서 올라오는 비취색 빛을 반사했다.

🔥

뿌연 푸른색 인광이 어스름을 짊어진 두 인물의 얼굴을 비추었다.

"시킨 대로【로키 파밀리아】를 8계층에 떨어뜨렸다."

"고마워, 바르카. 덕분에 살았어."

합류한 바르카와 남신 타나토스가 대화를 나누었다.

그곳은 수많은 룸 중 하나였다. 미궁 내에서도 침입자는 도달할 수 없는 깊은 장소다. 으스스한 외견의 검이며 창이 놓여 있고, 로브를 뒤집어쓴 자들이 여러 개의 통로를 따라 연신 오갔다. 나중에 증축해 미궁에 설치한 이블스 측의 거점이었다.

마석등을 거의 꺼놓아서 타나토스가 좋아하는 어둠이 도사리고 있었다.

"난 잠시 나갔다 올 텐데, 그거 조작 부탁해."

"알았다……."

타나토스가 룸에서 나가는 것을 흘끔 보며 바르카는 어떤 좌대 앞에 섰다.

석조 좌대는 나무 그루터기의 형상과도 비슷했다. 덩굴이 여러 겹으로 감겨 언뜻 식물과 융합된 것처럼 보이기도 했다. 좌대에는 달빛을 연상케 하는 창백한 수막이 어려 있었다.

좌대 앞에는 놓인 것은 붉은 보옥이었다. 오리할콘 '문'에 박힌 보옥과 같은 종류지만 그보다도 훨씬 컸다.

이것은 장치였다. 미궁 내에서도 중요한 장치다.

'눈동자'를 가진 바르카와 극히 일부 사람만이 다룰 수 있는 물건이다.

"──오늘은 유달리 크노소스가 시끄럽구만."

그 '극히 일부'가 바르카 앞에 나타났다.

다부진 몸을 가졌으며 키가 큰 휴먼이었다.

입가에 지은 것은 거친 미소여서 한눈에 악당임을 알 수 있다.

얼굴에 장비한 것은 스모키 퀴츠 렌즈로 만든 고글이

었다.

거무스름한 렌즈 안에서 붉은 왼쪽 눈이 어스름하게 비쳐 보였다.

"뭘 하고 있어? 응? 형제."

"관둬라, 딕스."

룸의 통로에서 나타난 사내에게 바르카가 냉랭한 눈빛 속에 혐오감을 내비쳤다.

"그저 같은 여자의 배에서 태어났을 뿐이다. 절대 나를 형이라고 부르지 마라."

"농담이라고, 농담. 나도 네놈 같은 '주박'의 노예들하고 피가 이어졌다고 생각하면 구역질이 나."

딕스라 불린 사내도 조롱하듯 내뱉었다.

바르카는 이미 관심을 잃은 것처럼 좌대로 눈을 돌렸다.

"근데, 뭘 꽥꽥 떠들어대고 앉았어? 이래선 괴물 놈들을 밖으로 실어 나를 수도 없겠다고."

"우리를 냄새 맡고 다니던 【로키 파밀리아】를 크노소스 안으로 들였다."

"이보셔…… 난 그런 말 못 들었는데? 이거 또 성가신 놈들한테 찍혔군."

좌대의 수막 안에는 무인 통로는 물론이고 계단을 뛰어내려가는 아이즈의 조바심 어린 옆얼굴, 어둠 속을 둘러보는 티오나 등 미궁 내의 여러 광경이 비치고 있었다.

미궁의 곳곳에는 청백색 꽃이 으스스한 조각상의 눈동

자나 식물의 부조 속에 감추어져 있다. 거대 꽃의 기생으로 변모한 제24계층 팬트리에 피어 있던 것과 같다. 그 꽃이 포착한 영상을 좌대의 수막에서 모두 내다볼 수 있었다.

크노소스에는 원래 없던, 레비스를 비롯한 괴인들이 가져다준 기술이었다.

"마침 잘 됐군. 딕스, 너도 도와라."

"아앙?"

"바레타가 일을 대충 처리하는 바람에 함정에서 벗어난 개와 요정 놈들이 이리저리 싸돌아다니고 있다……. 시조님의 비원을 위해서라도 해치우고 와."

"몬스터도 있고 괴물 여자도 있잖아? 그것들한테 알아서 잡으라고 하면 될 걸 가지고."

"그 끔찍한 여자도 제멋대로 움직이고 있단 말이다……. 이렇게 되면 누구의 지시도 듣지 않을걸."

조우한 몬스터를 모조리 해치우는 웨어울프, 둘이서 함께 행동하는 엘프, 혼자 묵묵히 이동하는 레비스의 모습이 수막 속에 일렁였다.

"이곳이 탄로 나기라도 했다간 몬스터의 밀수도, 네 '악취미스러운 장난'도 불가능해질 텐데……."

눈을 마주하며 말하는 바르카를 보며 딕스는 입을 다물고, 이내 웃었다.

"하는 수 없지. 해줄게. 【로키 파밀리아】라면 관여하고

© Kiyotaka Haimura

싶지 않은 것들 중 1위지만…… 여긴 우리 홈이니까. 지리
적 이점은 분명 우리한테 있지."

미궁의 악랄함을 잘 아는 사내는 목을 끅끅 울리며 웃고
고개를 들었다.

"새 창을 줘. 원래 그럴 생각으로 온 거니까. 너무 신나
게 하다가 망가뜨렸지 뭐야."

"……거기 있다. 원하는 걸로 가져가."

"역시 '신비' 어빌리티 있는 사람은 다르다니깐. 주술사
님은 준비성도 좋으시지."

벽에 늘어선 창 한 자루를 꺼내든다.

이리저리 뒤틀린 날을 가진 붉은 장창. 형상은 물론이고
진홍색 그 자체가 '저주'라는 단어를 방불케 했다. 으스스
한 분위기를 띤 무기를 몇 번인가 휘둘러본 딕스는 마음에
들었다는 양 자루로 어깨를 두드렸다.

"그럼 잠깐 다녀올게. ──【로키 파밀리아】사냥이다."

"단장님, 정신 차리세요!"

비통한 목소리가 미궁 한구석에 울리고 있었다.

떨어진 높이는 대충 '상층'의 6계층 분량. 레비스 일당에
게서 어떻게든 이탈한 라울, 아키 외 3명의 단원은 검에 베
인 퓐을 치유하고 있었다.

"안 되겠어, 라울! 상처가 아물질 않아!"

"어째서임까?! 그렇게 포션을 썼는데, 왜……!"

아이템을 사용하는 단원의 곁에서 라울이 갈팡질팡하며 외쳤다.

아무리 포션을 써도 바닥에 눕혀놓은 핀의 상처는 좀처럼 아물지 않았다. 붉은 생명의 물방울이 지금도 파룸의 몸에서 흘러나간다. 살짝 오르내리는 조그만 가슴이 간신히 살아 있음을 알려주기는 했지만 푸른 눈은 흐릿했으며 제대로 초점을 맺지 못했다.

"'커스'……!"

치료를 받아들이지 않는 부상을 보며 아키가 입술을 꼭 깨물었다.

"'커스'라니…… 그런 걸 어디서 받았슴까?! 수상한 '마력' 같은 건, 단장님은 물론이고 우리도 받은 적이……!"

"그게 아니야, 라울. 그 여자가 썼던 까만색 검…… 그게 '수페리오르'였던 거야. '커스'가 심어져 있었던 거야!"

레비스가 장비했던 흉흉한 칠흑의 장검.

그 무기 그 자체가 '저주의 무구'였음을 아키는 간파했다.

"'커스 웨폰'……."

아키의 추측에 흠칫 놀란 라울은 다른 단원들과 함께 파랗게 질린 얼굴로 중얼거렸다.

'커스'가 담긴 '수페리오르'. '마술사'와는 반대편 영역에

속하는 '주술사'가 만드는, 금기시되는 무구다. 저주의 무기와 같은 것으로 분류되곤 하는 이런 무기는 특이성 때문에 '수페리오르' 내에서도 더욱 희귀하다.

부여된 특성은, 분명 치유를 불가능하게 만드는 '불치의 저주'.

"그러면, 단장님은……?!"

"저주를 풀지 않는 한, 아무리 아이템이나 '마법'을 써도 상처는 아물지 않아……."

아키가 쥐어짜낸 말에 라울의 무릎에서 힘이 빠져나가려 했다.

핀은 사실상 재기불능. 아니, 그 정도가 아니라 얼른 저주를 풀지 않는다면 피가 멎지 않아 목숨 그 자체가 위험하다.

이 파티에는 저주를 풀 수 있는 아이템도, 힐러도 존재하지 않는다. 다시 말해.

"한시라도 빨리 이 미궁에서 탈출해야 해……!"

아키가 내린 결론에 라울의 얼굴이 파랗게 질리다 못해 새하얗게 바뀌었다.

무시무시한 적과 몬스터가 들끓는 이 장소에서, 가급적 신속하게 탈출? 핀 없이?

이곳은 매핑도 되지 않은 미답파지역이다. 현재 위치도 모르고, 출구가 있는지조차 알 수 없다. 아이즈나 가레스처럼 든든한 동료도 없다. 활로는 아무 데도 존재하지 않는다.

자신들만으로—— 대체 어떻게?

"라울, 정신 차려!"

"!"

아키에게 어깨를 붙들려 라울은 흠칫 고개를 들었다.

"우리가 단장님을 구해야 해! 아이즈나 가레스 씨가 아니고, 우리가! 우리밖에 없다고!"

"아키……."

"그런데 너까지 자신감을 잃으면……!"

아키의 손은 떨리고 있었다.

그들이 당황하기만 하는 가운데 홀로 냉정하게, 꿋꿋하게 행동하던 그녀도, 역시 동요를 필사적으로 억눌렀던 것이다. 이 사태에 굴하지 않고자 필사적인 것이다.

끝까지 감추려 했던 그녀의 약한 모습을 보고, 라울은 어떻게든 마음을 굳게 먹으려 했다.

그러나. 그러나. 그러나. 하지만.

——단장님, 전 어떻게 하면.

라울은 매달리듯, 희미한 호흡을 되풀이하는 핀에게 시선을 떨구었다.

생각해보면 생각할수록 절망적인 상황에 청년의 생각은 소리를 내며 헛돌았다.

『피이~~~~~~~~~~~~~~~인!! 어디 처박혀 있어어!』

"!"

그때, 멀리서 울려 퍼진 커다란 고함이 라울의 생각을

중단시켰다.

어깨를 흠칫 떨며 홱 돌아본 라울은 깨달았다. 핀의 숨통을 끊기 위해 바레타가 쫓아왔음을.

라울 일행은 수직굴의 낙하지점에서 즉시 이동했다. 어디까지나 레비스와 바레타의 추격을 두려워했기 때문이다. 미궁을 무턱대고 이동하는 위험성을 알고서 철수를 우선시했던 것이다.

바레타와는 아직 거리가 있는 것 같지만…… 전해져오는 발소리의 숫자로 보건대 적은 상당한 숫자를 이끌고 온 것 같았다.

『내가 갈 때까지 뒈지지 마! 넌 끝장이야. 눈앞에서 부하들까지 몽땅 죽여서 한껏 절망에 빠뜨려줄게! 하하하하하하하하하하하하!』

"……!"

가학적인 고함이 공포를 불러일으키고, 그 공포가 행동을 강요했다.

"모두 이동하겠습니다!"

악화되기만 하는 상황에 빠져, 라울은 동료들에게 도주를 재촉할 수밖에 없었다.

"고스란히 함정에 걸려들었잖아……!"

"어떡하지~ 티오네~?"

어둠에 지배당한 통로 한곳. 티오네와 티오나는 동요하

© Kiyotaka Haimura

는 다른 단원들과 함께 있었다.

"던전하곤 달리 여긴 어딘지도 모르겠고~! 위험한 거 아냐?!"

"아, 좀 진정해! 갈팡질팡하지 마! 그게 적들이 바라는 거야!"

동생을 포함한 다른 단원들에게 고함을 지른 티오네도 사실 속으로는 동요를 감출 수 없었다.

커다란 함정. 직감으로 위험을 감지하는 핀과는 다른 파티를 노리는 수법. 적은 분명 용의주도하면서도 임기응변을 잘 살릴 수 있는 계획을 이 미궁에 펼쳐놓았다. 그것은 다시 말해 몇 겹으로 책략을 강구했다는 뜻이다.

둘로 갈라진 다른 파티는, 핀은 무사할까.

'불길한 예감이 들어……. 괜찮은 거죠, 단장님?'

자신보다도 강한 수컷의 걱정 따위는 필요도 없을 거라고, 아마조네스 소녀는 자신을 타일렀다.

그러나 그런 그녀를 비웃듯.

초중량 금속덩어리가 티오네의 등 뒤에 떨어졌다.

"어?!"

통로를 분단하는 오리할콘 '문'.

티오나와 세 명의 단원이 장벽 너머로 사라졌다.

"티오나, 티오나?! 젠장!"

파티가 다시 분단되었다. 어둠 탓에 '문'의 존재를 알아차리지 못했던 것이다.

이 자리에 있는 사람은 자신 외에는 창백하게 질린 수인 크루스, 그리고 남성 서포터 한 사람뿐.

분노에 몸을 맡기고 금속문을 후려치며 티오네는 못난 자신을 저주했지만, 그보다도.

그녀는 주위를 둘러보았다.

'지금 '문'을 조작한 거야?! 어딘가에 자객이 있나?!'

분명히 인위적인 타이밍에 '문'이 내려왔다. 이쪽의 동태를 살피고 있지 않았다면 불가능하다. 수인 크루스와 남성 서포터가 당황하는 가운데, 으스스한 조각상이 어둠을 두른 통로를 응시하던 티오네는── 갑자기 뽑아든 투척 나이프를 **동료에게** 투척했다.

"엑?"

고속으로 날아가는 투척도구 《피르카》.

뻣뻣하게 서 있던 서포터에게 날카로운 빛을 뿜어내는 칼날은── 그의 뺨을 아슬아슬하게 스치고 그 뒤에 있던 존재에게 명중했다.

"꾸엑?!"

"……어?"

"적이다!"

쓰러지는 실루엣, 다시 한 번 멍청하게 중얼거리는 서포터. 한 쌍의 쿠크리 나이프 《조르아스》를 장비하는 티오네.

황급히 돌아오는 단원과 엇갈리며 티오네는 무수한 기

척이 준동하는 전방으로 뛰어들었다.

"티, 티오네 씨?!"

"크루스, 오르바! 마석등 꺼내!"

크루스 쪽을 보지도 않고 지시하며 티오네는 《조르아스》를 번뜩였다. 살점을 가르는 감촉에 이어 사람의 비명. 크루스와 오르바가 당황하며 휴대용 마석등을 켜자, 검은 옷을 입은 사람들이 비쳤다.

"어느 틈에……?!"

전율하는 크루스와 오르바를 내버려둔 채 티오네는 잇달아 적의 무리를 베어나갔다.

'레피야에게 들었던 이블스 놈들과 차림이 달라……. 이 놈들, 암살자구나!'

머리에 눌러쓴 후드에 간편한 의상. 고향 텔스큐라에서 뛰쳐나온 후 긴 여행 동안 몇 번인가 만난 적이 있던 어둠에 속한 자들과 발놀림이 비슷했다.

고용된 것인지, 아니면 이블스의 또 다른 부대인지. 어쨌거나 죽여버리겠다고 티오네는 으르렁거렸다.

그러나

"으윽?!"

매우 귀에 거슬리는 고주파, 그리고 여기에 이어 '마법'으로 여겨지는 빛이 티오네를 엄습했다.

공간이 한정된 통로인 데다, 마침 팔꿈치 지르기로 쓰러뜨린 적과 함께 범위에 말려드는 바람에 제1급 모험자라 해도 피할 도리가 없었다. 한쪽 귀를 붙들며 무엇에 당한 것인지 으르렁댔지만 적의 나이프를 재빨리 회피했을 때 이변을 깨달았다.

'몸이, 무겁잖아······?!'

손바닥도 떨려 힘이 잘 들어가지 않았다.

오리할콘 '문' 앞에서 전투하던 크루스와 오르바는 무언가를 깨닫고 신음했다.

"'커스'에, 상태이상 마법······!"

전자는 피시전자에게 페널티를 주고, 후자는 스테이터스 저하를 일으킨다.

아마 커스의 효과는 권태감 부여. 적은 티오네를 약화시킨 것이다.

"티오네 씨, 이 자식들 위험해요!!"

크루스의 경고도 허무하게 암살자들은 티오네에게 몰려들었다.

다소 스테이터스가 떨어졌다고 굴할 Lv.6이 아니다. 그러나 몇 번씩, 여러 겹으로 커스와 상태이상 마법을 걸어 대면 움직임이 점점 빛을 잃기 시작했다. 적은 모두 '저주'의 사용자였으며, 숫자의 우위를 살려 티오네를 죽이려 했다.

"이, 자식들!!"

아군이 희생되거나 말거나 '저주'를 중첩시켜 약해진 거물을 확실하게 해치운다.

동료를 분단시킨 인조미궁과의 콤보. 인해전술을 구사하는 암살자들은, 마침내 제대로 악력이 깃들지 않는 티오네의 두 손에서 마침내 쿠크리 나이프를 튕겨 날려버렸다.

"윽?!"

베이고, 구타당한다.

마치 바람처럼 옆을 스치고 지나간 흑의의 무리가 티오네에게 상처를 새겨나간다.

그리고 견디지 못하고 그녀의 무릎이 땅에 닿았을 때, 거한 암살자가 필살의 메이스를 내리쳤다.

"티오네 씨?!"

살을 분쇄하는 소리가 울려 퍼졌다.

"티오네, 티오네!!"

차단당한 통로에서 티오나는 오리할콘 문을 쾅쾅 두 손으로 두드려댔다.

대답도 반응도 돌아오지 않았다. 언니와 마찬가지로 분단당했다는 데에 조바심을 느끼고 있으려니,

"티오나 씨, 몬스터예요! 수, 숫자가……!"

"!"

마도사 엘피가 지른 비명에 돌아보니, 통로 안쪽에서 신종 몬스터—— 베이트도 교전했던 물거미 몬스터가 밀려들었다.

티오나는 한순간 망설였지만, 고민하기도 전에 행동했다.

"여길 벗어나자!"

"네, 넷!"

자신은 둘째 치고 엘피 같은 마도사들이 물량에 짓눌릴 것이다. 그렇게 판단한 티오나는 어쩔 수 없이 '문'에서 떨어져 달려 나갔다. 티오네 일행에게 사과하며, 우르가를 휘둘러 몬스터를 해치우며 옆길 중 하나로 동료들을 이끌었다.

'핀도 가레스도, 아이즈도 티오네도 없어! 아니꼬운 놈이지만 베이트도! 어떡해 이거~!! 난 생각하는 거 잘 못한단 말야~!'

지혜나 임기응변이란 자신이 가장 싫어하는 분야다. 아무 것도 모르는 미궁의 돌파구 따위 전혀 떠오르지 않았다. 오히려 하염없이 혼란에 빠져 이리저리 뛰어다닐 자신이 있는 티오나는 필사적으로 따라오는 하급단원들을 자기 혼자 지킬 수 있을지 조바심을 느꼈다.

"──으아아아아악!!"

"엑, 아크스?!"

뒤에서 터진 비명에 돌아보니, 휴먼 단원 하나가 한쪽 팔을 붙들고 주저앉아 있었다. 무슨 일인가 싶어 다가가자 그의 팔에 몬스터 한 마리가 달라붙어 있었다.

"'포이즌 베르미스'?!"

제2급 모험자들에게도 두려움의 대상이 되는 '극독' 몬스터.

지난 번 '원정'에서 돌아오는 길에도 【로키 파밀리아】를 숱하게 괴롭혔던 포이즌 베르미스였다.

"엘피, 신시아, 비켜!"

놀라기 전에 무기를 휘둘렀다. 대형 무기인 우르가를 재빠르고도 정밀하게 놀려 동료의 팔에 상처 하나 입히지 않고 포이즌 베르미스만을 갈라버렸다.

"틀렸어요, 이미 당했어⋯⋯. 특효약이 없으면 치료가 불가능한데!"

"왜 이런 곳에 포이즌 베르미스가⋯⋯!"

포이즌 베르미스의 '극독'은 【내성】 어빌리티도 관통해버린다. 아크스에게 달려온 소녀들이 비명을 지르고, 현재의 장비로는 치유할 수 없는 동료의 참상에 티오나도 조바심을 내고 있으려니——

투욱.

새로운 포이즌 베르미스가 발밑에 굴러왔다.

"⋯⋯⋯⋯."

뻣뻣해진 얼굴을 천천히 들자, 높은 천장에 뻥 뚫린 무수한 구멍에서 밀려나듯 몬스터의 대군이 기어나오고——

"뛰어!!"

티오나 일행이 땅을 박찬 것과 동시에 대량의 포이즌 베르미스가 머리 위에서 쏟아졌다.

"뭐야뭐야뭐야아~~~?! 장난하는 거지—?!"

중독당한 단원을 어깨에 걸머지며 온 힘을 다해 도망

쳤다.

끊임없이 떨어지는 몬스터. 보라색 체액에서 분비되는 독액. 티오나 일행의 바로 뒤를 극독의 소나기가 침범했다. 티오나의 비명에 호응하듯 마도사 소녀들은 죽을힘을 다해 발을 놀렸다.

"차라리 드래곤에게 쫓기는 게 낫겠다—!!"

온 힘을 쥐어짜내 도주한 보람이 있었는지, 포이즌 베르미스의 낙하지대는 간신히 벗어났다.

그러나 미궁은 안도할 틈을 주지 않고,

터어엉!!

절망의 소리를 터뜨렸다.

"또 '문'?!"

"티오나 씨, 뒤에서!!"

망연자실할 시간도 없이 돌아보니, 포이즌 베르미스의 대군이 밀려들고 있었다.

바닥을, 벽을, 천장을 따라 개미떼처럼 밀려드는 악몽의 행군은 맹렬한 혐오감을 불러 일으켜 소녀들의 피부에 소름을 돋게 만들었다.

포이즌 베르미스의 무리는 티오네 일행을 유린하고자 일제히 달려들었다.

"이 자식들—!"

어깨에 짊어졌던 아크스를 동료에게 떠넘기고, 티오나는 앞으로 나선 것과 동시에 우르가를 휘둘렀다. 종횡무진 내달리는 대쌍인의 검광이 거친 결계가 되어 포이즌 베르미스를 베어 날려버렸다. 달려들자마자 『삐기익?!』 울음소리를 내며 몬스터의 조그만 몸이 잇달아 잘려나갔다.

퇴로를 잃고 낭떠러지 앞에서 저항하는 티오나가 땀을 뚝뚝 흘리게 된 것도 찰나.

진행을 저지당한 포이즌 베르미스의 대군은 그 조그만 입을 벌렸다.

"————."

독액의 일제분사. 티오나의 시간이 얼어붙었다.

극독이 급류가 되어 모험자들에게 방출되었다.

"흐으음!!"

몬스터의 육체를 가레스의 주먹이 분쇄했다.

"아이즈를 피신시킨 것은 다행이지만, 도끼를 잃어버리고 말았구먼."

투덜거리며 드워프 대전사는 몬스터를 맨손으로 하나하나 때려 부쉈다.

장소는 물거미 몬스터가 들끓는 룸.

처음 보는 상대이기 때문에 경계하면서도, 다른 단원들과 함께 괴물의 포위망을 돌파하고자 이리저리 뛰어다녔다.

'상당히 깊이 떨어진 것 같은데. '중층'의 경험으로 보건대 던전으로 치면 8계층 정도 깊이가 아닐지.'

아직 모험자 경력을 별로 쌓지 않았을 무렵, '중층'의 수직굴에는 몇 번이나 신세를 진 적이 있다. 제52계층 밑에 있는 '용의 웅덩이'에서도 바로 최근에 대낙하를 맛보았다.

수직굴에서 떨어졌던 시간을 역산해 가레스는 현재의 위치를 짐작해보았다.

'하급단원이 절반 이상 보이지 않는데…… 여기 없는 티오나와 티오네에게 붙어 있다면 다행이겠지만…….'

이 자리에 남은 것은 제2급 모험자 소녀 나르비를 비롯한 단원 셋. 가레스는 몬스터를 물리치며 뿔뿔이 흩어져버린 단원들을 걱정했다.

"가레스 씨! 적이 더 와요!"

"!"

무기인 쌍검을 열심히 휘두르던 나르비가 고함을 질렀다. 가레스가 시선을 돌리자 여러 개의 통로에서 로브를 두른 이블스의 사도들이 대거 밀려들었다.

"이런! 레피야의 정보가 확실하다면 저놈들은 자폭을 할 텐데!"

진명과 소속이 적힌 등의 【스테이터스】를 태우는 동시에, 적을 길동무로 삼기 위한 사병(死兵). 이블스의 잔당은 어떻게 된 노릇인지 죽음을 두려워하지 않는다.

팬트리의 전투에서 밝혀졌던 이상자들은 가레스가 충고한 것처럼 로브 밑에 숨겨두었던 '화염석'에 불을 붙였다.

"어리석은 바람의 대가를 이곳에에에에에에에!!"

『끼이이아아아아아아아아아아아아아아아아아아악?!』

몬스터의 파도 속에서 인간폭탄이 터져 괴물들의 단말마가 울려 퍼졌다.

"모두들 도망치게!"

밀려드는 열풍에 가레스 일행은 두말없이 도주를 선택했다.

유일하게 적의 증원군이 나오지 않았던 통로로 뛰어들어 아슬아슬하게 폭발에 말려들지 않을 수 있었다.

다만, 적의 추격은 끊이지 않았다. 사방팔방, 수없이 교차하는 미로 너머에서 이블스의 잔당이 나타나 자폭공격을 감행했다.

"말로는 들었지만…… 이 자식들 막무가내예요!!"

"이렇게 좁은 통로에서 자폭하면 도망칠 곳이 없거늘……!"

이리저리 도망치는 나르비의 비명에 드워프 대전사라해도 진저리를 치며 얼굴을 찡그리지 않을 수 없었다.

그리고 새로운 옆길로 접어들었을 때였다.

진로를 가로막고 나타나던 적의 모습이, 뚝 끊어졌다.

"……추격이, 그쳤네?"

숨을 헐떡이는 나르비와 단원들 옆에서, 벽에 손을 짚으며 가레스는 의아함을 담아 미간을 찡그렸다.

그렇게나 격렬했던 적의 발소리와 살의가 완전히 그치고, 미궁에 정적이 찾아왔다.

"——해냈습니다아, 바르카 님! 타나토스 니임! 우리를 적대하는 원수들을, 이 트리스가 몰아넣었었다고요오!!"

그 직후 터져나온 환희의 목소리에 돌아보니, 시선 너머에는 잔당의 두목으로 보이는 휴먼 사내가 서 있었다.

눈에서는 눈물을 흘리며 기쁨인지 공포인지 모를 감정으로 몸을 떠는, 도저히 정상으로는 보이지 않는 모습.

단원들이 자신도 모르게 겁을 먹고 있으려니, 사내는 발화장치를 기폭시키려 했다.

——이 거리에서 자폭을?

그 간격으로는 불길이 닿지 않는다. 무엇보다 '몰아넣었다'는 말은 무슨 뜻일까. 적의 언동을 의아하게 여겼던 가레스는,

"———."

손가락에 닿은, 어떤 것을 보고 말았다.

벽에 짚었던 손가락의 틈새. 석판에 묻혀 빛나는 것은 붉은 광채.

이블스의 잔당이 몸에 감고 있던 것과 같은, '화염석'.

그것이 같은 간격으로 통로 좌우의 벽에 빼곡하게 내장되어 있었다.

"주신이시여, 부디 저의 바람을 들어주소서……."

사내가 굉음을 터뜨리며 자폭한 다음 순간.

통로에 설치된 '폭탄'이 일제히 유폭되었다.

"뛰어!!"

밀려드는 폭풍과 충격에 가레스 일행은 온 힘을 다해 등을 돌렸다.

유폭된 지뢰와도 같이 벽에 설치된 '화염석'이 잇달아 폭발하며 다가왔다. 포효를 터뜨리는 무수한 폭염은 어느 사이엔가 무시무시한 불줄기가 되어 도망치는 가레스 일행의 등을 맹렬히 쫓아왔다.

화장 트랩. 발을 들인 침입자를 한꺼번에 태워 죽이는 필살의 영역.

석판이 터지고 내부의 금속이 노출되었지만 아다만타이트로 구성된 벽은 꿈쩍도 하지 않는다. 그저 미친 듯이 날뛰는 화염으로 미로 내의 온도가 단숨에 상승했다.

입을 벌리고 달려드는 불줄기의 위협에, 가레스와 단원들은 굵은 땀방울을 흘렸다.

그리고 결정타를 가하듯.

이곳에서도 '문'이 퇴로를 차단했다.

"!!"

티오네, 티오나와 마찬가지로 처형 선고를 내리는 오리할콘 '문'.

등 뒤를 홱 돌아보니, 가레스 일행의 얼굴을 붉은색으로 물들이는 불줄기가——.

"으, 으아아아아아아아아아아아아아아아아아아아아아아아아아아아아!!"

단원들의 절규를 길동무 삼아, 불꽃이 일행을 집어삼켰

다.

"찾았다."

그 사내는 베이트 일행과 몬스터가 펼치는 혼전 속에 나타났다.

"……뭐야, 저 자식은."

피를 연상케 하는 진홍색 장창, 앞이 트인 이블스의 로브.

허술하게 입은 복장 속에서 후드만을 뒤집어써 정체를 감춘 휴먼 사내.

"이 옷 진짜 촌스럽다니깐. 나 원~ 혹시 몰라 변장을 했다지만 도저히 못 해먹겠어."

몰려드는 몬스터를 선두에서 격파하던 베이트가 파티 후방에 나타난 사내를 향해 돌아보자, 그는 자신의 옷차림에 낄낄 웃음을 흘렸다.

전투를 계속하며 라크타를 비롯한 단원들도 돌아보는 가운데, 사내—— 딕스는 붉은 창을 한 바퀴 돌리고 어깨에 걸쳤다.

그리고 빈 오른손 검지를 척 내밀었다.

"그럼 만나자마자 갑작스럽긴 하지만—— 죽어버려."

후드에 숨겨진 고글 안에서 붉은 눈이 가늘어졌다.

"【헤맬지어다, 끝없는 악몽】."

순식간에 끝난 주문.

그것이 의미하는 바는, 초단문영창.

발산된 으스스한 '마력'이 '저주'의 산성(産聲)을 불러 일으켰다.

"【포베토르 다이달로스】."

방출된 붉은 파동을 눈으로 본 베이트는—— 호박색 눈을 크게 떴다.

"————."

다음 순간 그가 취한 선택은, 전력회피.

호전적인 웨어울프가 본능의 고함에 굴복해 모든 것을 내팽개쳤다.

회피 지시를 터뜨리지도 못한 채, 회피경로에 있던 라크타의 목덜미를 붙잡고 옆쪽의 통로로 구르듯이 몸을 날렸다.

그 찰나, 통로에 있던 단원들과 몬스터, 베이트 일행이 있던 장소를 붉은 파동이 휩쓸고 지나갔다.

원념을 방불케 하는 끈적끈적한 메아리가 귓전에 달라붙었다.

다음 순간,

『——————————————————아아아!!』

동료 단원들과 몬스터가 일제히 고함을 터뜨리며, **폭주를 시작했다.**

"엑…… 애, 애들아?!"

"······큭!!"

검이, 창이, 이빨이, 채찍이, 마구잡이로 날아가 피를 불렀다.

인간도 몬스터도 상관이 없었다. 가리지 않고 날뛰어대는 기이한 광경을 보고, 바닥에서 몸을 일으킨 라크타는 베이트와 함께 경악했다. 단원끼리, 혹은 몬스터끼리, 곁에 있는 존재를 붙잡고는 닥치는 대로 공격하는 것이다.

"'커스'구만······!"

'마법'에는 있을 수 없는 효력을 보고 베이트는 이내 깨달았다.

아마 착란 계열의 '커스'. 저주를 풀지 않으면 힘이 다할 때까지 폭주하고, 가까이 있는 사람을 적이 됐든 아군이 됐든 공격한다.

초단문영창이면서도 필살에 가까운 위력을 가진, 오버스펙의 '초견필살' 주문이었다.

베이트도 옆에 도망칠 통로가 없었다면 먹이가 되었을 것이다.

"보고 나서 피하는 게 말이 되냐, 【바나르간드】~. 이러니까 도시 최대 파벌이란 것들은."

한편, 딕스는 옆길로 대피한 베이트와 라크타에게 투덜거리며 웃음을 일그러뜨렸다. 왼손에 든 붉은 창의 자루로 어깨를 두드리며, 시선 너머에서 펼쳐진 광란에 입술을 틀어올린다.

무기가, 발톱이 수없이 휘둘러지고 사람도 괴물도 피를 뿌리며 미친 듯이 날뛴다.

"괜찮으시려나, 【바나르간드】?! 얼른 수를 쓰지 않으면 동료들이 자기들끼리 죽이다 쓰러질 텐데!! 하, 하하하하하하하하하하하하하하하하하!!"

조롱의 목소리가 베이트의 미간에 주름을 만들었다.

폭주의 연회를 만들어낸 고글 낀 사내는 목을 울리며 홍소를 터뜨렸다.

"우리의 시조…… 고대의 명공 다이달로스는, 혼돈의 아름다움 '던전' 못지않은 최고 걸작을 만들어내고자 했다."

좌대를 내려다보며 바르카가 말했다.

"그것이 이곳…… 인조미궁 '크노소스'."

눈 아래의 수막에는 이리저리 도망치는 【로키 파밀리아】의 멤버들이 비치고 있었다.

"면면히 이어져 내려온 혈족이, 남겨진 '설계도'를 토대로 완성을 지향하는 것…… 그것이 시조님과 자손인 우리의 대망. 아직까지 완성은 보이지도 않지만 **천 년을 내려온** '작품'이다."

【로키 파밀리아】의 동향에 눈을 가늘게 뜨며, 바르카는 좌대의 커다란 홍옥에 손을 가져다댔다.

그의 왼쪽 눈과 홍옥이 공명하며 빛을 발하는가 싶더니, 포이즌 베르미스에게서 도망치는 티오나 일행의 퇴로를 차단하는 '문'이 내려왔다.

"시조님의 '설계도'에 더해 독자적인 개조를 가미했지…… 본의는 아니다만 이것도 이블스와의 계약이니. 놈들이 없었다면 우리는 비원을 이룰 수 없었을 테고."

좌대의 커다란 홍옥은 미궁 내의 '문'을 원격조작할 수 있다.

바르카가 말한 명공 다이달로스의 피를 물려받은 자, 눈에 'D'라는 기호를 가진 자들만이 다룰 수 있는 장치다.

좌대 안에서는 퇴로를 차단당한 티오나 일행이 포이즌 베르미스에게 일제공격을 당하는 모습이 비쳤다.

"이곳은 던전보다도 훨씬 악의로 넘치는 미궁. 오라리오에 도사린 '악'을 지키기 위한, 단순한 아지트가 아니다."

발을 들인 시점에서 너희의 운명은 끝이 난 것이라고, 바르카는 좌대를 바라보며 내뱉었다.

"사냥감을 무리에서 하나하나 떼어내고 해치운다…… 사냥의 기본이지. 모험자는 서로가 서로를 보완하는 파티가 없으면 제대로 힘도 발휘하지 못하는 잡배. 【로키 파밀리아】도 예외는 아니다."

분단에서 시작되는 함정, 몰아붙이기. 모든 것이 절호의 흐름.

배치된 암살자들이, 수많은 몬스터가, 바레타를 비롯한

이블스의 잔당이, 뿔뿔이 흩어진【로키 파밀리아】를 궁지로 몰아넣는다.

"【로키 파밀리아】라 해도 동료가 없으면 이리도 무력하구나."

좌대에 비친 광경 속에서 빈사의 핀을 끌어안은 라울의 파티가, 티오네가, 티오나가, 가레스가, 베이트가, 한 사람, 또 한 사람 미궁의 함정에 잡아먹히기 시작했다.

바르카가 내려다보는【로키 파밀리아】는, 받아들일 수밖에 없다.

믿을 수 없는 일이지만, 인정할 수밖에 없다.

이 인공미궁의 위협이, '심층'에 필적한다는 것을.

"'열쇠'를 가지지 못한 너희에게는 이 크노소스의 공략은 불가능…… 끝장이다."

절망에 일그러진 모험자들의 얼굴을 무감정하게 바라보며, 바르카는 단언했다.

"남은 것은 엘프들과,【검희】……."

이윽고 좌대 안의 광경 중 두 곳에 시선을 보냈다.

나란히 달리는 두 명의 엘프와, 바람처럼 질주하는 금발금안의 소녀에게.

⊡

"레피야, 내가 전열을 맡겠어. 앞으로는 나오지 마!"

"네, 넷!"

피르비스의 지시에 몸이 자꾸만 앞으로 나가려 했던 레피야는 황급히 고개를 끄덕였다.

현재 위치도 확실하지 않은 미궁 내부. 레피야와 피르비스는 낙오된 【로키 파밀리아】와 합류하거나 이 상황을 타개하기 위해 이리저리 헤매고 있었다.

"……문제없어. 전진하자."

피르비스는 '마법검사'. 순수한 후열 마도사인 레피야보다 포지션을 앞으로 두는 것이 자연스러운 흐름이었다. 그녀가 모퉁이에서 고개를 내밀고 적의 모습이 없음을 확인한 후 앞장서는 형태로 길을 나아갔다.

"레피야…… 나는 이대로, 외부 출구를 찾아야 한다고 생각해."

"네?"

"아래로 떨어진 동료들을 걱정하는 마음은, 이해한다. 하지만 지금은 어떻게든 이 미궁에서 탈출해, 외부에 도움을 청해야 해."

피르비스의 의견에 레피야는 입을 다물고 말았다.

그녀의 말은 틀림없이 정론이었다. 이대로 둘이 정처 없이 미궁을 배회하는 것보다는 밖에서 대기하고 있을 리베리아 일행을 불러오는 편이 낫다. 다시 말해 진로는 핀 일행이 추락한 아래가 아닌, 위.

논리적으로는 이해했다. 그러나 레피야는 아무래도 선

을 그을 수가 없었다.

'아이즈 씨는…… 다른 분들은, 괜찮을까.'

둘로 갈라진 또 다른 파티를 걱정했다.

부디 무사하기를. 가능하다면 합류하기를. 레피야가 그렇게 속으로 빌고 있을 때, 앞장서던 피르비스가 흠칫 움직임을 멈추었다. 옆으로 내민 한쪽 팔이 레피야의 움직임을 저지하는가 싶더니 곧장 옆길로 끌어들였다.

"뭐, 뭔가 있었나요?"

"조용히."

피르비스는 그 한 마디로만 대답했다.

긴박한 그녀의 목소리에 레피야가 숨을 멈추고 있으려니, 시선 너머의 십자 교차로에 사람의 모습이 나타났다.

'……! 저건…….'

레피야의 눈에 비친 것은 자남색 후디드 로브.

제24계층의 팬트리에서 보았던 가면 쓴 인물이 분명했다.

은색 메탈 글러브에, 피부를 조금도 드러내지 않는 차림.

교전했던 핀 일행의 정보에 따르면 식인꽃을 조종하는 괴인임이 확실하다고 한다.

'적은, 한 명…….'

여기서 보기에 가면 쓴 괴인은 단독으로 행동하고 있었다.

어디로 갈 생각인가 살피고 있으려니, 갑자기 상대가 이쪽을 돌아보았다.

"……!"

피스비스가 얼른 팔을 잡아당겨준 덕에 아슬아슬하게 숨을 수 있었다.

들키지는 않았다. 아마도.

레피야의 심장 소리가 벌컥벌컥 온몸에 울려 퍼졌다.

피르비스도 입을 꾹 다문 채 찰나의 침묵을 견디고 있었다.

여기서 몬스터를 불러내기라도 했다간 버티지 못한다. 레피야와 피르비스가 숨을 죽이는 가운데, 이쪽을 빤히 바라보던 가면 괴인은── 멀리서 울려 퍼진 소리에 흠칫 반응했다.

그리고 이내 그쪽으로 달려갔다.

"……가버린, 모양이군."

"위험했어요……. 하지만 지금 그 소리는…… '문'이 열리는 소리 같았는데요."

이 미궁에 들어온 후로 몇 번이나 들었던 경질적인 금속 문이 오르내리는 소리. 가느다란 엘프의 귀를 쫑긋거리는 레피야에게 피르비스도 긍정하듯 고개를 끄덕였다.

이내 두 사람은 옆길에서 나와 가면인물의 뒤를 따랐다.

물론 미행에는 세심한 주의를 기울여, 놓치지 않을 만큼 아슬아슬한 거리를 두었다.

미로를 몇 번이나 꺾고, 위로 이어지는 계단을 하나 통과한 후로도 한동안, 가면인물은 밖으로 이어지는 출입구임 직한 통로 앞에 서 있었다.

막 열린 '문' 앞에는 후드와 로브로 얼굴을 가린 두 사람이 있었다.

'저 사람들은······?'

레피야가 모퉁이에서 동태를 살피고 있으려니, 방문자 중 하나와 가면인물은 무언가 이야기를 나누는 것 같았다. 몸의 윤곽으로 보건대 방문자는 남성과 여성임을 알 수 있었다.

'한쪽은······ 신?'

멀리서도 미미하게 전해지는 신위에 레피야가 눈을 가늘게 뜨고 있으려니, 가면인물은 방문자들을 데리고 이동을 개시했다.

'열쇠'를 꺼내 사용하여 다른 '문' 안으로 사라졌다.

"어디로 갔을까요?"

"그건 모르겠지만······ 잘 됐다, 레피야. 밖으로 이어져 있어."

방문자들이 떠나간 방향을 살피며 레피야와 피르비스는 미궁의 출입구를 발견했다. '문'은 방치해두면 닫히는 구조인지 아직은 활짝 열려 있었다. 고개를 내밀고 엿보니 눈에 익은 지하수로의 비밀통로 안이었다.

아마 리베리아 일행이 있는 곳과 이어졌을 것이다.

"몬스터도 적도 없군. 나가자, 레피야."

"………….."

"……레피야?"

안도를 내비치는 피르비스의 목소리에 레피야는 입을 다물었다.

의아하게 여기고 돌아보는 그녀를 내버려둔 채, 레피야는—— 매직 서클을 전개했다.

"【위셰의 이름 아래 바라노라——】"

"엑."

사용할 마법은 서먼 버스트(소환마법), 【엘프 링】.

아연실색한 피르비스의 곁에서 레피야는 단숨에 영창을 가속시켰다.

"【휘몰아쳐라, 세 차례의 엄동—— 나의 이름은 알브】!"

소환한 것은 리베리아 리요스 알브의 빙결포격.

매직 서클에서 비취색 광채를 뿜어내며, 두 손에 든 지팡이를 내밀었다.

"【윈 핌불베트르】!!"

뿜어져 나간 세 줄기의 눈보라는 출입구 부근으로 날아갔다.

천장으로 밀려 올라간 '문'과 함께 얼음이 생겨나, 그야말로 빙굴과도 같은 광경을 자아냈다.

"이거라면……."

그렇다. 이거라면.

'열쇠'를 사용한다 해도 한동안은 문이 '열린 상태'로 유지될 것이다.

"피르비스 씨…… 피르비스 씨는 이대로 밖에 나가 리베리아 님을 데려와주세요. 저는 돌아가겠어요."

"뭐……?! 무슨 소리야!!"

레피야의 말에 피르비스는 갈팡질팡했다. 표정을 크게 바꾸고 목소리를 높였지만, 이내 흠칫해 주위를 둘러보았다.

레피야의 코앞까지 다가와선 목소리를 죽인다.

"돌아가겠다고? 이 미궁으로? 말도 안 되는 소리 마라! 혼자 돌아가서 뭘 하겠다고!"

"피르비스 씨 말씀이 옳다는 건 알아요. 저 혼자서 돌아가 봤자…… 아무것도 못할지도 모르죠."

노려보는 피르비스의 붉은 눈을 레피야는 꿋꿋하게 받아냈다.

"하지만 여기서 도움을 기다린다면…… **때가 늦을지도 몰라요.**"

"큭……."

"출구 위치는 알았어요. '문'도 한동안은 열린 채로 유지될 거예요. 이쪽에서 마중을 나가는 편이 단장님네랑 합류할 시간을 단축할 수 있을 거예요."

레피야의 말에 피르비스는 아연실색했다.

"무모해……."

얼굴을 힘없이 옆으로 돌리고, 꺼져 들어갈 것 같은 목소리로 반대했다. 레피야의 말은 어리석은 희망적 관측에 불과하다고.

그녀의 얼굴은 울음을 터뜨리기 직전이었다. 애원하는 것처럼 보이기도 했다.

그러나 레피야는 뜻을 굽히지 않았다.

원통 형태의 백팩을 고쳐 메고, 속내를 털어놓았다.

"미안해요, 피르비스 씨……. 저는 【파밀리아】 동료들을, 버리고 싶지 않아요."

그 말은 피르비스에게는 잔혹한 대답이기도 했다. 동포 소녀는 흠칫 눈을 크게 뜨고, 다음으로는 입술을 깨물며 고개를 숙였다.

'제27계층의 악몽'에서 동료들 덕에 목숨을 건지고, 또한 그들을 저버렸던 그녀에게는 상처를 헤집어대는 기분이었을 것이다.

동시에, 그렇기에 말릴 수도 없었다.

피르비스는 레피야의 결의를 뼈아플 정도로 이해하고 말았다.

정적이 주위를 에워싸고, 시간만이 흘러갔다.

발밑을 바라보던 엘프 소녀는 이윽고 고개를 들었다.

"……그럴 거면, 나도 너를 따라가지."

"네……? 하, 하지만 피르비스 씨, 누군가가 도움을 청하러 가야……!"

"어떻게 너를 혼자 두고 가겠어!!"

말을 가로막으며 피르비스는 고함을 질렀다. 흠칫 어깨를 떤 레피야는 잠시 숨을 멈추고 말았다.

"왜 이렇게 제멋대로고, 왜 이렇게 고집불통인 거야……. 왜 이렇게, 보고 있기 위태로운 거야, 너는…….."

"피르비스 씨……."

"왜, 내 마음을 생각해주질 않아……. 나도, 너를 죽게 하고 싶지 않은데."

"……!"

"나는, 널……."

피르비스는 감정이 넘쳐버린 것처럼 마음을 말로 바꾸었다.

붉은 눈을 몇 번이나 떠는 동포의 모습에 레피야는 가슴이 옥죄어들어 애절한 기분을 느꼈다. 이렇게나 자신을 생각해주는 소녀에게 미안해졌다.

그래도 레피야는 말을 뒤집을 수 없었다.

입을 다문 채, 피르비스와 슬픈 시선을 나누었다.

"……나는 너와 함께 행동하겠다. 여기 남든, 미궁으로 돌아가든. 네가 고집을 부리겠다면 나도 이 마음을 굽히지 않겠어."

이윽고 침착함을 되찾은 피르비스는, 거의 노려보다시피 선언했다.

레피야도 설득을 포기했다.

자신도 그녀도 비슷한 사람이다. 마치 거울 같다.

레피야는 쓴웃음을 지으려다 결국 실패했다.

자신의 고집이 그녀를 끌어들이고 말았다는 점을 이해하기 때문이다.

"…………."

얼어붙은 벽면을 보았다. 막대한 '마력'을 쏟아부었음에도 얼음은 이미 살짝 녹기 시작했다.

드롭 아이템 '옵시디언 솔저의 체석'이 함유된 미궁벽을 노려보던 레피야는 시선을 돌렸다.

'믿을 수밖에 없어…… 리베리아 님, 부디.'

미궁과 비밀통로의 경계, 그곳에 자신의 지팡이 《숲의 티어드롭》을 놓았다.

끄트머리에 달린 '마보석'을 파괴해, 남색 마소(魔素)가 올라오는 것을 확인한 다음, 레피야는 어둠이 이어지는 곳을 돌아보았다.

"가요."

말없이 고개를 끄덕이는 피르비스와 함께, 다시 인공미궁으로 돌아갔다.

"피르비스 씨…… 고마워요."

"…………."

한 발 앞서서 달려가는 소녀의 뒷모습은 아무 대답도 하지 않았다.

아이즈는 달리고 있었다.

함정에 빠진 동료들의 행방, 그리고 그들을 구해낼 수 있는 단서를 찾아.

"인공미궁…… 줄곧, 만들고 있었던 거야?"

너무나도 장대했다. 이런 것을 어느 새.

앞으로 나아가면 나아갈수록 아이즈는 그런 생각을 하지 않을 수 없었다.

무의미하게마저 여겨질 정도로 광대했다. 복잡한 미궁의 구조는 던전에도 필적했다. 나타났다가는 사라지는 갈림길의 수는 아이즈의 방향감각을 오래 전에 마비시켰다.

어딘가 만만하게 보았는지도 모른다.

레비스를 비롯한 괴인은 그렇다 쳐도, 이블스의 잔당은 자신들보다도 훨씬 Lv.이 낮은 존재라고.

미궁 구석구석에서 으스스한 한기와 함께 아이즈는 적 세력의 저력을 느꼈다.

'티오나나 동료들이 걱정이지만…… 지금 해야 할 일은 적과 접촉하는 것!'

당면한 목적은 '문'을 여닫을 수 있는 바르카의 신병을 구속하는 것이지만, 그의 위치를 모르는 이상 표시를 해나가며 하나하나 뒤지는 수밖에 없다. 하지만.

아이즈는 동시에 생각했다. 이 넓은 미궁에서 자유롭게

이동할 수 있는 사람이 바르카 한 사람뿐이리라고는 생각하기 힘들었다. 아마도 '문'을 여닫는 모종의 '열쇠'가 있을 것이다. 아이즈 일행이 미궁에 발을 들인 직후 가면인물이 입구의 '문'을 열었던 것처럼.

몬스터와 맞닥뜨린 순간 스쳐 지나가며 순식간에 베어 버리고, 아이즈는 제1급 모험자인 자신의 감각을 날카롭게 가다듬으며 인기척을 찾았다.

"계단······!"

이로써 네 번째.

현재의 계층은 어째서인지 사람의 흔적이 전혀 느껴지지 않았다. 죽은 몬스터의 것으로 여겨지는 재가 곳곳에 쌓여 있고, 벽이나 통로가 지저분해져 어딘가 버려진 것 같다는 인상마저 들었다. 직감적으로 이 계층에 사람은 없으리라 생각한 아이즈는 멀리 전방에 보이는 내리막 연결통로로 나아가려 했다.

"──!"

그러나 그 직후.

걸음을 서두르던 아이즈의 발이 멈추었다.

금색 두 눈이 바라본 곳은 어떤 옆길이었다.

다른 통로와 다른 점은 하나도 없는, 그저 어둠이 담긴 통로.

그 통로에서 아이즈는 눈을 뗄 수가 없었다.

마치 빨려 들어가듯, 어둠 안을 응시했다.

'이 감각은……'

두쿵. 심장소리가 높이 울렸다.

몸속을 흐르는 '피'가 무언가를 아이즈에게 호소했다.

"큭……"

생각 속에 망설임이 태어났다. 금색 두 눈이 계단 방향을 보았다.

이윽고 소녀의 부츠는 옆길 쪽으로 발끝을 돌렸다.

마석등이 완벽하게 침묵한 암흑의 통로. 발을 옮길 때마다 고동 소리가 빨라졌다.

멀리 안쪽에 보이는 출구임 직한 어스름이 아이즈를 부르고 있었다.

'문'이, 열려 있어……'

긴 통로를 거쳐, 아이즈는 열린 공간으로 나갔다.

"―――."

석판에 뒤덮였던, 이제까지의 미궁 풍경과는 완전히 다른 모습을 띠었다.

바닥 포석 위를 이리저리 기어다니는 수많은 파이프. 그것이 원형을 이루는 넓은 공간에 펼쳐져, 모두 벽 쪽에 설치된 대형 플라스크에 이어져 있었다.

연상되는 것은 마술사의 마공방, 아니, '실험실'이라는 단어.

용도폐기임을 알리듯 이곳도 먼지와 재가 쌓여 있었으며, 황폐해진 분위기가 감돌았다. 유일하게 살아 있는 천장 중앙의 거대 마석등이 청백색 인광을 뿜어내 으스스한 룸을 비추었다.

"……이건."

룸을 에워싸듯 설치된 유리 플라스크의 수는, 일곱.

몸을 둥글게 말면 어른 하나가 들어갈 만큼 커다란 용기는 모두 깨진 상태였다. 물론 내용물은 없다. 바닥에 남은 녹색 수용액이 기이한 냄새를 뿜어내는 가운데, 아이즈는 깨진 플라스크에 손을 뻗었다. 그 순간,

두근.

한층 '피'가 강하게 술렁거렸다.

이어서 발생한 것은 리빌라에서 느꼈던 것과 같은 현기증과 구역질. 아이즈의 '피'가 일그러진 '정령'의 잔재를 느꼈다.

틀림없다.

이 안에, '보옥 태아'가 있었다.

"그러면, 이 방은……."

지상에 실려왔던 '보옥 태아'를 보존하고 생육하던 시설.

깨진 플라스크의 수는──── 태아의 수를 의미하는 것일까?

오싹. 아이즈는 한기에 사로잡혔다.

'데미 스피리트'.

제59계층에서 아이즈 일행을 궁지에 몰아넣고, 【로키 파밀리아】의 제1급 모험자가 모조리 덤벼들어 겨우 격파했던

괴물의 '씨'가, 이미 일곱 개나 지상으로 옮겨진 걸까?

숨을 멈추며 아이즈는 파기된 공간을 둘러보았다.

"——역시 이곳으로 왔군."

갑자기 울리는 여자의 목소리.

등 뒤에서 들려온 그 목소리에, 아이즈는 흠칫 돌아보았다.

"당신은……!"

"기적에 이끌려 날벌레처럼 이곳으로 올 거라고…… '에뉴오'가 그랬지. 그 말이 맞았는걸. 지상 놈들 말 따위 듣지 말고 기다리면 좋았을 것을."

붉은 머리 여자 레비스는 아이즈와는 다른 통로에서 룸으로 발을 들였다.

이제는 숙적이라 부를 만한 괴인의 등장에 긴장감이 치솟았다.

"오랜만이야, 아리아. 정말 길었어, 이렇게 너와 다시 만나기까지…… 쓴물을 들이켰던 그 날로부터, 말이야."

언젠가 들었던 것과 같은 담담한 어조와는 달리, 녹색 두 눈은 흉흉한 전의로 빛났다. 패배를 굴욕을 씻고자, 이번에는 그녀가 설욕전을 청하려 했다.

한쪽 손에 들린 칼집 없는 흑검이 둔중하고 험악한 빛을 뿜어냈다.

"……이곳에, '보옥'이 있었어?"

"대답할 필요가 있을까? 이미 알고 있을 텐데?"

"지금은, 어디에?"

"이 미궁 어딘가에 숨겨놨지. 찾아봐…… 찾을 수 있다면."

놓아줄 생각은 없다고, 조용한 살기가 암암리에 대답했다.

이제까지 느껴본 적이 없을 정도의 위압감에 긴장한 아이즈는 애검 《데스퍼러트》를 들었을 때…… 문득 그 사실을 깨닫고 말았다.

"그, 검에 묻은 피는…… 뭐야?"

레비스의 손 부근, 새까만 검신은 붉은 혈액에 물들어 있었다.

그것이 의미하는 바는 레비스가 아이즈 이외의 적을, 침입자를 베었다는 뜻.

그리고 아이즈 이외의 침입자라면 【로키 파밀리아】 말고는 생각할 수 없다.

뇌리를 가로지른 것은 지금도 뿔뿔이 흩어진 동료들의 얼굴.

심장이 옥죄어드는 기분을 느끼고 있으려니, 레비스는.

"아~……."

검을 내려다보며 말했다.

"그 파룸을 베었거든. 창을 쓰는 녀석."

아이즈의 시간이 얼어붙었다.

"숨통을 끊지는 못했지만, 지금쯤 이블스 놈들에게 죽었을 거야."

"거짓말······ 거짓말!"

"사실이야."

"핀이 당했을 리가 없어!!"

평소에는 있을 수 없는 성량으로 아이즈는 고함을 질렀다.

필사적으로 동요를 떨쳐내려 하는 그녀의 표정에 레비스는 무감정하게 허리춤의 검대에서 어떤 것을 꺼내, 소녀의 발치에 던졌다.

"────────."

떨그렁. 메마른 소리를 낸 것은 황금색 칼날.

자루에서 잘려나간, 핀의 《포르티아 스피어》였다.

아이즈의 청각에서 외부의 모든 소리가 멀어져갔다.

"안심해. 너를 해치우고 나면······ 다른 동료들도 금방 뒤를 따라가게 해줄 테니."

그 속에서 여자의 목소리만이 귀에 거슬리는 불협화음처럼 일그러져 전해졌다.

아이즈의 감정은 단숨에 진폭을 높였다.

"────────!!"

파이프가 펼쳐진 바닥을 박차고, 몰아치는 바람이 되었다.

진홍색 감정에 머리를 지배당한 아이즈는 맹렬히 레비스에게 검을 휘둘렀다.

"네가 먼저 덤벼든 건 이번이 처음인걸."

첫 수부터 모든 힘을 담은 아이즈의 참격을.

레비스는 별 어려움도 없이 튕겨냈다.

"?!"

검신을 따라 전해지는 충격과 함께 경악에 휩싸인 아이즈는 이내 다음 공격을 펼쳤다.

레비스는 여기에도 쉽게 대응했다. 【검희】가 자랑하는 검기에 순수한 '힘'과 '속도'로 맞서고, 공격했다.

두 사람의 검극에 견디다 못한 것처럼 레비스의 흑검이 쩌적 파편을 뿌렸다.

"……아, 맞아."

레비스는 무언가를 깨달았다는 양 자신의 무기를 흘끔 보았다.

아무렇게나 휘두른 수평 일격으로 아이즈를 튕겨내고 간격을 벌렸다.

전율한 것은 아이즈 쪽이었다. 여전히 손에 남은 마비감이 말해주고 있었다. 이전에 제24계층에서 싸웠던 레비스와는 능력이 차원이 다르다고.

"위험했어. 이걸로 싸우면 죽여버리게 될 텐데."

전율하는 소녀의 시선은 아랑곳 않고, 레비스는 부서진 저주의 검을 내팽개쳤다.

그 대신 허리춤에 찼던 또 다른 장검을 뽑았다.

"'바람'을 쓰는 게 좋을 거야, 아리아."

그 직후, 여자가 두른 분위기가 돌변했다.

"죽으면── 나중에 귀찮거든."

레비스는 지면을 부수다시피 박찼다.

"──크윽?!"

사라져버릴 정도의 속도로 육박해 아이즈는 눈을 크게 떴다.

충격, 굉음. 방어를 위해 내민 검과 함께 옆으로 날아가 버렸다.

황급히 발을 내디뎌 버티는 아이즈에게 지체하지 않고 밀려드는 강격. '기술'로 얼른 흘려냈지만 이내 레비스의 난무에 붙들려버렸다.

검이 뿌옇게 잔상을 일으킬 정도의 참격에 금발이 몇 가닥이나 흩어지고, 충격에 파이프와 함께 바닥이 밀려 올라왔으며, 기자재도 말려들어 부서져나갔다.

시야에 펼쳐진 압도적인 파괴의 광경을 앞에 두고 아이즈에게 선택의 여지는 없었다.

"【눈을 뜨라, 폭풍】!"

발동한 【에어리얼】. 바람의 인챈트가 해방되었다.

날카로운 바람의 검과 갑옷을 몸에 두르고 아이즈는 괴인에게 응전했다.

그러나──.

"너희 인간 놈들은 정말로 동료의 죽음에 민감하구나."

호응하듯 레비스의 속도가 상승했다.

바람의 갑옷을 앞에 두고, 이제는 전력으로 맞부딪쳐도

목숨을 빼앗을 염려는 사라졌다고 말하듯.

"동요가 뻔히 보여."

"———."

휘몰아치는 바람의 틈새를 누비고 공격을 펼치며, 아이즈의 시야를 압박했다.

그리고 위로 치솟은 장검의 공격이, 힘으로 아이즈의 검을 튕겨냈다.

기류에서 찢겨나간 바람의 잔재, 소실되는 방어.

그렇게 만들어낸 틈새를 붙잡아, 레비스는 혼신의 대각선베기를 너무나도 쉽게 꽂았다.

"내가 이겼구나, 아리아."

바람의 갑옷을 가르고, 비스듬하게 새겨진 붉은 궤적.

"아——."

가슴받이가 베여 갈라지고, 몸에서 엄청난 양의 핏방울이 솟아났다.

작열하는 격통과 함께 필살의 일격이 아이즈에게 꽂혔다.

4장

검의 바람이 되어

Гэта казка іншага сям'і.

З меча прыйшоў да яго, як

© Kiyotaka Haimura

어둠 속에서, 좌대에 펼쳐진 수막이 뿌옇게 빛을 발하고 있었다.

좌대 앞에 선 바르카는 무감정한 표정으로 그곳에 비친 영상을 내려다보았다.

"【검희】도 레비스가 해치웠군…… 우리의 승리는 시간문 제…….."

금발금안의 소녀가 선혈을 뿌리며 바닥에 쓰러진다. 그녀를 몰아붙인 것은 괴인 여성이다. 플라스크가 설치된 그룹의 광경 이외에도 크노소스 곳곳에서 【로키 파밀리아】멤버들이 궁지에 몰려 있었다.

모든 광경을 수막 너머로 바라보던 바르카는 천천히 중얼거렸다.

"남은 문제는…… 엘프들의 위치를 알 수 없다는 것…….."

무감정했던 사내의 표정이 살짝 찡그려졌다.

그의 말대로 바르카는 엘프 소녀들을 놓쳤다.

완전히 우연이지만, 소녀들은 조각상이나 부조에 숨겨진 '눈'의 사각에 해당하는 부분을 지나 이동하고 있었다. 자세한 위치정보를 파악하지 못하면 아무리 '문'을 원격조작하고 함정을 발동시켜도 의미가 없다.

물론 미궁의 곳곳에 배치된 '눈'을 모두 피할 수는 없다. 마침 지금도 영상 중 하나에 소녀들의 모습이 비쳤지만,

"또 '마법'이로군…….."

흰 엘프가 뿜어낸 번갯불이 영상 하나를 지워버렸다.

'마법'으로 파괴된 조각상이며 부조. 직접 노린 것은 아니다. 몬스터와 응전하기 위해 뿜어낸 공격에 말려들었던 것이다. 특히 【사우전드 엘프】의 '마법'은 흉악해서 그녀가 펼치는 대섬광은 통로 안의 석조 세공을 모두 날려버렸다.

'한번은 1계층까지 갔던 것 같은데, 지금은 4계층에 출몰하는군…… . 움직임이 확실치 않아. 무슨 꿍꿍이지?'

이따금 비치는 엘프 소녀들의 모습을 우선적으로 좇던 바르카는 대체적인 진로를 예상하는 사이에 문득 어떤 사실을 깨달았다.

"이 방향은…… ."

"레피야, 쏴!"

"【아르크스 레이】!"

피르비스가 지시한 방향으로 레피야의 포격이 터져나갔다.

석조 통로 안을 태우는 대섬광은 한데 뭉쳐 있던 물거미의 무리를 순식간에 증발시켰다.

출구를 발견한 후로 몇 시간. 두 사람은 몬스터와 교전했다가 나아가기를 되풀이했다.

'마법'을 남발해 레피야는 마인드를 소모했지만, 불행인지 다행인지 이블스의 잔당과는 한 명도 접촉하지 않고 미궁 제4계층까지 도달했다.

길을 잃지 않도록 피르비스가 지도를 제작하면서 분필로 이정표를 표시해나갔다.

"!"

"피르비스 씨?"

변화는 느닷없이 찾아왔다.

어깨를 떠는 피르비스를 본 레피야가 발을 멈추고 그녀의 시선을 따라갔다.

통로 너머는 구조가 바뀌어 지하미궁이라고는 여겨지지 않는 넓은 복도였다. 하늘의 빛이 닿지 않는 대신 어렴풋한 푸른색 마석등이 으스스한 분위기를 풍겼으며, 긴 기둥이 몇 개나 늘어서 있었다.

레피야가 금세 머릿속에 떠올린 것은 '유적'이라는 단어.

그 이유는 한쪽 벽을 가득 채운 그림 때문이었다.

"벽화……?"

레피야의 말대로 복도에는 벽화가 그려져 있었다.

붉은 석판 위에 그려진 것, 금이 가고 빛바랜 암벽에 새겨진 것…… 도시 밖의 여러 유적에서 뜯어다 가져왔는지 다양한 벽화가 미궁의 벽에 붙어 있었다.

벽화의 공통점은 거대한 용이나 괴조 등 몬스터에게서 이리저리 도망치는 사람들의 모습.

수많은 벽화에서는 괴물의 포효와 사람들이 울부짖는 소리가 들려오는 것만 같았다.

재앙과 광란. 파괴와 비명의 연회.

정체 모를 으스스한 공간에서 레피야는 무언가 끔찍한 것을 느끼고 말았다.

대체 이곳은 무엇일까 둘러보니…… 남색 눈동자가 어떤 벽화 앞에 머물렀다.

"이건, 용…… 그리고?"

그것은 다른 벽화와 내용이 달랐다.

그림 한복판에 그려진 거대한 용, 그리고 이를 에워싼 여섯 명의 처녀.

처녀들은 모두 눈을 감은 채 두 손을 깍지 끼어 언뜻 기도하는 것처럼 보이기도 했다.

"제물…… 아니면 성녀?"

천 년도 더 된 '고대', 변경 땅에서는 던전에서 진출한 몬스터를 달래기 위해 여자나 아이를 제물로 비치는 의식이 있었다고 문헌으로 전해진다.

금이 가고 열화도 심한 벽화에 레피야의 몸은 자연스레 빨려 들어갔다.

"게다가 이 용은——"

레피야가 뚫어지게 바라보던 그때.

"그 녀석은 니드호그라고 한대."

어둠의 늪에서 기어나온 듯한, 어두운 목소리가 들렸다.

"?!"

자신의 것도 피르비스의 것도 아닌 제삼자의 목소리에 돌아보았다.

복도의 기둥 뒤에서 나타난 것은 한 남신이었다.

"육지의 왕 '베히모스', 바다의 왕 '리바이어선', 그리고 '애꾸눈 용'…… '3대 퀘스트'의 목표가 된 몬스터들이 나오기 전까지 지상을 공포의 도가니에 빠뜨렸던 몬스터야."

"당신은……?!"

긴 머리카락. 어둠을 응축한 듯한 풍모. 풍기는 분위기는 퇴폐적. 초월존재 데우스데아이기에 수려한 용모를 가졌음에도 이렇게까지 음울한 신을 레피야는 본 적이 없었다.

"난 타나토스. 너희가 말하는 이블스의 잔재……들의 주신이지."

"!"

흠칫 놀란 레피야는 예비 무기인 완드를 겨누며 얼른 물었다.

"그럼 당신이 이블스의 유지를 이어받아서 이런 조직을……!"

"정확하게는 길드가 '사신'이라고 불렀던 신들의 마지막 생존자……겠지."

남신은 웃으며 대꾸했다.

"뭐, 잔당을 이끌고 있다는 점은 부정하지 않겠어. 주신을 잃은 바레타나 애들을 거둔 것도 나고, 지난 5년 동안

말을 들어준 아이들을 모았던 것도 나, 레비스 같은 녀석들의 제안을 받아들여 오라리오를 파괴하려 했던 것도……전~부 나.”

송환을 면해 끝까지 도망쳤던 마지막 ‘사신’.

흡수, 권유, 재편성, 그리고 세력의 확대. 이블스의 잔당이 오늘까지 이르렀던 경위를 언급하는 남신에게서, 레피야는 뒷걸음질을 치고 싶은 충동을 꾹 참았다.

바닥이 보이지 않는 막막한 어둠. 타나토스를 표현할 말이 있다면 그것이었다.

꼴깍 목을 울린 레피야는 눈앞의 신물을 노려보고, 천천히 물었다.

“당신이, ‘에뉘오’인가요……?”

그것은 레비스가 딱 한 번 언급했던 중요 신물의 이름이었다.

그 이름이 의미하는 바는, ‘도시의 파괴자’.

주신 로키의 추측으로, 모든 사건의 실을 쥔 흑막이라고 여겨졌다.

“내가? 에뉘오? ……하하하, 아냐아냐.”

하지만 타나토스는 재미나다는 듯 웃으며 부정했다.

생각도 못했던 반응에 레피야는 눈을 깜빡거렸다.

피르비스와 함께, 웃기만 하는 남신의 모습에 당황했다.

“모습을 보이지 않고, 목소리를 들은 적도 없고, 있는지 없는지도 모르는…… 정말 신인지 어떤지도 의심스러운,

그런 녀석이 아니라고, 나는."

"모, 모른다고요? 모습도, 목소리도?"

그 의미심장한 발언에 더더욱 곤혹스러워졌다.

【로키 파밀리아】는 '에뉘오'야말로 괴인들의 지하세력을 이용해 지상세력인 이블스의 잔당을 이끄는 존재라고 생각했다. 하지만 레비스 일당과 동맹을 맺은 타나토스조차 '에뉘오'를 자청하는 자의 정체를 모른다고 한다.

정체를 알 수 없는 '에뉘오'라는 기호에 의문만 솟아났다.

"레비스나 가면 쓴 애들 얘기로는, 지금 꾸민 꿍꿍이는 전부 '에뉘오'가 생각했다던걸……. 그 벽화도 에뉘오가 어디 유적에서 가져오게 한 거래."

어깨를 으쓱하며 타나토스는 용과 기도하는 처녀들의 벽화를 흘끔 보았다.

"니드호그는 '어둠과 절망'의 상징…… 도시의 파괴자 에뉘오는 저 마룡이라도 되고 싶은 건지."

레비스 일당이 내건 기치는 '미궁도시의 붕괴'.

오라리오가 멸망하면 몬스터들이 가져올 혼란과 재앙은 하계 전체로 퍼진다. 여기에 '더럽혀진 정령'의 위협까지 더해진다면 그야말로 '어둠과 절망'이 세계를 뒤덮을 것이다.

재미있다는 듯 말하는 타나토스를 보며 레피야는 부르르 몸을 떨었다.

"그건 그렇다 쳐도 용케 여기까지 왔네. 크노소스에 현

혹되지 않고 여기까지 온 아이들이 있을 거라곤 생각도 못했어. 놀랐어. 음, 분명 너희는……."

단순한 행운이라 해도 레피야 일행을 솔직하게 칭찬한 타나토스는 기억을 더듬는 시늉을 보였다.

"네가 【사우전드 엘프】 레피야고, 그리고 네가……"

진보라색 눈이 레피야에서 또 다른 소녀에게로 옮겨 갔다.

"【마이나데스】 피르비스, 맞지? ……어라? 너 어디선가……."

피르비스의 공식 별명을 중얼거린 타나토스는 고개를 갸웃했다.

"……아아, 그렇구나아. 그랬구나아."

그리고 씨익 웃더니.

사신의 낫처럼 입술을 틀어 올리며 연신 고개를 끄덕였다.

"'제27계층의 악몽'…… 그 후로 너도 힘든 일을 겪었구나."

"!"

피르비스의 어깨가 흠칫 떨렸다.

그녀의 붉은 눈이 크게 뜨이고, 목소리를 잃었다.

"피르비스 씨!"

"미리 말해두지만 그거, 난 가담하지 않았어."

그런 그녀를 레피야가 얼른 등 뒤로 감쌌다. 사건의 얼마 안 되는 생환자를 가지고 노는 타나토스에게서 소녀를 지켰다.

"왜 당신은, 당신들은 오라리오를 멸망시키려 하는 거죠?! 신인데, 왜 하계를 혼란에 빠뜨리려는 거예요!"

레피야는 목소리를 거칠게 높이며 이야기를 억지로 바꾸었다. 타나토스를 포함한 '사신' 그 자체에게 의문을 던진다.

"어, 그게…… '사신'이라고 불리는 녀석들에게도 여러 가지가 있는데 말이지."

레피야의 물음에 남신은 엷은 웃음을 띠며 입을 열었다.

"단순히 지루한 걸 싫어하는 녀석, 질서를 혐오해 혼돈을 주장하던 녀석, 영웅들을 위해 필요악이 되려 했던 녀석…… 변명의 여지도 없는 쓰레기도 물론 있었지만, 레피야가 생각하는 것처럼, 장난을 치고 싶어서라거나 쾌락주의자라서거나, 그랬던 것만은 아니야."

"……!"

하계에 '미지'와 흥분을 추구하는 쾌락주의자—— 멜렌에서 만났던 칼리를 떠올렸던 레피야는 자신의 속내를 읽혔다는 데에 당황했다.

"그리고…… 나는 '죽음'의 신이니까."

타나토스는 말했다.

자신이 관장하는 것은 '죽음' 그 자체.

고백하는 남신은 다시 낫처럼 입술을 틀어 올렸다.

"'죽음'이 더 많은 목숨을 원하는 게 안 좋은 일인가?"

"!!"

레피야는 오한을 느꼈다. 바로 뒤에서 숨을 멈춘 피르비스도 마찬가지였다.

엘프 소녀들은 신의 흉험함을 접한 기분이었다.

여기에는 이유도 논리도 없으며, 감성도 주장조차도 존재하지 않았다.

결코 인정해서는 안 되는 일이지만, 섭리나 진리와도 통하는 무언가가 있었다.

압도당한 레피야와 피르비스를 보고, 타나토스는 농담이라며 손사래를 쳤다.

"난 말이야, 천계에선 성실한 녀석으로 통했어. 하늘로 돌아가는 아이들의 '영혼'을 관리하고, 표백하고, 다시 태어나게 하고…… 소위 워커홀릭이었어."

"……하계 주민의 '전생'을 책임졌다는 소린가요?"

"응. 너저분해져서 돌아온 '영혼'이 갓난아기처럼 표백되는 광경…… 좋았지."

레피야가 간신히 입을 열자, 타나토스는 슬쩍 천장을 올려다보았다.

눈에 회고의 심정, 혹은 황홀한 기적을 내비치며.

"옛날은 좋았어. 애들이 계속 죽고, 나도 계속 일하고."

"……!"

"근데 지금은 아니야. 오라리오가 몬스터를…… 던전을 막아버렸으니까."

타나토스가 말하는 '옛날'이 '고대'를 가리킨다는 사실을 레피야와 피르비스는 이내 깨달았다.

몬스터의 지상진출로 많은 휴먼과 데미휴먼이 학살되었으며, 인류와 괴물의 굳은 악연을 맺어버렸던 되풀이해서는 안 될 공포와 투쟁의 시대.

"지상에서 설치던 몬스터가…… 자기들의 영역을 넘어가버린 몬스터 쪽이 옳지 않다는 건 나도 알지만 말이지. 응. 난 그 **좋은 시절**로 돌아갔으면 좋겠거든."

"무슨, 소릴……."

"지금 하계는 '삶'이 넘쳐나. 괜히 '팔나' 같은 걸 가져다 주는 바람에. 삶과 죽음은 원래 동전의 앞뒷면 같은 거야. 돌아오는 게 없으면 순환도 안 돼. 그래서 이건 내 지론인데."

그렇게 말하고 손가락을 펴며, 타나토스는—— 사신은 웃었다.

"아이들은 **좀 더** 죽어도 돼."

오싹.

레피야와 피르비스는 절망과도 같은 전율을 느꼈다.

질서를 무너뜨리는 '사신'도 아니고 '미지'를 바라는 쾌락주의자도 아닌 타나토스의 속내.

죽음의 만연. 자신이 관장하는 사물에 따라 세계를 올바

© Kiyotaka Haimura

르게 만들고자 하는 사명감.

스스로 말했듯 타나토스는 성실하고, 진지하고, 충실하며, 평등하다. 여기에 거짓은 없다. 그에게 선악의 개념 따위 개재할 여지도 없었다.

있는 것은 단 하나, 허무.

그가 바로 '죽음' 그 자체였다.

"……설마 너희를 따르는 잔당 놈들은…….."

피르비스가 무언가를 깨달았다는 듯 중얼거렸다.

남신은 눈을 가늘게 뜨며 고개를 끄덕였다.

"바로 맞았어. 난 권속들에게 '죽은 후의 진로'를 약속했지."

"그, 그게 무슨 말이에요……?"

그 말에는 피르비스가 대답했다.

"생각해봐, 레피야. 24계층의 팬트리에서 이블스의 잔당은 자신의 목숨을 희생해 자폭을 감행했지. 그렇게까지 놈들이 죽음을 망설이지 않았던 이유는…….."

여기까지 들은 레피야는 흠칫했다.

"죽은 권속들에게, '내세'를……?"

"맞았어. 난 그 아이들과 하나하나 계약했지. 내 신의에 따라 멋지게 오라리오가 붕괴되면…… 내가 천계로 돌아간 다음에, 사별했던 소중한 존재와 함께 환생시켜주겠다고."

가족, 친구, 애인, 반려. 소중한 사람들을 잃고 슬픔에 잠겼던 사람들에게 타나토스는 말하자면 구세주였다.

그리고 타나토스에게 그들은 '호구'였다.

죽음의 신은 달콤한 말로 유혹했던 것이다.

잃어버린 가족과 연인을, 너의 '내세'에서 극히 가까운 곳에 환생시켜주겠다고.

"그, 그럴 수가……!"

'내세'에서라도 사랑하는 사람과 다시 한 번 만나기를 바라마지않던 자들은 사신과 계약을 맺어버렸을 것이다. 그것이 죽음도 불사하던 자들의 정체. 【타나토스 파밀리아】에게 죽음은 소중한 이들과 재회할 입구였으므로 자폭도 단행할 수 있었다.

궤멸된 후에도 이블스의 잔당이 무시무시한 동원력을 자랑했던 이유도 마찬가지다. 세계는 '죽음'의 슬픔으로 가득하다. 그것이야말로 타나토스가 스카우트의 타깃을 정하는 데 어려움이 없을 정도로.

권속들은 사후의 보상을 위해 타나토스의 인형으로 전락한 것이다.

"사람의 인생을, 우리들의 삶을 신이 선택해준다고요?! 그렇게 다시 태어난다고 해도 사람들은 '전생'에 대해서 하나도 기억하지 못할 텐데……!"

"물론 사전에 '내세'의 규칙은 전부 이야기해줬어. 기억을 잃는다는 것도. 하지만 그래도 상관없다고, 내가 말을 건 애들은 다들 그러는걸. 모든 것을 잊는다 해도 소중한 사람과 다시 만날 수 있을 거라나."

　사람들의 슬픔을 이용하는 방식을 레피야가 규탄했지만, 타나토스는 모두 권속들이 선택한 결과라고 대꾸했다. 자신은 아무것도 강요하지 않았다고.

　"이런 소릴 하는 애도 있었어. 다시 태어나도 자기만은 그 사람을 절대 잊지 않을 거라고. 자신의 사랑이 깊다고 믿어 의심치 않는 거지……. 흐흐, 사랑의 여신이 들으면 코웃음 치겠네."

　아이들의 마음을 꿰뚫어 보듯, 타나토스는 이때 분명 비웃고 있었다.

　마치 그 무지몽매함을 조롱하듯.

　"뭐, 죽음과 탄생을 관장하는 우리 신들이 본 적도 없는 이상사태…… 기적이 일어날지도 모르지. 그러니까 난 그 아이들의 말을 부정하진 않아."

　"그건 너무 무책임해요!"

　"나도 기대하는걸, 레피야? 하계의…… 아이들의 '가능성'을. 이루어지면 좋겠네~ 하면서 응원하고 있어."

　격앙한 레피야에게 타나토스는 거짓 없는 진심을 드러냈다.

　"눈물 찔끔 나는 아름다운 이야기…… 나도 아주 좋아하거든."

　그 말투가, 눈빛이, 어두운 웃음이, 모든 것이 마음에 들지 않았다.

레피야의 자긍심 높은 피가, 마치 동포를 모욕당한 것처럼 들끓고 있었다.

격정이 시키는 대로 눈앞의 신을 이 자리에서 체포하고자 했으나.

"타나토스 님!"

레피야와 피르비스가 움직이기 전에 원군이 나타났다.

"큭?!"

"무사하십니까?! 다치신 곳은!"

"응, 괜찮아 괜찮아…… 미안해, 레피야. 얘기가 너무 길어졌네."

룸으로 밀려드는 로브 차림의【타나토스 파밀리아】를 보고 레피야는 입술을 깨물었다. 제대로 맞붙을 수 있을 만한 숫자가 아니었다.

이 자리를 어떻게 모면할지 난처해하고 있으려니,

'레피야, 눈을 감아.'

'피르비스 씨?'

등 뒤에 있던 피르비스가 레피야에게만 들릴 목소리로 속삭였다. 그 직후 그녀는 손에 든 완드를 지면에 겨누었다.

"【일소하라, 파사의 성장】── 【디오 튀르소스】!"

초단문영창이 순식간에 황금색 벼락을 낳아 지면에 작렬했다.

"?!"

"으헉, 눈부셔."

눈앞이 아찔해지는 광채에 로브 차림의 사내들과 타나토스는 반사적으로 팔을 들어 얼굴을 가렸다.

"지금이다!"

"네!"

그 틈을 타고 레피야와 피르비스는 룸을 탈출했다.

"젠장, 놓치지 마라! 쫓아가!"

"아~ 멋지게 당했네."

레피야와 피르비스를 추격하는 권속들을 곁눈질하며 타나토스는 실실 웃었다.

그런 그에게 호위병으로 머문 몇몇이 진언했다.

"타나토스 님! 호위도 없이 혼자 돌아다니지 마십시오! 지금 이 미궁에는 【로키 파밀리아】가 있습니다. 타나토스 님께 만약 무슨 일이 생긴다면 저희는……!"

"아~ 미안해. 좀 신경 쓰이는 게 있었거든……. 근데 지금 상황은 어때?"

"……여전히 바르카 씨의 책략으로 【로키 파밀리아】의 대부분이 8계층에 붙들려 있습니다. 전멸도 시간문제로 보입니다. 죽어가는 【브레이버】나 【바나르간드】, 【검희】도 바레타 씨 일행이……."

"순조롭다는 거네."

자신의 원래 성격을 아는 간부 중 하나에게 변덕쟁이 신은 헤실헤실 웃으며 대꾸했다.

현재의 추세를 듣고 웃음을 더욱 깊이 다졌다.

"이겼나?"

지금도 자신들을 지키는 금성철벽의 미궁을 올려다본다.

곧 타나토스는 그 자리를 떠나려 했다.

"──상당히 재미있어졌는걸."

그때, 그의 등 뒤에 날아든 목소리가 있었다.

돌아본 타나토스가 중얼거렸다.

"넌……."

🔥

"라울, 오른쪽 세 마리 붙잡아놔!"

"아, 알겠슴다!"

아나키티의 한손검이 물거미 몬스터의 다리를 절단하고, 라울의 단창이 다른 개체를 수평으로 그었다. 바레타에게서 벗어나던 도중 라울 일행은 몰려드는 신형 몬스터를 상대로 항전하고 있었다.

발을 멈추고 제대로 맞붙었다간 한이 없다. 달려가면서 베고 걷어차며 뚫린 진로에 몸을 비집어 넣었다.

빈사의 핀을 짊어진 휴먼 소녀 단원을 지키기 위해 대열을 짜고, 앞이 보이지 않는 도피행을 이어나갔다.

"틀렸어요! 이 앞은 막다른 길이에요!!"

"또야……!"

앞서가던 단원의 비명 같은 보고에 아키의 얼굴이 일그러졌다.

달려드는 몬스터를 왼팔의 버클러로 튕겨내고, 검을 되돌려 눈 깜짝할 사이에 격파한다. 마지막 한 마리를 해치웠을 때 몬스터의 습격은 일단 끊어졌다.

『피이인, 거기 있냐아?!』

"……큭?! 오른쪽 길로 들어감다!"

하지만 후방에서 추적자의 고함이 울려 퍼졌다.

라울은 남은 길로 파티를 이동시켰다.

이리저리 도망칠 수밖에 없었다. 단원들의 헐떡이는 호흡이 심신의 피로를 호소하는 가운데, 라울은 타개책을 찾지 못하고 있었다.

"라울, 역시 적은 우릴 미궁 안쪽으로 몰아붙이고 있어."

"……! 그, 그럼, 당장 공격하지 않는 건……."

"천천히, 가지고 놀다 죽이려는 생각이겠지……."

나란히 달리던 아키의 지적에 라울의 얼굴이 파랗게 질렸다.

그 모습에 눈을 가늘게 뜬 캣 피플 제2급 모험자는 아무 말도 못하는 그를 대신해 파티에게 보급 지시를 내렸다. 몬스터와 추적자의 기척이 따라오지 않는 것을 면밀히 확인하면서 발을 멈추고 몇 병 남지 않은 포션과 얼마 안 되는 물을 나눠 마셨다.

"단장님, 잠깐 내릴게요……."

눕혀놓은 핀의 상처는 '마법'으로 **얼려놓았다**. '커스' 때문에 아물지 않는 상처에서 나오는 피를 막기 위해 고육지책으로 응급처치를 한 것이다. 아키의 지시였다.

"……, ……으, 아."

핀은 무언가를 말하려고 입을 벌렸지만, 목소리를 이루지 못했다.

이제까지 본 적이 없을 정도로 약해진 단장님의 모습이 ——더할 나위 없는 곤경의 상징이—— 다시 파티의 사기를 떨어뜨렸다.

"이대로 가다가는 단장님도, 우리도……."

그것은 누구의 목소리였을까. 파티 사이에 툭 떨어진 말이 단원들의 얼굴에 그늘을 드리웠다.

거듭되는 몬스터와의 조우로 늘어만 가는 상처, 쌓여만 가는 맹렬한 불안감.

현재 위치도 알 수 없는 미궁이라는 이름의 감옥에, 육체는 물론이고 정신의 부담은 최고조에 달하려 했다.

"안 돼, 다들 침착해. 고개를 들어야지. 그렇지 않으면…… 우리는……."

필사적으로 파티를 고무시키려는 아키의 목소리조차 평소의 패기가 사라지고 없었다.

그 모습을 보고, 어쩔 수 없는 체념이 라울의 몸을 잠식하기 시작했다. 못난 자신을 대신해 필사적으로 파티를 이끌어가던 우수한 동료도 한계가 다가왔다. 그녀의 가녀린 몸은 당장이라도 받아주지 않으면 꺾여버릴 것만 같았다.

　──이젠 무리야.

　──끝났어.

자신도, 아키도, 단원들도.

추적자의 홍소에 시달리면서, 자신들은 이대로 전멸한다──.

"……울."

그때.

당장이라도 고개를 떨굴 것 같던 라울의 귀에, 가느다란, 매우 조그만, 목소리의 파편이 들렸다.

"……라, 울."

누구보다도 만신창이인 파룸의.

핀의, 쥐어짜내는 듯한 격려의 목소리였다.

"──!!"

그 순간 라울의 두 눈이 힘차게 뜨였다.

사지라는 어둠 속에서 핀이 내려준 용기의 빛에 가슴이 술렁이고, 두 주먹이 힘을 되찾았다.

'포기하려 하면, 내팽개치려 하면 어떡해!'

굳게 쥔 주먹으로, 절망에 굴하려 하던 자신의 마음을 힘껏 후려쳤다.

'난 아직…… 아무것도 하지 않았어!!'

핀은 라울에게 파티를 맡겼다. 아키는 그런 라울을 계속 지탱해주었다.

라울이 지금 가장 두려워하는 것.

그것은 지금도 흐릿한 눈으로 이쪽을 올려다보는, 핀의 신뢰를 배신하는 것이었다.

책임을 포기하고, 자신이 파티를 전멸로 몰아넣고 마는 것이었다.

'각오하는 검다, 라울 놀드……!'

이것이 파티 플레이. 이것이 리더의 역할. 역경에서야말로 대장은 진가를 시험받는다.

자신이 금붕어 똥처럼 늘 위대한 선배들의 뒤를 따라다니던 나날은 무엇을 위해 있었던가.

자신이 그들에게 숱한 지식을, 가르침을 받았던 것은 무엇을 위해였던가?

──이 때를 위해서다. 그렇게 생각해라. 그렇게 자신을 속여라.

'허세여도 좋으니 외쳐라, 외쳐라, 외쳐라…… 외쳐라!!'

이를 악물었던 라울은 자신의 고삐를 풀었다.

"──여여여여여여여러분, 정신 차려야지 말임다?!"

요란하게 더듬어버린 고함.

뜬금없을 정도로 우스꽝스러운 목소리에 아키는 흠칫 놀라 엉덩방아를 찧고, 단원들도 입을 딱 벌렸다.

"이, 이럴 때야말로 침착하게, 사사, 상황을, 잘 관찰하고……!"

혀는 꼬이고 어깨는 뻣뻣하게 굳어버린 채, 두 주먹까지 부들부들 떨며.

보는 사람이 안쓰러워질 정도로 절박해진 라울에게…… 아키와 단원들은 먼 산을 보는 시선을 보낸 후,

하아~.

일제히 큰 한숨을 쉬었다.

"어, 어? 뭘까, 이 분위기……?"

"……네 그런 모습을 보니 오히려 냉정해졌어."

완전히 질려버린 아키는 훗 웃음을 지었다.

"라울은 미덥지 못하니까 우리가 더 야무지게 굴어야지. 안 그래?"

아키의 말에 어떤 이는 웃음을 터뜨리고 어떤 이는 쓴웃음을 지었다.

그녀들의 얼굴에는 이미 비참한 그림자는 존재하지 않았다.

그것은 라울의 얼마 안 되는 미덕이었다.

자신들이 야무지게 굴어야 한다, 지탱해줘야 한다, 안 그러면 이 사람은 넘어지고 만다.

그렇게 핀과는 다른 방향에서, 그가 가진 독자적인 분위기는 동료들의 사기를 올려주고 있었다.

그것은 핀이나 리베리아, 가레스, 아이즈 같은 위대한 제1급 모험자들이 가질 수 없는 일종의 재능이었다.

웃음이 돌아온 단원들을 보고, 갈팡질팡하던 라울도 안도를 얻었다.

"——이게 바로 '모험'."

그리고

"기합을 넣자. 검을 쥐고, 목소리를 높이는 거야."

"지금이 진짜 모험자의 진가가 발휘될 때야."

"——단장님이라면 그렇게 말씀하셨지 말입다."

라울은 범부(凡夫)여도 어리석지는 않다.

그는 이제까지 얻은 경험을 양식 삼아, 위대한 선배들의 등을 눈에 새겨온 근면함을 가졌다. 잇달아 터져 나온 라울의 말에 아키와 단원들은 가슴이 떨리는 것을 느끼며 힘차게 고개를 끄덕였다.

눈에 빛이 돌아오고, 파티는 완벽하게 재정비되었다.

그 광경을 바라보던 핀은 혼자 피에 젖은 입술을 구부리며, 눈을 가늘게 떴다.

"다 같이 아이디어를 내보는 거지 말입다. 적은 아직 우릴 우습게 보고 있습다. 지금이 처음이자 마지막 기회임다."

라울의 말에 단원들은 얼마 안 되는 시간 속에서 각자 신속하게 의견을 제시했다.

"이 미궁을 무턱대고 돌아다녀봤자 길만 잃을 뿐…… 가장 빠른 건 적이 가진 '열쇠'를 빼앗는 거죠."

"하지만 저쪽의 병력은 분명 우리보다 강해. 괜히 당해서 쫓기지 않으려나. 빼앗기는 어려울 거야."

"어쨌거나…… 적이 우리를 미궁 안쪽으로 몰아넣고 있다면, 역시 돌파구는 그 녀석들을 뚫고 왔던 길로 돌아가는 것밖에는."

세 명의 다른 단원들이 생각을 늘어놓는 가운데 아키가 입을 열었다.

"아마 바레타 일당은 신종 몬스터에게 공격당하지 않는 '무언가'가 있을 거야."

"……? 그게 무슨 소림까, 아키?"

"테이머…… 괴인 말고는 극채색 몬스터를 따르게 할 방법이 없어. 그럼, 아지트에 몬스터를 풀어서 기르다 보면 자기들도 습격당하는 게 보통 아냐?"

아키의 통찰에 일행은 아, 하고 이해했다는 표정을 지었다.

"우리가 아까부터 상대했던 몬스터는 전부 같은 종류였어……. 분명 그 물거미 같은 신종은, 뭔가 조건을 만족하면 공격하지 않을 거야."

"그럼 신종은 이 아지트를 위해 만든 병사 몬스터……."

"응. 처음에 싸웠을 때 이후로는 식인꽃하고도 마주친 적이 없잖아."

바레타와 처음 마주쳤을 때, 룸에 출현했던 식인꽃은 분명 '문' 안쪽에 숨어 있었다. 가차 없이 공격했던 그놈들은 함정의 용도로 격리시켜놓던 것일 가능성이 높다.

머리 위의 고양이 귀를 쫑긋 세우고 주위를 경계하며 아키는 자신의 생각을 말했다.

"신종의 습성인지, 냄새인지, 아이템인지…… 아무튼 몬스터에게 공격당하지 않으니까 상대는 방심하고 있어. 그점을 어떻게든 뒤집어서 혼란에 빠뜨리면……."

아키의 추리는 충분히 그럴듯하게 들렸다. 라울은 없는 머리를 끙끙 쥐어짜내, 무언가 타개의 실마리가 없을지 허리춤의 파우치를 한 손으로 뒤져보았다.

"……아."

그때 어떤 아이템을 잡은 라울은 거기서 '기적'을 떠올리고 말았다.

이것은 '원정'에 몇 번이나 동행했던 경험 덕이었다.

얼굴을 새파랗게 물들였다가 긴장했다가, 갑자기 이리저리 표정을 꾸었던 휴먼 청년은 각오를 다지고, 목소리를 낮춰 자신의 생각을 들려주었다.

"뭐……? 진심이야, 라울?! 난 반대야!"

"아키, 제대로 된 방법도 느긋하게 생각할 시간도 없습다…… 아마도."

아키 이외의 단원들도 맹렬히 반발하는 가운데, 라울은 발의 방향을 바꾸었다.

의논에 끼어들지 않았던 한 사람, 누워 있던 파룸의 곁으로 다가간다.

"단장님…… **희생**해주셔야겠습다."

창백해진 얼굴로 말하는 라울에게,

핀은 그저 웃음으로 대답했다.

"어딜 가버린 거야, 핀~."

바레타는 암살자들을 이끌고 통로를 따라 나아갔다.

그녀도 포함해 모두 열 명. 【브레이버】를 잃은 라울 일행 따위 단숨에 해치울 수 있는 전력이었다.

『쉬이이…….』

바레타 일행의 눈앞에 신종 몬스터가 나타났다가—— 그냥 지나쳤다.

암살자들이 익숙하지 않은 태도로 긴장하는 것을 무시하고, 무수한 극채색 몬스터는 바레타 일행과 몇 번이나 스쳐 지나갔다.

"야, 쫄지 말라고 했지. 이 크리스탈만 있으면 '바르그(물거미형)'는 공격하지 않는다니깐."

끈으로 목에 걸어놓은 크리스탈을 꺼내며 바레타가 비웃었다. 아키의 예상대로, 이블스의 잔당은 신종 몬스터에게서 공격을 받지 않는 수단을 가졌던 것이다.

신종 몬스터 '바르그'.

전용 플랜트에서 채취할 수 있는 크리스탈을 지니면 같은 몬스터라고 오인시킬 수 있다. 이 덕분에 이블스의 잔당들은 몬스터에게 습격당하는 일 없이 미궁 안을 자유로이 오가는 것이다.

"상당히 조용해졌는걸. 숨어 있는 건지, 아니면…… 뒈지다 만 핀이 뭔가 꿍꿍이라도 알려줬는지~?"

조금 전부터 들리지 않는 라울 일행의 교전 소리에 눈살을 찡그리던 바레타가, 발밑에 있던 무언가를 발견하고 웃음을 흘렸다.

"흐하하, 아까부터 네 피가 떨어져 있는데, 피인~."

바닥판에 점점이 떨어진 혈흔. 사냥감의 발자취를 고하듯, 드문드문 통로 안쪽으로 이어져 있었다.

바레타는 입맛을 다시며 피의 흔적을 따라갔다.

'……핏방울이 늘어났네. 아까까지는 가끔씩 떨어진 정도였는데…… 지금은 '이걸 쫓아와주세요' 하는 것 같단 말이야.'

마치 유인하는 것처럼 피의 반점이 이어져 있었다. 암살자들도 이미 경계를 시작하는 가운데, 바레타는 중얼거리며 웃음을 지었다.

함정이구만.

기습에 대비해 진행속도를 늦추고 신중하게 핏자국을 따라가자, 도착한 곳은 거미집처럼 여러 개의 길이 복잡하게 얽힌 교차지점이었다.

그리고 혈흔이 이어진 곳, 벽 한 모퉁이에 등을 기댄 채 주저앉아 있던 것은…… 한 명의 파룸.

핀이었다.

그는 혼자 '방치되어' 있었다.

"흐……하하하, 히야하하하하하하하하하하하하하하하하하하

하하하하하하하하?!"

　종족의 특성도 있고 해서, 그 모습은 마치 버림받은 인형 같았다.

　혼자 남겨진 비참한 핀의 모습에 바레타는 박장대소했다.

　"동료들한테 버림받았나아?! 희생해주십쇼~ 하고?! 하하하하, 걸작이네에 피이인~!!"

　깔깔 웃는 그녀에게 ,핀은 숨을 쉬는 것도 괴로운 듯 가슴을 크게 오르내렸을 뿐이었다. 피에 젖은 용사에게 눈을 가늘게 뜬 바레타는 천천히 다가갔다.

　──그런 그녀의 사각지대, 통로 안쪽.

　어둠 속에서 숨을 죽이고 있던 청년은 여자가 핀의 정면에 선 순간 짐승처럼 달려 나갔다.

　"!!"

　단검 한 자루를 두 손으로 쥔 라울이 바레타를 향해 돌격했다.

　"──뭐, 그렇게 나올 줄 알았지."

　"으각?!"

　그러나 너무나도 쉽게 육탄공격과 찌르기를 피한 바레타는 한 손으로 붙잡은 라울의 몸을 있는 힘껏 지면에 패대기쳤다.

　너무나 극심한 충격에 청년은 벌렁 나자빠진 채 눈을 까뒤집었다.

"억, 커어억······?!"

"내 Lv.도 잊어버렸냐아, 【하이 노비스】! Lv.5인 나한테 네 어설픈 지혜가 통할 줄 알았어~?!"

뭍에 올라온 물고기처럼 몸을 경련하며 괴로워하는 라울에게 그의 별명을 부르는 바레타는 침을 뱉으려 했다. 비참한 청년의 모습에 무표정했던 암살자들까지도 비웃음을 지었다.

가증스러운 핀의 똘마니로 기억하는 범부 모험자를 보며 코웃음을 친다.

"흐응~ 네 부하들은 정말 무능한 놈들뿐인가 보다. 그 점만은 불쌍하게 여겨줄게. 히야하하하하하하하하하!"

귀에 거슬리는 웃음소리.

그 요란한 조롱에, 벽에 기대앉은 핀은 느릿느릿한 동작으로 올려다보며── 웃었다.

입술을 살짝 틀어 올리기만 하는 조그만, 그러나 확실한 웃음.

"왜 웃고 앉았냐······ 핀?"

그것은 바레타의 기억에 달라붙어 떨어지지 않는, 가증스러운 용사의 웃음이었다.

웃음을 지우고 살기로 가득 찬 그녀에게 핀이 속삭였다.

"······내, 부하 중에······ 무능한 사람은······ 하나도, 없어······."

그 말에 바레타가 콧방귀를 뀌었다.

"이딴 꼴사나운 모습을 보고도 그렇게 말할 수 있다면 네 머릿속에는 꽃밭만…………?"

바레타의 조롱이 뚝 그쳤다.

그녀가 내려다본 곳에는 팔다리를 늘어뜨린 채 꼴사납게 쓰러진 청년.

조롱의 대상은 눈가에 눈물을 머금은 채, 중얼중얼 혼잣말을 하고 있었다.

"아아, 역시 틀렸을지도…… 이번에야말로 이젠…… 죄송함다, 단장님. 말려들게 해서…… 엄마, 미안…… 그래도 역시 죽고 싶진 않지 말임다……!"

단검을 내팽개친 그의 손에 들린 것은, 주먹만한 자루.

"야, 【하이 노비스】, 너 대체 뭘 가지고 있는──"

바레타가 물으려던 바로 그 찰나.

"바레타 님, 놈들의 동료입니다!"

"!"

암살자가 지른 고함에 돌아보니, 갈림길 중 한 곳에서 달려오는 캣 피플 한 명이 보였다.

게다가 다른 길에서도 남은 세 명의 단원이 각각 이쪽을 향해 돌격했다.

무엇을 하려는 거냐고 경계하던 바레타는, 다음 순간 굳어버렸다.

"_____."

땀을 뻘뻘 흘리며, 여유 따위 내팽개쳐버린 아키의 등

뒤에서 나타난 것은── 몬스터의 대군.

미끼인 핀에게 주의가 쏠린 동안, 통로 안을 이리저리 뛰어다니며 있는 대로 몬스터를 **낚아온** 모험자들. 세 명의 다른 단원들 뒤에서도 괴물의 퍼레이드가 이어졌다.

그 광경에 눈을 의심하는 적들의 허점을 놓치지 않고, 벌떡 일어난 라울은 손에 들고 있던 자루의 내용물을 바레타 일당에게 뿌렸다.

"윽, 냄새! 이게 뭐야……?!"

그것은 멜렌에서 압수했던 '마법의 가루'.

어부의 신 뇨르드가 **식인꽃을 끌어들이기 위해** 잘게 빻은 '마석'을 섞어넣은 분말.

바레타 일당에게 묻은 '마법의 가루'는 극채색 몬스터의 공격우선순위를 **끌어올린다.**

"──────."

모든 것을 깨닫고 눈에 핏발을 세운 바레타, 가속하는 아키의 질주, 눈꼬리에 눈물을 머금은 세 명의 단원들, 그리고 사방에서 쇄도하는 몬스터의 대군.

라울 일행이 단행한 작전.

그것은 목숨을 건 '패스 퍼레이드'였다.

"죽지 마, 라울!"

이내 아키는 암살자들의 눈앞에서 점프해 머리 위를 넘었다.

그녀를 쫓아오던 몬스터들은 '마석'의 분말을 뒤집어쓴

'먹이'에 눈빛을 바꾸고——

"이——이것들이이이이이이이이이이이이이이이이이이
이이이이이이이이이이이이이이이이이이이이이이이?!"

지옥의 연회가 펼쳐졌다.

바레타의 절규를 시작으로, 엄청난 수의 괴물이 인간들
에게 덤벼들었다.

아키 이외의 단원들도 일제히 뛰어들어, 헤아릴 수 없는
몬스터가 교차로에 쏟아져 들어왔다.

"단장님!"

핀을 끌어안고 바닥을 구른 라울 옆에서 핏방울과 괴물
의 체액이 튀었다.

목표를 오인시키는 크리스탈 따위 '가루' 앞에서는 아무
의미도 없었다. 눈빛을 바꾸고 달려든 몬스터의 물량에 암
살자들이 밀려 쓰러지고 꿰뚫리고 물려 비명이 연쇄적으
로 솟아났다. 저항하는 바레타 일당은 죽을힘을 다해 무기
를 휘둘러 괴물의 물결에 저항하고자 했다.

적의 본거지로 쳐들어간다고 했을 때 로키가 건네준 분
말 주머니.

만에 하나를 위해 준비했던 아이템은 인간과 괴물이 뒤
섞인 혼전을 자아냈다.

"빌어먹을——?!"

제1급 모험자 수준의 힘을 가진 바레타조차 위기를 느낄 만한 몬스터의 숫자. 그녀가 무능하다고 비웃었던 모험자들의 임기응변이 만들어낸 오산과 궁지.

습격을 당할 걱정 따위 없다고 얕잡아봤던 바레타 일당은 잊고 있었다.

이곳은 괴물이 득실거리는 '던전'임을.

던전에 '절대'는 없다.

'바르그'의 증가는 멈출 줄을 몰랐다.

혼란에 박차를 가하는 그런 와중에, 결정타를 가하듯.

아키가 바레타를 향해 질주했다.

"?!"

막무가내로 휘둘러대는 검과 발톱에 피부를 베이면서도 한손검을 장비한 캣 피플은 '열쇠'를 가진 그녀를 노렸다.

"내가 우습게 보이냐아아아아아아아아아아!"

그러나 상대의【스테이터스】는 Lv.5.

그 실력으로 달라붙는 몬스터를 억지로 떨쳐내더니, 육박하는 적을 베어버리려 했다.

"큭!"

격앙한 바레타를 상대하는 아키는 마지막까지 냉정했다. 강렬한 검광에 오른손의 한손검을 가져다대며, 그야말로 고양이 같은 몸놀림으로 회전해.

반격을 흘려낸 것과 동시에 왼팔의 버클러로 적의 경추에 백너클을 꽂았다.

"끄윽?!"

여자의 눈이 크게 뜨이며 자세가 무너졌을 때.

다시 라울.

"_____."

단검을 들고 달려드는 청년을 보며 바레타는 숙적의 말을 떠올렸다.

——『내, 부하 중에…… 무능한 사람은…… 하나도, 없어…….』

위기에 직면해 생겨난 동요와, 사지를 벗어나고자 하는 강렬한 각오가 바레타와 라울 일행의 명암을 갈랐다.

자신보다 하수여야 할 Lv.4의 연계. 단장 핀과 부단장 리베리아를 방불케 하는 콤비네이션.

아키의 지원을 받아 라울은 단검을 번뜩였다.

"흐읍!!"

"커억?!"

라울의 올려베기가 바레타의 몸통에 비스듬히 대각선으로 상처를 새겼다.

그 직후, 베이면서 그녀가 가지고 있던 '열쇠'가 손에서 미끄러져 떨어졌다.

"아차——?!"

주울 틈도 없이, 달려든 몬스터의 발톱에 부서져버리는 매직 아이템.

비틀거린 바레타가 목소리를 잃은 가운데, 그 광경을 본 라울은 얼굴을 일그러뜨리고 외쳤다.

"철수! 모두 도망친다!"

첫 번째 목표였던 '열쇠'가 사라진 이상【로키 파밀리아】
가 이 자리에 남아 있을 이유는 없다. 암살자들과 몬스터
사이를 누비며 목숨을 걸고 탈출한 라울은 마찬가지로 그
자리를 벗어난 아키와 함께 바레타 일당이 왔던 길을 따라
역주했다.

"쫓아가아아아아!! 놓치지 마! 저 자식들을 놓치지 말라
고오오오오오오오오!!"

바레타의 고함이 날아들었지만 암살자들은 그럴 상황이
아니었다.

'마법의 가루'에 우선적으로 몬스터의 타깃이 된 그들은
라울 일행을 놓쳐버리고 말았다.

"피이~~~~~~~~~~~~~~~~~~~~~~~~~~
~~~~~~~~~~~~~~인!!"

고스란히 당해버린 바레타의 노성은 라울 일행이 사라
진 통로에 쩌렁쩌렁 울려 퍼졌다.

"라울, 괜찮아?!"

"벼, 별로 안 괜찮지만 괜찮지 말임다!"

서둘러 이탈하는 가운데 핀을 안은 라울의 곁에 아키가
나란히 섰다.

라울도 아키도 단원들도 상처투성이였다. 그러나 몸은
움직인다. 핀도 무사하다. 멋지게 적의 뒤통수를 쳤다는

기쁨에 잠기지도 못하고 활로를 찾아 달렸다.

그러나 '크노소스'는 모험자들을 놓치지 않는다.

아득한 전방, 옆쪽의 '문'이 열리더니 식인꽃의 무리가 넓은 통로에 출현했다.

"?!"

미리 계산했던 것 같은 타이밍에 라울 일행은 경악했다.

좌대의 영상을 감시하던 바르카의 소행이었다. 핀의 처리를 바레타에게 일임했지만 라울을 비롯한 단원들의 임기응변을 직접 보고 재빠르게 손을 쓴 것이다.

——절망의 숨결이 들려온다.

동료들의 마음이 꺾이려는 소리를, 상처투성이 라울은 등 뒤에서 들었다.

사지를 벗어났다고 생각하자마자 벌어진 일. 희망을 너무나도 쉽게 부수려 하는 미궁의 악의.

지금 자신들은 '순풍'을 타고 있었다.

여기에서 떨어져버리면, 이번에야말로 자신은, 동료들은 앞으로 나아가지 못한다.

『오오오오오오오오오오오오오오오오오오오오오오오!!』

깨진 종을 두드리는 것 같은 울음소리를 내며 달려드는 거대한 무리에 라울은 눈꼬리를 틀어 올렸다.

"단장님을!"

"라울?!"

소녀 단원에게 핀을 맡기고 라울은 선두로 달려 나가,

가속했다.

아키가 놀라기도 전에 동료의 손에서 빼앗은 단창과 단검을 들고 돌격했다.

"따라와!!"

식인꽃의 무리에, 홀로 돌격했다.

그 뒷모습은 단원들의 눈에 익숙한 광경을 떠올리게 했다.

다시 말해 선두를 달리는 핀, 그리고 아이즈── 제1급 모험자들의 뒷모습이다.

"으아아아아아아아아아아!!"

썩어도 준치라고 Lv.4, 제2급 모험자. 라울의 창과 검은 식인꽃의 촉수를 가르며 접촉과 거의 동시에 몇 마리를 격파했다.

그러나 그 후에는 반격이 기다리고 있다. 촉수의 비가 그를 사방에서 후려쳤다.

머리에서 피가 흐르고, 손가락뼈가 부러지고, 비참하게 코피를 쏟았다.

이것이 한계.

당연하다.

라울은 제1급 모험자와는── 선배들과는 다르니까.

"──흐으윽!!"

그러나 라울은 멈추지 않았다.

상처를 입으면서도 되갚아주겠다는 양 '마석'을 부숴 몬스터를 재로 만들며 파티의 진로를 억지로 확보했다.

"안 돼, 라울!!"

뒤로 따라온 아키가 비명을 질렀다. 검을 휘둘러 필사적으로 식인꽃을 베며 돌아보지 않는 청년의 등에 몇 번이나 고함을 질렀다.

"멈춰!! 이래선 네가……!"

"단장님이라면 이렇게 할 겁다!"

"넌 단장님이 아니야!!"

목이 터져라 외치는 아키. 그러나.

"나도 알아!!"

즉시 돌아온 청년의 고함에 눈을 크게 떴다.

"난, 단장님처럼…… 그 사람들처럼은 될 수 없어!!"

라울은 자신의 분수를 안다.

우유부단하고, 한심하고, 후배나 다른 【파밀리아】 사람들에게도 '시원찮다'는 소리를 듣는다. 핀이나 아이즈 같은 선배들에게는 무슨 수를 써도 당해낼 수 없다.

──아무리 쫓아가도 그 사람들처럼은 될 수 없다는 걸, 알고 있어.

검을 휘두르는 시야가 일그러졌다. 분함에 흘리는 눈물 탓이다. 그 선택받은 사람들의 잔혹한 뒷모습은 어떻게 해도 그에게서 자신감을 빼앗아갔다.

자신은 못난 놈이라는 사실을 깨닫게 해준다.

"하지만……!"

코피와 콧물을 닦은 팔에 혼신의 힘을 담아 라울은 창을 앞으로 내질렀다.

"여기서 쫓아가는 걸 그만두면, 난, 더 못난 놈이 된다고……!"

얼굴에 한껏 주름을 지으며, 울 것 같은 표정으로 말하는 라울에게 아키는 할 말을 잃었다.

동경을 쫓아가는 레피야와 마찬가지로.

그도 역시 쫓아가는 사람이다.

"바보……!"

아키도 울 것 같은 목소리로 그 말만을 하고, 주위의 적을 베어버렸다.

날아드는 촉수를 막고 라울을 도왔다.

"아아아아아아아아아아아아아아아!!"

밀려드는 추악한 꽃의 주둥이에 창을 내지른다.

뚝 소리를 내며 부러지는 단창. 그러나 날은 안쪽에 있던 '마석'을 부쉈다.

잡아먹히기 직전, 마지막 한 마리를 격파했다.

"전진하지 말임다! 멈추지 마앗!!"

"우, 우와아아아아아아아아아아아아아아아아아아아아아!!"

너덜너덜해진 라울의 모습에 다른 단원들도 고무되어.

창을 버리고 장검을 뽑아드는 그의 뒷모습을 따라 달려갔다.

"……는, 이미."

"단장님?"

목덜미에서 들려온 목소리에, 핀을 업은 소녀가 돌아보았다.

단원의 등에서 파룸 두령은 희미하게 웃었다.

"너는, 이미, 옛날부터………… 훌륭한 '모험자'였어, 라울."

처절한, 모험자들의 발버둥이 시작되었다.

"티오나 씨!"

포이즌 베르미스의 독액 일제사격.

그 뒤에 기다리고 있을 처참한 말로에 마도사 엘피는 눈을 꽉 감았다.

"……?"

그러나 전혀 마지막 순간이 찾아오질 않았다.

대신 울려 퍼진 것은, 무언가가 맹렬히 바람을 가르는 소리.

조심조심 앞을 본 엘피는, 다음 순간 자신의 눈을 의심했다.

"이 녀석들~~~~~~~~~~~~!!"

티오나가 한손에 든 우르가를, 풍차처럼 회전시키고 있

었다.

그 무시무시한 회전속도와 풍압으로 독액을 튕겨내고 차단하는 것이다.

무기의 방벽이, 단원들에게 극독을 한 방울도 닿지 않게 했다.

"다들 영창 부탁해!!"

"!"

고함을 지르는 티오나의 뒷모습에 흠칫 놀란 소녀들은, 이내 힘차게 고개를 끄덕였다.

즉시 시작된 영창. 독액과 우르가가 맞버티는 소리에 지워지는 노래. 지팡이를 든 두 소녀가 자아내고 극독에 침식당한 남성 단원도 한 손을 내밀어 허덕이듯 주문을 입에 올렸다.

헤아릴 수 없는 군체와 끈기 대결을 이어나가는 티오나의 이마에서 땀이 흘러 떨어진 순간, 단원들의 '마력'이 가득 차올랐다.

"티오나 씨!"

"그냥 쏴! 그쪽에 맞출게!!"

'원정'에서 몇 번이나 함양했던 후열과의 연계를 발휘해 티오나는 '마법'이 발동된 것과 거의 동시에 머리 위로 도약했다. 방벽이 사라져 밀려드는 대량의 독액. 그러나 완성된 화염마법이 이를 모조리 태워버리며 적의 일제사격을 밀어냈다.

『━━━━━━━━━━━━━━━━━━━━━아아아?!』

세 종류의 화염마법이 미궁의 통로를 그을리며 포이즌 베르미스를 태워버렸다.

으르렁거리는 불길이 모든 개체를 남김없이 에워싸고, 불바다에는 녹아버린 무수한 '마석'만이 남았다.

"티, 티오나 씨…… 그 손……."

위험은 넘어섰지만 단원들은 티오나의 한쪽 손을 보고 망연자실해졌다.

아무리 대형 무기로 막았다고는 하지만 그 자루를 잡고 있었던 티오나의 한쪽 손은 무참하게 '극독'에 침식당한 상태였다. 건강한 갈색 피부가 이제는 거무죽죽한 색채로 바뀌었다.

"괜찮아! 나 멜렌에서는 더 심한 독도 뒤집어쓰면서 싸웠는걸!"

울음을 터뜨릴 것 같은 엘피에게 바체와의 대전 이야기를 들먹였다.

티오나는 비지땀을 흘리면서도 여느 때의 밝은 얼굴로 웃음을 터뜨렸다.

"……미안해, 애들아. 나 혼자선 너희를 도와줄 수 없어."

중독된 티오나의 온몸에선 땀이 그치질 않았다.

웃음을 거둔 아마조네스 소녀는 조용한 얼굴로 세 단원들을 바라보았다.

티오네는 없다. 핀도 가레스도, 아이즈도 레피야도 없

다. 덤으로 베이트도. 자신 혼자서는 동료들을 이 궁지에서 구해줄 수 없다고, 제1급 모험자인 티오나는 일찌감치 인정했다.

좋은 생각이 전혀 떠오르지 않는 자신의 바보스러움이 싫어졌다.

그래도 비장함이라고는 전혀 느껴지지 않는 태도로, 다음 말을 이었다.

"그러니까 다들…… 날 도와줄래?"

땀투성이 얼굴에 떠오른 환한 웃음.

곤경에 처해서도 웃는 소녀에게, 마도사들은 눈을 크게 떴다가, 이내 외쳤다.

""""네!!""""

"좋아, 가자! 괜찮아, 힘을 합치면 어떻게든 될 거야!"

팔다리를 떨면서도 단원들 또한 함께 웃었다.

사기를 다시 회복한 파티를 이끌고, 티오나는 돌파구를 찾아 달려 나갔다.

거구의 암살자가 내리친 필살의 메이스.

그 직후 울려 퍼진 살점 터지는 소리에 크루스와 남성 단원은 얼굴이 창백해졌다.

"──꾸게에엑?"

분쇄되는 **거한의 안면**.

사내의 콧대를 부수며, 물컹물컹해진 안면 중앙에 꽂혀

있는 갈색 철권에 크루스와 남성 단원의 얼굴에서 핏기가 가셨다.

"어, 어더케……?"

부러진 앞니며 코피, 여기에 굵은 눈물까지 줄줄 쏟으며 거구의 암살자가 벌렁 나자빠졌다.

그의 손에 들린 메이스는, 그의 안면과 마찬가지로 산산이 박살난 상태였다.

다름 아닌 아마조네스의 주먹에.

"아까부터 쪼잔쪼잔쪼잔쪼잔……."

누구도 움직이지 못하고 정적에 빠져버린 통로 안에서, 껍질이 벗겨진 주먹을 부르쥐고.

수직으로 날아드는 메이스를 정면에서 후려쳐 부숴버린 장본인, 고개를 숙이고 있던 티오네는── 눈꼬리를 쭉 틀어올린 분노의 형상을 쳐들었다.

"짜증난다고 이 자식들아!!"

그리고 유린이 시작되었다.

주먹이, 족도가 바람을 가를 때마다 암살자들은 피를 토하며 나가떨어지고 파괴되었다.

거구의 암살자와 마찬가지로 단 일격에 잇달아 재기불능에 빠진다.

절규의 연쇄에 다른 암살자들은 전율과 함께 혼란에 빠졌다.

"어떻게 된 거야?! 상태이상 마법이 안 통했나?!"

"그, 그럴 리가—— 으아아아아아아아아아아아아아아아아아악?!"

생각할 틈도 주지 않고 붕붕 나가떨어지는 암살자들.

겹쳐 걸었던 '커스'며 '상태이상 마법' 따위 잊어버렸다는 양 아마조네스의 진격은 멈출 줄을 몰랐다.

그야말로 무쌍이나 다를 바 없이 설쳐댔다.

"아…… 【버서크】."

문득 떠올랐다는 듯, 크루스가 소녀의 '스킬' 이름을 입에 담았다.

티오네의 【버서크】는 대미지를 입는 것 이외에도 분노의 정도에 따라 공격력을 높인다.

제대로 싸우지 않고 좀스러운 약화 전법을 펼치는 암살자들에게, 티오네의 짜증은 최고조에 달했던 것이다. 마치 중첩되었던 '커스'며 '상태이상 마법'과 반비례하듯—— 그야말로 저하되었던 능력치보다도 공격력 상승폭이 더 클 정도로.

"터뜨려버리겠어!!"

지금 티오네의 속도는 원래의 '민첩'과는 비교도 되지 않을 정도로 떨어졌다. 하지만 아득히 하수인 암살자들 상대로는 충분하고도 남을 정도였다. 단조로운 기세로 육박해, 분노한 아마조네스는 주먹질과 발길질의 폭풍을 퍼부었다.

뿌득 콰지끈 퍼컥. 귀를 막고 싶을 정도로 처참한 파

쐐음.

연쇄되는 절규, 악귀와도 같은 폭거에 같은 편인 남성 단원들마저 가랑이를 오므리며 공포에 떨었다.

"야, '열쇠' 어딨어?! 작살나고 싶지 않거든 냉큼 내놔!!"

이미 반죽음을 당한 암살자의 멱살을 잡고 들어올린다.

티오네의 발밑에는 전멸한 암살자들이 피와 눈물을 흘리며 시체처럼 쌓여 있었다.

"어, 없어어어…… 무, '문'을 닫았던 건, 우리가 아니……"

"아 거 쓸모없네!!"

마지막 말까지 듣지도 않고 바닥에 패대기친다. 흐걕, 하고 새어 나오는 가느다란 비명. 적의 피로 두 주먹을 칠갑하고 어깨로 숨을 쉬는 티오네에게서, 크루스를 비롯한 남성 단원들은 자신도 모르게 뒷걸음질을 쳤다.

"아, 망할……. 야, 너희! 맘대로 죽었다간 내가 쳐 죽여 버린다!! 알았냐?!"

"네에에에에에에에에에에에엣!!"

진심 어린 노성에 남성 단원들은 차렷 자세로 외쳤다.

티오나와는 다른 방향으로 동료의 사기를 끌어올린 티오네는, 생환하기 위해 달려나갔다.

"……가, 가레스 씨?"

나르비의 갈라진 목소리가 툭 떨어졌다.

불줄기에 휩쓸린 줄 알았던 그녀의 몸은 경미한 화상을

입기는 했지만 목숨에는 전혀 지장이 없었다. 다른 단원들도 정도의 차이는 있을지언정 경상의 범주였다.

바닥에 엎드린 그녀와 단원들의 눈앞에서, 당당한 뒷모습을 드러낸 것은, 드워프 대전사.

거대 방패를 세우고, 불줄기를 **버틴** 가레스였다.

"거 뜨끈하구먼……! 이 정도는 돼야 전열 수비수 할 맛이 나지."

온몸에서는 푸스스 연기가 나고 배틀클로스며 갑옷에는 그을음이 가득해 누가 봐도 허세임을 알 수 있지만, 가레스는 얼굴에 대담한 웃음을 지었다.

밀려드는 맹렬한 불길 앞에서 가레스가 취했던 행동은, 서포터들에게 방패를 빼앗아 자신을 불막이 방벽으로 삼았던 것이었다.

창졸간에 단원들을 자신의 뒤에 밀어 넘어뜨려, 불의 위협으로부터 지켜주었다.

"괘, 괜찮으세요……?! 아니 그보다, 어떻게 아무렇지도 않은 척 서 있는 거예요?!"

"웬 파룸 녀석 말로는, 나는 몸 하나는 튼튼하다고 하니 말일세!"

"그게 무슨 대답이에요?!"

——말로 하기는 쉽지만, 그렇다고 버텨낼 수 있느냐 하는 것과는 별개다.

나르비와 단원들은 눈을 크게 뜨고 보았다. 벌어진 입을 다물 수가 없었다.

그만한 불길을 고스란히 뒤집어쓰고도 살아남은 모험자가 대체 얼마나 될까.

잔재주 따위 무엇 하나 필요 없는, 너무나도 강인한 전열수비 초특화형 육체.

그 몸 하나로 가레스는 악랄한 함정으로부터 동료들을 궁지에서 구내핸 것이다.

든든함을 넘어서, 단원들은 두려움마저 느꼈다.

"……?! '문'이 열리는데……?!"

"가레스 씨, 또 그 함정이에요!"

드워프 대전사의 말도 안 되는 강인함에 당황한 것처럼, 등 뒤에서 닫혔던 '문'이 다시 입을 벌렸다.

폭발음을 시작으로 발동된 두 번째의 불길 트랩. '화염석'이 작렬하는 소리와 함께 통로 안에서 반짝이는 빛, 그리고 흉포한 열파가 밀려들었다.

"나 원, 성질 한 번 급하구먼. 미안하지만 두 번째는 사양하겠네. 나르비, 방패 들고 있게."

"네? 어…… 네."

당황하는 단원들을 내버려둔 채, 가레스는 어깨를 붕붕 돌리며 미궁벽을 정면으로 마주 보았다.

격렬한 화염류에 석판이 터져나가며 아다만타이트가 노출된 벽면. 광채를 뿜어내는 그런 견고한 금속벽을——가레스는 혼신의 힘으로 후려쳤다.

"?!"

금속벽에 내달리는 균열. 일격에 함몰되는 아다만타이트.

놀라 주저앉은 나르비와 단원들 앞에서, 가레스는 두 주먹으로 연타를 시작했다.

"흐우오오!!"

드워프의 원점으로 되돌아간 것과도 같은, 힘에만 의존한 기술. 모든 일격이 '마법'의 포격으로 착각할 만한 굉음을 뿜어내며 아다만타이트 벽을 파괴해나갔다.

깨질 리 없는 미궁벽이 수많은 파편을 뿌리며, 흔들리고, 신음했다. 그야말로 탄광을 파내는 드워프를 방불케 하며 금속벽을 무너뜨려—— 마침내 그 철벽을 격파했다.

옆 통로로 이어지는 구멍이 가레스 일행의 눈앞에 완성되었다.

"뭣들 하나, 얼른 들어가지 않고!"

불줄기가 통과하기 바로 직전, 일행은 화를 모면할 수 있었다.

좁은 구멍을 지나 옆 통로로 나온 단원들은 꿈이라도 꾸는 것 같은 표정을 짓고 있었다.

"가, 가레스 씨, 손이……."

"뭘 이런 것쯤이야. 포션 바르면 낫네."

"그, 그야 그렇지만요……."

가레스는 뼈의 일부가 드러난 피투성이 주먹을 흘끔 보았다. 신음하는 나르비 앞에서 표면이 완전히 녹아내린 거대 방패를 내버린 후, 아무 일도 없었다는 듯 앞장섰다.

"자, 또 쓸데없는 함정이 발동하기 전에 어서 가세."

"……나, 가레스 씨만 따라가면 절대 죽지 않을 것 같다는 생각이 드는데."

"그, 그럴지도 모르지만, 그러면 안 돼! 우리도 뭔가 도움이 돼야지! 모, 목표는 제1급 모험자!!"

"목소리 갈라졌어, 나르비……."

뒤에서 단원들이 시끄럽게 떠드는 한편, 가레스는 눈살을 찡그리고 있었다.

'힘으로 밀어붙여 어떻게든 해결했지만, 역시 몇 번이나 쓸 수는 없겠구먼……. 탈출할 출구를 찾지 못하면 어떻게도 안 되겠어.'

엄청난 규모를 가진 대미궁을 달리며, 가레스는 망토 안에서 허리춤의 파우치를 뒤졌다.

너덜너덜해진 주먹에 몇 개 안 되는 하이포션을 끼얹었다.

"다른 녀석들하고 합류하고, 탈출하고…… 나 원, 간만의 결사행이로구먼."

"왜 그러시나아, 【바나르간드】?! 진짜로 죽게 내버려두려고?"

딕스의 홍소가 들려왔다.

통로 안에서는 여전히 단원과 몬스터의 무리가 서로를 공격해대고 있었다.

"쯧……."

옆길에서 통로 쪽의 동태를 살핀 베이트는 혀를 찼다.

딕스에게 가려면 저 폭동지대를 돌파할 수밖에 없지만, 운이 좋아 그냥 지나칠 수 있다 해도 단원들은 힘이 다할 대까지 서로를 죽이려 들 것이다.

가리지 않고 날뛰는 단원들의 몸에 상처가 늘어만 갔다. 동료의 검이 소녀의 팔을 뚫고, 야수 같은 고함이 터졌다. 하지만 그래도 그녀들은 멈추지 않았다.

"얘들아!!"

베이트의 곁에서 【포베토르 다이달로스】를 면했던 흄 바니 라크타가 갈팡질팡했다.

단원들에게는 시간이 얼마 없다. 다시 한 번 혀를 찬 베이트는 가증스럽다는 시선으로, 후드를 눈가 깊이 눌러쓴 사내를 노려보았다. 딕스는 거리 약 30M, 시야 저 너머의 옆길에서 발산되는 험악한 살기에 후드와 고글 안에서 눈을 가늘게 떴다.

'엄청난 살기구만. 저거 내 '커스'가 술사를 해치우면 해제되는 종류라는 걸 이미 눈치챈 모양인데.'

한편으로는 상대도 자신의 '커스'를 경계한다. 그 사실을 손에 잡힐 듯이 알고 있었다.

딕스의 Lv.은 5. 평범하게 백병전을 벌이면 베이트가 훨씬 유리하다.

하지만 그의 저주는 설령 도시 최상급, 격상인 Lv.6이라 해도 말살할 수 있다.

'만약 동료를 죽게 내버려두고 나에게 덤벼들 거라면 '문'을 내리고 내빼야지. 동료를 구하려 들면 이번에야말로 저놈의 웨어울프에게 '커스'를 먹여주면 그만이고. 내 저주는 설령 Lv.6이라도 작살 낼 수 있어.'

딕스의 【포베토르 다이달로스】는 한 번 해제하기 전까지는 새로 적을 저주할 수 없다.

하지만 그 점을 차치하더라도 이 거리에서는 새로운 '저주'를 쓰는 편이 빠르다.

어쨌거나 상대는 끝장이다. 이곳에서 【바나르간드】를 사냥할 것이다.

교활한 고글 사내는 목을 큭큭 울리며 웃었다.

"거기서 나오지도 못하시겠나?! Lv.6이 진짜 웃기는군!!"

딕스가 목소리를 높여 계속 도발하자—— 회색 털결이 움직였다.

표정을 지운 베이트가 난전의 양상을 띤 통로 안으로 나타난 것이다.

"넌 끝났어."

딕스는 웃으며, 쭉 뻗어 내민 손가락으로 베이트를 조준
했다.

"베이트 씨!!"

다시 되풀이될 동료 간의 살상을 두려워한 라크타가 외
쳤다.

"아아아아아아아아아아아!!"

옆에 나타난 새로운 사냥감에, 착란을 일으킨 몬스터와
모험자들이 달려들었다.

그리고 베이트는.

"사람 애먹게 만들래?"

참으로 귀찮다는 듯 내뱉고.

다음 순간, 달려드는 수인 소녀의 얼굴을 붙잡아——
바닥에 패대기쳤다.

"————."

딕스와 라크타가 동시에 얼어붙었다.

요란하게 함몰되고 부서지는 바닥. 힘을 잃고 축 늘어지
는 단원의 팔다리.

달려드는 동료를 쓰러뜨린 베이트는 멈추지 않는다. 덤
벼드는 몬스터를 가차 없이 해치우고, 【로키 파밀리아】의
단원은 벽이나 바닥에 처박았다.

——이 자식, 설마.

적도 아군도 가리지 않고 쓰러뜨리는 웨어울프를 보며
딕스도, 동료인 라크타마저도 얼굴을 실룩거렸다.

"잠이나 쳐 자라, 잔챙이들."

【포베토르 다이달로스】의 대항책── **때려눕힌다.**

착란에 빠진 아군의 강제 제거. 동료에 대한 망설임 따위 처음부터 내팽개친 채 가차 없이 처단하고 무력화한다. '커스' 해제 따위 필요 없다는 듯한 강경책이었다.

하긴, 그야말로 단순하면서 효과는 확실하다.

하지만 실행할 수 있느냐는 별개의 문제다.

──저 웨어울프, 쓰레기구만.

아군을 완전히 무시하는 베이트에게 딕스가 동요한 몇 초.

그 몇 초 동안, 통로의 적과 아군을 전멸시킨 베이트는── 단숨에 육박했다.

"윽?!"

딕스의 예상을 뛰어넘는 속도의 질주.

그러나 아직 늦지 않았다.

심장을 붙들린 기분을 느끼기는 했지만, 이내 표정을 고쳐 대담한 머금은 고글 사내는 이미 조준했던 손가락으로 '커스'를 방출하려 했다.

"【헤맬지어다, 끝없는──】."

하지만.

딕스의 영창은 중간에서 끊어졌다.

딕스의 얼굴은 얼어붙었다.

'──야, 잠깐만.'

어떤 사실을 앞에 두고 사내의 시간이 정지되었다.

한순간에 사라진 피아간의 간격. 이미 눈앞까지 밀려든 웨어울프의 몸.

만약 이 거리에서 【포베토르 다이달로스】를 쏜다면, 폭주하는 베이트의 이빨이 향할 곳은 어디인가.

제일 먼저 표적이 될 사람은 대체 누구인가?

이성을 잃든 착란에 빠지든, 미쳐 날뛰는 아랑(餓狼)의 먹이가 될 사람은——.

'——?!'

딕스였다. 딕스 말고는 있을 수 없었다.

단원도 몬스터도 존재하지 않는 1대 1. 흉포한 충동에 따라 아랑의 이빨은 가장 가까운 딕스의 몸을 물어뜯을 것이다. 딕스를, 잡아먹을 것이다.

이 지근거리에서 '커스'를 사용해도 **의미가 없다.**

'——이 자식!'

전부 계산한 것이다. 딕스의 공격속도도, 【포베토르 다이달로스】의 위력과 성질도, 전부 시야에 넣고 접근한 것이다. 적의 선택지를 없애려는 혼신의 자살공격.

자멸을 각오한, 아니, 필살의 의지.

번들거리는 살의를 뿜어내는 호박색 두 눈을 앞에 두고 딕스의 비웃음이 사라졌다.

그 직후, 품으로 파고드는 흰 늑대의 메탈부츠.

찰나의 전율에 휩싸여 얼어붙은 사내에게, 순식간에 접근한 베이트는 이를 드러냈다.

"너 이 자식, 사람을 우습게 봤겠다."

그리고 날아드는 신속의 주먹.
"크아악?!"
복부에 꽂힌 오른쪽 주먹에 딕스의 몸이 꺾였다.
웨어울프는 그동안 쌓인 울분을 터뜨리며 포효했다.
"타아아아아아아아아아아아아아아아아아아아아!!"
"~~~~~~~~~~~~~~~~~~~~~~?!"
발차기가, 주먹이, 팔꿈치가 사내의 몸을 맹렬히 습격
했다.
난타당하는 딕스에게 저항 따위 용납되지 않았다. 이미
초단문영창을 읊을 틈조차 없었다. 얻어맞은 입에서 피를
토하고, 팔뼈가 부러지고, 시야가 강렬한 충격에 몇 번이
나 이리저리 흔들렸다.
확실하게 깎여나가는 목숨. 분노한 늑대의 역습.
흉악한 이빨에 목덜미를 붙들린 딕스의 심신이 단 하나
의 감정에 지배당했다.
이것은 공포다.
전에 느껴본 적이 없는 죽음에 대한 공포가 불손하고 저
질스러운 수렵자에게 밀려들었다.
──야단났다, 야단났다, 야단났다!!
두 눈에 핏발이 서고 본능이 조바심 어린 비명을 질러
댔다.

사내는 체면 가리지 않고 온 힘을 쥐어짜내 자신의 몸을 뒤로 날렸다.

"!"

베이트의 공격마저 이용한 후방회피. Lv.6 상대로 성공시킨 처음이자 마지막 저항.

뒤로 날아가는 상대를, 베이트는 당연하다는 듯 쫓아왔다.

등을 호되게 부딪친 딕스는 바닥에서 고개를 들고 고글 안에서 붉은 눈을 번뜩였다.

"이 망할 자식아아아아아아아아아!!"

그 순간, 오리할콘 '문'이 천장에서 낙하했다.

"!!"

딕스의 숨통을 끊고자 내밀었던 베이트의 오른팔이 격추당했다. 단두대의 먹이가 된 것처럼 두꺼운 '문'에 내리찍힌 것이다.

"하……하하, 하하하하하하하하하하하하하하하하하?!"

자신을 지켜준 장벽 안쪽에서 딕스는 웃음소리를 터뜨렸다.

"안 됐구나, 【바나르간드】! 한 발만 더 가까웠어도 성공했을 텐데!!"

온몸에서 왈칵 솟아나온 땀이 그의 심경을 말해주었지만, 그것도 살아났다는 안도감과 한데 맞물린 것이었다.

'문'은 청년의 팔 위로 떨어졌다. 지금쯤 '문' 너머에서 고통에 몸부림치고 있을 것이다. 어쩌면 한쪽 팔이 뜯겨나갔을지도 모른다.

"아아, 젠장, 아프잖아……!! 빌어먹을, 이게 무슨 꼴이야……!"

휘두를 틈도 없었던 붉은색 창을 지팡이 대신 짚었다. 변장용 로브와 후드 안쪽의 몸에 온통 열상과 타박상을 입은 딕스는 너덜너덜해진 몸을 간신히 일으켰다.

"하지만 이젠……!"

눈앞을 가로막은 금속덩어리를 흘끔 보고 딕스가 입가를 틀어올렸을 때.

덜컥, 소리를 내며.

'문'과 바닥돌 사이에, **틈새**가 발생했다.

"─────."

드드드드…… 소리를 내며, '문'이 천천히 올라갔다.

딕스는 아연실색해 얼어붙었다.

'야, 말도 안 돼, 그게 **무게가 얼마나** 나가는 줄 알고──.'

그리고 드러난 '문' 너머에서 보이기 시작한 것은, 메탈 부츠를 장비한 강인한 두 다리, 출렁이는 늑대의 꼬리. 믿을 수 없게도, 은색 건틀렛과 함께 엉망으로 짓이겨진 오른팔, 오른팔 하나로 '문'을 들고 있었다.

이윽고 '문'이 가슴 위치까지 올라가자…… 핏발 선 호박색 두 눈과 시선이 마주쳤다.

"흐윽?!"

전율한 딕스가 취한 행동은 도주, 그것밖에 없었다.

재빨리 등을 돌리고, 너덜너덜 상처 입은 몸을 떠밀며 달려 나갔다.

"바르카 이 자식, 웃기지 말라고 그래……! 이제 두 번 다시 저딴 괴물 상대하나 봐라!"

고글 사내는 미궁 안으로 도망쳐버렸다.

"쯧, 놓쳤잖아……."

사라진 사내에게 베이트는 밉살스럽다는 듯 낯을 찡그렸다.

단숨에 오리할콘 '문'을 들어올리며, 그는 뒤를 돌아보았다.

"야! 이쪽으로 가자! 그 자식들 전부 끌고 와, 얼른!"

"막무가내로 그러지 마세요~!!"

'문'을 지탱하는 베이트의 지시에, 기절한 동료들의 몸을 질질 끌고 오던 라크타가 자기도 모르게 비명을 질렀다.

🔥

바람이 터지는 소리가 울려 퍼졌다.

갈기갈기 찢긴 기류의 파편이 비명을 지르며 허공에 흩어지고, 피에 더럽혀진 금색 장발이 나부낀다.

검사의 가녀린 몸이 날아갔다.

"~~~~~~~~~~~~~~~~~~~~?!"

가공할 기세로 지면을 구른 것은 아이즈. 바닥에 깔린 파이프를 몇 개나 부순 후에야 그녀의 몸은 겨우 멈추었다.

검을 바닥에 꽂아 떨면서 일어났지만, 무릎이 자꾸만 힘을 잃으려 했다.

일부가 떨어져나가 이미 기능을 잃어버린 라이트아머.

찢어진 곳 안쪽에서 상처 입은 여린 피부를 노출시킨 배틀클로스.

머리에서 흘러 떨어지는 피가 아름다운 금안 한쪽을 가려 눈은 꼭 감겼다.

만신창이였다.

"의외로 버티는걸……."

아이즈에게 레비스가 다가갔다.

그녀의 몸도 상처를 입고 있었다. 아이즈와 마찬가지로 배틀클로스 일부가 찢어져 나갔으며, 바람의 검에 새겨진 상처 중에는 깊은 것도 있었다.

그럼에도 온몸에서 증기——『마력』의 입자를 발산시키며, 상처가 얕은 것부터 치유해나간다.

괴인의 말도 안 되는 치유능력, 『자기재생』에 아이즈는 눈을 찡그렸다.

신체능력도 그렇고, 대체 얼마나 많은 『마석』을 먹었을까.

"한 번은 베였으면서 잘도 싸우네. 역시 넌 강해."

전투가 얼마나 치열했는지를 말해주듯, 룸도 다시 한 번 파괴에 휩싸였다.

무수한 파이프가 밀려 올라오고, 뜯겨나가고, 안에 있던 액체를 끈적끈적 토해냈다. 벽 쪽에 있던 여러 개의 대형 플라스크는 부서져나가 원형을 잃어버렸다.

어깨로 숨을 헐떡이는 아이즈는 어떻게든 검을 들고 자세를 잡으려 했지만 레비스가 그렇게 놓아두지 않겠노라고 육박했다. 왼손으로 그녀의 얼굴을 움켜쥐고는 그대로 벽에 찍어버렸다.

"아윽?!"

석판에 요란한 균열이 새겨지면서 대형 플라스크 1기가 높은 소리와 함께 터져나갔다.

폐에서는 공기가 빠져나와 팔다리가 전류를 흘려 넣은 것처럼 경련했다.

레비스는 그 상태로 왼팔을 난폭하게 휘둘러 아이즈를 매우 쉽게 바닥에 내팽개쳤다.

"으, 윽……!!"

"하지만 술래잡기에도 싫증이 났겠지?"

엎드린 채 신음하는 아이즈의 귓전에 레비스의 싸늘한 목소리가 들렸다.

술래잡기. 분명 그렇다.

첫 번째는 리빌라, 두 번째는 팬트리, 세 번째는 이곳, 인조미궁.

패배하고 추격하고, 궁지에 몰아넣었다 싶으면 다시 역전당하고…… 아이즈와 레비스는 치열한 싸움을 벌여 왔다.

그리고 오늘, 아이즈는 다시 사지에 몰렸다.

"끝을 내주겠어."

파멸을 내뱉는 발소리가 천천히 다가왔다.

아이즈는 끊어지려 하는 의식을 열심히 붙들어맸다.

'……일어, 서야…… 해, 일어서지, 않으면………… 검을, 잡고.'

생각이 혼탁해졌다. 출혈과 극심한 통증에 몸이 타들어 갔다. 몽롱한 의식 속에서 아이즈는 버들잎처럼 모양 좋은 눈썹을 곤두세우고 전의를 하염없이 불태웠다.

마음속에서 가슴을 붙잡고 우는 어린 아이즈에게서 눈을 돌리고, 어둠 속에 꽂힌 한 자루의 검에―― 【검희】인 자신에게 손을 뻗는다.

힘을 놓아버릴 것 같은 팔다리를 질타해, 곁에 떨어진 《데스퍼러트》를 더듬어 붙잡았다.

"……이제 그만둬라, 아리아. 발버둥 쳐봤자 소용없어."

그때 레비스의 무감정한 목소리가 다시 울렸다.

"지금의 너는 나에게 이기지 못해. 도와줄 사람도 기대 하지 마라. 이 말도 안 되는 미궁은 너희를 잡아먹는 괴물 그 자체니까. 지금쯤 네 동료들도 다 죽었을걸."

여자의 말에 까득, 아이즈의 손가락이 바닥을 긁었다.

"네게, 구원은 없어."

——알고 있다.

그 정도는 아이즈도 이미 알고 있다.

도와줄 사람은 오지 않는다. 손을 내밀어줄 사람은 없다. 구원은 없다.

『영웅』은 나타나지 않는다.

어머니를 지키던 아버지처럼, 아이즈가 동경하던 영웅은, 그녀의 곁에는 나타나지 않았다.

아이즈를 구해주지 않았다.

이미 오래 전에 절망하고, 계속 울부짖어, 눈물은 옛날에 말랐다.

마음은 이미 웃음을 떠올릴 수 없을 정도로 얼어붙었다.

그러니 아이즈는 검을 들었다.

구원 따위 기다리지 않고, 걸어나갔다. 오직 유일하게 남은 길을 달려나갔다.

하염없이 강함에만 집착했으며, 지금도 여전히 추구한다.

선망을, 갈망을, 비원을 이루기 위해.

텅 빈 아이즈에게는 이제 그것밖에 남지 않았다.

아이즈에게 구원은 없다. 영웅은 나타나지 않는다.

하지만——.

"——지금, 은."

피투성이 몸을, 떨리는 팔이 바닥에서 떼어냈다.

붉은 핏방울을 떨어뜨리며, 가느다란 다리가 일어난다.

감겼던 한쪽 눈을 억지로 뜬다.

"모두가…… 있어."

소중한 친구가 있다. 귀여운 후배가 있다. 든든한 전우가 있다. 어머니처럼 지켜보는 어른들이 있다.

얼굴을 떠올리게 해주는, 유쾌하고 즐겁고 따뜻한 가족이, 【파밀리아】가 있다.

무엇과도 바꿀 수 없는 유대. 더는 잃고 싶지 않은 장소다.

"그러니까…… 포기하지 않아."

눈을 크게 뜨는 레비스 앞에서 아이즈는 검을 들고, 완전히 일어났다.

광채를 담은 금색 눈동자로, 한층 강해져서 돌아온 설욕자를 노려본다.

'나는, 당신에게…… 또 졌어. 그건, 괜찮아…….'

정말로 분하지만, 그건 괜찮다.

더욱 강해지겠다고 검에 맹세하자.

'하지만…… 동료들만큼은, 빼앗게 둘 수 없어.'

그것만은 양보하지 못한다.

강함밖에 추구하지 않았던 【검희】가 패배를 인정해도, 아이즈가 동료의 목숨을 빼앗아가는 것만은 용서할 수 없다.

검을 기사와도 같이 들고, 눈을 감는다.

『강화종』의 진가를 발휘한 레비스는 이미 Lv.7을 넘는 힘을 얻어, 바람을 둘러도 지금의 아이즈는 대적할 수가 없다. 여기서 그녀를 추월하기란 지극히 어렵다.

부상은 깊다. 이미 몸은 격렬한 전투에 견디지 못한다.

하지만 마인드는 아직 남았다.

"──간다."

목숨을 불태워라.

몸에 남은 생명의 불꽃을.

적은 레비스.

아니, 그게 아니야.

이미 아이즈는 그녀에게 패배했다.

아이즈가 지금 타도해야 할 적은── 이 **미궁** 그 자체다.

"【눈을 뜨라, 폭풍】!"

눈을 뜬 것과 동시에 아이즈는 바람을 불렀다.

"【폭풍】!"

혹사당하는 몸을 무시하고, 한번은 패배했던 기류가 울부짖는 소리를 다시 몸에 둘렀다.

"【폭풍】!"

그리고 외치기를 세 차례.

자신의 내면에 잠들었던 힘을 불러 깨우는 것처럼 크나큰 『바람』을 만들어냈다.

"아니?!"

이제까지의 【에어리얼】에는 없던, 무시무시한 열풍이 해방되었다.

완전히 인챈트의 영역을 넘어서 휘몰아치는 돌풍에 레비스는 얼굴을 팔로 가렸다.

룸 전역에 그치지 않는 바람이 찢겨나가려던 파이프를 날려버리고 여러 곳의 통로로 쏟아져 들어갔다. 폭풍이라 말해도 과언이 아닌 규모의 바람이 끊임없이 방출되어 마치 소녀 자신이 바람을 낳는 언덕이 된 것 같았다.

"대정령의 '바람'……."

레비스는 눈을 날카롭게 떴다.

밀려드는 바람은 레비스를 다가오지 못하게 하기 위한 갑옷일까? 이래서는 함부로 접근하기도 힘들다. 막대한 '마력'을 물처럼 소비하는 아이즈가 머잖아 자멸할 것은 뻔하지만, 바람의 기세는 좀처럼 수그러들 기미를 보이지 않았다.

목숨을 불태우는 아이즈의 의지를 받아 '바람'은 끊임없이 휘몰아쳤다.

"쓸데없는 짓을……!"

이 무시무시한 출력이라면 크노소스 안쪽 깊은 곳에 도사린 '정령의 분신'들도 반응할지 모른다.

그렇게 판단한 레비스는 가증스럽다는 듯 아이즈에게 달려들었다. 몰아치는 바람을 베어낼 정도의 질주로, 소녀를 향해 검을 내질렀다.

아이즈는 여기에 《데스퍼러트》로 응전했다. 바람의 포효

를 끊임없이 이어나가며, 이동하는 폭풍이 되어 레비스의
공격을 하염없이 막아내고 피했다.

"쯧…… 발버둥 치지 마!"

"!"

방출된 돌풍이 몇 번이나 습격을 차단했다. 소녀가 깊은
부상을 입었음에도 레비스는 그녀를 몰아붙일 수가 없었
다. 공격의 속도, 육박의 기세가 깎여나갔을 때 【검희】의
검기가 날아드는 것이다.

온몸에서 방사형으로 솟아나는 바람에는 사각도 존재하
지 않았다. 오히려 정신을 놓으면 단숨에 날아가버릴것 같
았다.

'갑옷'을 넘어선, 그야말로 바람의 '요새'에 레비스의 얼
굴이 짜증을 내듯 일그러졌다.

'아직, 아직……!'

아이즈는 견뎠다.

'바람'을 계속해서 만들어내며, 몸에 채찍질을 가해 레비
스의 맹공을 버텨냈다.

아이즈는 기다렸다.

때가 오기를. 자신의 '바람'이 이 혼돈의 미궁에게 이길
순간까지.

견디고, 견디고, 견뎌서.

기다리고, 기다리고, 기다려서.

연명이라고밖에는 여겨지지 않는 꼴사나운 방어전을 아

이즈는 목숨 걸고 이어나갔다.

바람의 포효를 계속해서 뿜어냈다.

"그만 좀—— 하지 못해!!"

"윽?!"

마침내 레비스의 일격이 아이즈의 몸을 정확히 포착했다.

내리친 혼신의 참격이 돌풍을 끊고, 간신히 들고 있던 《데스퍼러트》와 함께 날려버렸다.

아이즈는 몸을 일으키기는 했지만 한계를 알리듯 한쪽 무릎을 꿇고 말았다.

계속해서 방출하던 '바람'도 사라졌다.

"또 저항하면 성가실 테니…… 의식을 날려버리는 김에 움직이지 못하도록 팔다리를 잘라주지."

눈앞에서 자신을 내려다보는 레비스에게 아이즈는 눈을 가늘게 떴다.

그리고 허공으로 올라간 장검이 날아들려 하기, 직전.

저벅.

룸 안으로 누군가의 발소리가 들려왔다.

"……아니?"

붉은 머리 괴인은 돌아보고 경악해 움직임을 멈추었다.

아이즈가 최후의 방어전을 펼치던 것과 같은 시각.

"티오나 씨, 아크스가 이젠……!"

"……위험하게 됐네, 이거."

거듭되는 습격과 온갖 트랩에 티오나 일행은 지칠 대로 지쳤다.

갈 곳이 없다.

끝나지 않는 미로, 말없는 석조 미궁의 폐쇄감, 어둠이 내비치는 냉소. 쌓여만 가는 피로와 대미지는 물론이고, 의존해야 할 이정표조차 찾을 수 없는 상황에 단원들의 마음은 마침내 꺾이려 했다.

몇 번이나 도전했던 던전이라면 맵이 있다.

몬스터의 능력을, 함정의 정체를 안다. 어디로 가면 쉴 수 있는지를 안다.

그것이 이곳, 인조미궁에는 없다.

심지어 명확한 악의를 가지고 '문'이 열리고 닫혀 모험자들의 퇴로를 차단했다.

동료들도 보급 방법도 잃고 고립무원. 극한상태에 몰린 단원들은 무한의 감옥에 사로잡힌 얼굴로 '절망'이라는 이름의 보이지 않는 적에게 짓눌려갔다.

티오나의 웃음도 사기 저하를 막지는 못했다.

남성 단원들과 마찬가지로 포이즌 베르미스의 '극독'에 침식당한 티오나의 얼굴에서 땀이 뚝뚝 흘러 떨어졌다.

그때였다.

"……바람?"

남성 단원들을 지탱하던 마도사 엘피가 피부를 스치고 지나가는 공기의 흐름을 알아차렸다.

티오나도 멈춰서서 움직임을 멈추었다.

맑은 공기의 흐름. 탁한 미궁의 공기와는 다르다.

손에 든 우르가를 두드리고, 칼날의 표면을 따라 올라와 옆얼굴을 쓰다듬는다.

무언가를 부른다.

'바람…… **바람**?'

귓전에 무언가를 속삭이는 바람의 발소리에, 티오나의 눈이 크게 뜨였다.

그리고 다음 순간—— 콰앙!!

파도와도 같이 바람이 무시무시한 기세로 울부짖었다.

"으악?!"

"~~~~~~~~~~~~~~~~~~~~~~~?!"

통로 안쪽에서부터 단숨에 휘몰아친 돌풍에 엘피와 단원들이 몸을 벌렁 젖히며 주춤거렸다.

그것은 뺨을 두드리고, 무기를 떨게 하고, 머리카락을 이리저리 나부끼게 하는 폭풍이었다.

미궁의 어둠을 날려버리는, 치열하고도 따뜻한, 바람의 발소리였다.

"뭐, 뭐야, 이거?!"

"또 무슨 트랩?!"

"──아니야."

미궁에는 있을 수 없는 역풍에 엘피와 단원들이 혼란에 빠진 가운데, 티오나는 고개를 들었다.

맑디맑은 바람의 목소리가 눈동자에 수많은 광경을 떠오르게 했다.

물결치는 황금 이삭을, 흘러가는 흰 구름을, 콧노래를 부르는 정령을── 바람의 언덕을 달려 나가는 금발 소녀의 모습을.

바람이 티오나 일행을 부르고 있었다.

"아이즈다!"

피폐에 찌들었던 얼굴에 웃음이 되살아났다.

본능의 덩어리인 아마조네스 소녀는 다짜고짜 달려나갔다.

"아이즈가 부르고 있어!"

"티오네, 씨, 이 바람은……?!"

티오나 일행과는 다른 곳에서.

수인 크루스를 비롯한 단원들을 이끌던 티오네의 곁에도 바람의 목소리가 들려왔다.

"앗──."

흔들리는 긴 머리카락을 붙들었던 티오네의 얼굴에 빛이 내달렸다.

끊이지 않고 **왔다간 떠나가는 바람**에 떠오르는 것은 어떤 기억.

"그래…… 아이즈야! 아이즈의 '바람'이야!!"

——산자락의 동굴 같은 곳이라면 바람이 부는 경우가 많으니

——요컨대 바람이 오는 쪽이든 가는 쪽이든 그 방향으로 나아가면 막다른 길에 들어설 염려는 없단 소리일세.

이 미궁에 막 들어섰을 때 나누었던 가레스와의 대화.

드워프 선배는 분명 그렇게 말했다. 흐르는 바람은 확실한 길잡이가 된다고.

오라리오 바로 아래에 갇힌 이 인조미궁에 바람이 자연 발생할 리가 없다. 지금도 몰아치는 바람의 발생원은 아이즈의【에어리얼】임을 티오네는 확신했다.

"그 아이가 전해주는 거야! 자기 위치를—— 우리가 합류할 장소를!"

방출되는 아이즈의 강대한 '바람'이 이 인조미궁의 **구석구석까지** 퍼지고 있다.

확신이 제시한 가설은 허황되기 그지없었지만, 그 아이라면 분명 그랬을 거라고 티오네는 웃음을 터뜨렸다.

수많은 갈림길 속에서, '여기야'라고 부르듯 바람이 밀려드는 하나의 통로.

이 '바람'을 따라 나아가면 아이즈에게 도달할 수 있다. 그리고 바람의 소리를 들은 모든 단원들이 그곳으로 따라

가면── 미궁 내에 갇혔던 【로키 파밀리아】는 집결한다.

　티오네 일행은 '바람'이 부르는 곳으로 달려 나갔다.

　"가자!"

　"네!!"

　"에에잇, 그 바보 같은 계집애가! 또 무리를 했구먼!"

　광대한 대미궁에 충만한 '바람'의 흐름을 향해 가레스는 노성을 질렀다.

　"이 '바람'이 아이즈 씨 거라고요……? 그, 그런 일이 있을 수 있나요?!"

　황당무계한 이야기라고 나르비가 경악해 고함을 쳤다.

　그녀의 말도 지당하다. 단 한 사람의 모험자가 짜낸 힘이 미궁 전역에 미치다니.

　하지만 그것도 어디까지나 '계층 터주'와 호각으로 맞붙을 수 있을 만큼 가공할 '마법'과 소녀의 검처럼 강인한 정신이 있기에 가능한 일.

　동시에 가레스는 간파했다. 아이즈는 지금 목숨을 불태워 이 안내의 바람을 일으키는 것임을. 그렇지 않고서는 이만한 '바람'을 소환할 수 없다.

　이런 막무가내를 저지르지 않을 수 없을 만큼 그녀도 위험에 빠진 것이다.

　"아무튼 망설일 틈은 없겠네!"

　망가진 헤비아머를 철그렁 울리며 가레스는 단원들에게

호령했다.

"뛰지 못하겠나, 병아리들!! 이 '바람'을 잃었다간 우리는 모두 지는 게야!!"

"이놈의 바람은 대체 뭐냐고오?!"

적인 바레타도 바람의 포효를 듣고 있었다. 휘몰아치는 맹렬한 '바람'에 창졸간에 얼굴을 손으로 가리며 신음한다.

"라울!"

"가야지 말임다!"

미궁 안을 헤매던 라울과 아키 일행도 핀을 데리고 달렸다.

"베이트 씨…… 이건."

"큭!"

"베, 베이트 씨?!"

몰아치는 '바람'을 받아 베이트 또한 진로를 재빨리 바꾸었다.

쏜살같이 달려가는 웨어울프를 라크타 일행이 필사적으로 따랐다.

"아이즈 씨예요! 피르비스 씨, 이 '바람'은 아이즈 씨의 마법이에요!!"

"그럴 리가, 이렇게 엄청난 풍량을…… 믿을 수 없어."

뺨을 붉히며 환호하는 레피야의 곁에서 피르비스는 전

율하는 표정을 지었다.

엘프 소녀들도 '바람'의 근원을 따라가기 시작했다.

"믿을 수 없어……."

그리고 크노소스 깊은 곳. 이블스의 거점.

좌대의 수막에 비친 광경에 바르카는 말을 잃고 있었다.

"바람? 바람이라고? 겨우 한 명의 계집애가 사용한 '마법'이 시조의 걸작에…… 우리 혈족과 천 년의 집념에 대든다고?"

오리할콘 '문'은 무한히 있는 것이 아니다. 아다만타이트보다 희귀한 금속은 정말로 중요한 곳에만 배치해두었다.

통로에서 통로로, 계단에서 계단으로, 미궁 내를 종횡무진 달려나가는 '바람'의 흐름을 완전히 차단할 수는 없었다.

"'바람'이…… 모든 것을 뒤집는다."

과거의 명공, 다이달로스에게는 미학이 있었다.

미궁이라는 이름의 혼돈이 자아내는 아름다움. 위대한 혼돈은 한 줄기의 질서를 머금으면서 작품성을 드러낸다. 바르카를 비롯한 자손들은 그 법칙에, '설계도'에 따라 지금도 미궁을 제작하고 있다.

던전이 그러하듯 크노소스에도 '정규 루트'가 존재하는 것이다.

다시 말해 진실의 경로, 아리아드네가.

설령 바르카가 모든 '문'을 내리고 봉쇄한다 해도 소녀의 '바람'은 아리아드네로 동료를 인도할 것이다.

　"【검희】에게 모인다고……? 숨이 끊어지기 직전이었던, 모험자들이?"

　무엇보다 모험자들의 무시무시한 진행속도. 있을 수 없는 진격속도.

　하나의 목표를 향해 일제히 향하는 【로키 파밀리아】를 바르카 혼자서는 커버할 수 없었다. 수막에 비친 영상을 본 후로 연신 대형 홍옥을 조작했지만 티오나 일행은 슬라이딩으로 '문'의 틈새를 아슬아슬하게 빠져나갔으며, 심지어 가레스는 내려오는 '문'을 별 힘도 들이지 않고 받아냈다. 지나치게 빠른 결단과 신속한 행동에 바르카는 이제 계속해서 한 발 뒤처지기만 했다. 식인꽃을 비롯한 미궁의 몬스터까지도 '바람'에 반응하는 바람에 통로가 가득 차거나 '문'이 닫히지 않게 되는 온갖 사태는 셀 수도 없을 정도였다.

　그렇게나 상처를 입었던 모험자들이 겨우 한 번의 '바람'에 되살아났다.

　모든 것은 한 소녀에 대한—— 신뢰의 증거였다.

　"완전히 분단시켰다고 생각했더니……."

　믿을 수 없다.

　바르카는 다시 한 번 그 말을 입에 담았다.

　"이것이 【로키 파밀리아】……."

앞머리 안, 'D'라는 기호가 새겨진 왼쪽 눈과 함께 사내의 눈이 크게 뜨였다.

"이것이⋯⋯【검희】."

소녀가 뿜어낸 '바람'의 포효에 바르카는 분명히 떨었다.

그리고 시간은 되돌아가서.

"여어——."

등 뒤에서 울린 발소리에 레비스가 돌아보았다.

룸으로 이어진 통로 중 하나, 어둠을 밀어내는 회색 털결.

"——괴물년."

'바람'에 이끌려 처음 나타난 것은 베이트였다.

너덜너덜해진 채 피에 젖은 아이즈, 그리고 그녀에게 결정타를 날리려 하던 레비스를 보고, 청년의 회색 털이 곤두섰다.

푸른 문신이 새겨진 뺨을 분노로 일그러뜨리고 웨어울프는 거칠게 입가를 틀어 올렸다.

"뒈져버려!!"

"그때의 웨어울프⋯⋯!"

일직선으로 달려드는 베이트에게 혀를 차며 레비스는 요격에 나섰다.

서로 선제공격을 빼앗고자 하는 초동.

레비스는 이를 잘못 가늠했다.

"―――."

무수한 '마석'을 먹어 능력을 급격히 끌어올린 레비스와 마찬가지로, 베이트 또한 팬트리의 일전을 통해 '그릇'을 승화시켜―― Lv.6으로【랭크 업】했던 것이다.

무엇보다도 그의 이빨은 이미 아이즈의 '바람'을 먹고 있었다.

"르으어어어어어어어어어어어어어어어어어어어!!"

"?!"

거대한 바람이 부여된《프로스빌트》.

속도와 위력이 급격히 높아진 은색 부츠가 레비스의 예상을 넘어, 요격하려던 검을 튕겨냈다.

허점을 드러낸 괴인에게 다시 다른 그림자가 달려들었다.

"우리 애를 한참 괴롭혔던 모양인데?"

"아마조네스……?!"

베이트와 마찬가지로【뱀】에서 유래된 별명을 가졌으며, 그 별명에 어울리는 표정으로 티오네가 두 자루의 쿠크리를 휘둘렀다. 고속의 연속섬광, 꽃처럼 피어나는 레비스의 피보라, 완벽하게 흐트러진 자세.

노도의 기습은 끊이질 않았다.

"――봐주는 거, 없어."

머리 위. 상처 입은 친구의 모습에 표정을 없애고 초대형 무기를 내리찍는 또 다른 아마조네스.

하늘에서 날아드는 우르가에 레비스가 눈을 크게 뜨는 가운데, 눈동자에 이글거리는 불꽃을 맺은 티오나는 온 힘을 다한 일격을 내리쳤다.

"간다아아아아————!!"

창졸간에 내민 장검과 함께 팔을 양단하는 《우르가》.

팔꿈치 아래쪽이 잘려나가 레비스의 오른팔이 허공에 춤을 추었다.

"————."

지체하지 않고 레비스의 눈에 뛰어든 것은 바위처럼 커다란 주먹.

"날려주지."

마지막으로 가레스.

"크아악?!"

왼팔의 가드 위에서 드워프의 강권이 작렬해 여자의 몸은 봇물 터진 듯한 기세로 날아가버렸다.

격돌한 벽에서 요란한 흙먼지가 피어나고 룸 전체가 흔들렸다.

자세를 푼 【로키 파밀리아】의 제1급 모험자들은 즉시 아이즈에게 달려갔다.

"아이즈!" "괜찮아?!"

"그럴 리가 있겠냐. 보고도 몰라, 바보 자매!"

"티오나, 티오네, 베이트 씨……."

자신의 '바람'에 호응해준 동료들의 모습에 아이즈는 자신도 모르게 웃음을 짓고 있었다.

"고마워……."

와글와글 떠들며 황급히 포션을 들이미는 그들에게 감사의 말을 했다.

"사실은 야단을 치고 싶은 상황이다만…… 공을 세웠구나, 아이즈. 잘했다."

"가레스……. 아냐, 다들 와준 덕분."

에누리 없는 가레스의 칭찬에 아이즈는 고개를 가로저었다.

그러는 동안에도 속속 여러 사람의 발소리가 룸으로 다가왔다.

"가레스 씨, 여러분!"

"라울! 어라…… 단장님?! 잠깐만, 무슨 일이 있었던 거야?!"

"진정해, 티오네!"

라울과 아키, 그리고 깊은 부상을 입은 채 그들에게 안긴 핀을 보고 티오네가 느닷없이 이성을 잃었다. 곧 베이트와 티오나가 이끌던 라크타며 엘피 일행이 속속 룸으로 도착해 합류했다.

"영감! 핀이 '커스'를 받았어, 이거 위험하잖아!"

"나도 아네! 자네들, 상황 좀 보고해봐!"

"나랑, 그리고 아크스가 포이즌 베르미스의 '극독'에 당했어!"

"레피야하고 리네 일행이 아직 안 왔습니다!"

가레스가 중심이 되어 잇달아 정보를 공유하고, 아울러 지시 전달이 이루어졌다.

【로키 파밀리아】의 행동은 신속했다. 합류를 마친 단원들은 '원정' 중에 익혔던 응급처치를 적확하게 실시했다.

"……타나토스의 권속들은 뭘 하고 있담."

"!"

아이즈 일행이 흠칫 놀라 돌아보니, 흙먼지 속에서 레비스가 나타나는 참이었다. 【로키 파밀리아】에게 기습을 당한 괴인은 온몸에 상처를 입었으면서도 전의가 조금도 쇠하지 않았다.

"뭐, 됐어. 거추장스러운 날벌레들은 여기서 전부 해치워버릴 거니까."

"……너 혼자 이 숫자를 어떻게 하겠다고?"

차원이 다른 존재감과 으스스한 분위기를 뿜어내는 괴인을 보며 쿠크리 나이프 《조르아스》를 다시 든 티오네가 딱딱하게 웃었다.

열 명이 넘는 모험자들을 앞에 두고도 레비스는 싸늘한 눈을 가늘게 뜰 뿐이었다.

"부상 입은 너희 따위 아무것도 아니야. 원한다면 몬스터도 불러주지."

포이즌 베르미스의 '극독', 스킬 【버서크】의 남발로 잃어버린 체력, '문'에 짓이겨져 제대로 움직일 수도 없는 오른팔. 피로에 허덕이는 몸을 간파당해 티오나 티오네, 베이트는 땀을 흘리며 입을 다물었다. 아이템도 이미 끝이 보였으며, 크노소스에 깎여 회복되지 못한 상처가 잠재적으로 존재했다.

레비스는 '마력'을 태워 몸을 치유하면서 절단된 오른팔을 단면에 가져다 붙였다. 금세 맞물려, 아무 일도 없었다는 듯 주먹을 쥐었다 폈다 하는 괴인의 모습에 라울을 비롯한 하급단원들은 흠칫 숨을 멈추었다.

"……예비 도끼 가져오게."

"네, 넷!"

가레스가 서포터 하나에게 작은 목소리로 말했다. 반파된 갑옷 차림의 그도 대미지가 적지 않은 가운데, 무기를 받아들고 임전태세를 취했다.

아이즈 또한 검을 들고 빈틈없이 레비스를 노려보았다.

그 직후.

룸의 벽면이 **뜯겨나갔다.**

"어?"

전조 따위 전혀 없었다.

시야 전체를 점령한 강철색의 **외피**.

무수한 석판과 아다만타이트의 파편을 폭파시키며 밀려드는 거구에 아이즈 일행의 호흡이 멈추었다.

레비스마저 경악하는 가운데, 단 한 사람, 가레스는 온 힘을 다해 외쳤다.

"도망쳐라——!!"

모든 것을 내팽개치고 후퇴한다.

가레스의 노성을 시작으로 모험자들은 일제히 출구 한 곳으로 뛰어들었다. 첫 움직임이 늦어진 하급 단원들을 아이즈, 티오나, 티오네, 베이트와 함께 라울을 비롯한 제2급 모험자들이 옷을 잡아 억지로 끌어냈다.

"설마 '구갈라나'? 쯧!!"

이상사태임을 뒷받침해주듯 무너진 미궁벽 안으로 사라지는 레비스.

그 광경을 아이즈도 보았지만 그뿐이었다. 거대한 덩어리가 시야를 가득 메우고 【로키 파밀리아】의 배후를 위협했다.

"잠깐만, 뭐야뭐야뭐야?! 뭐야대체무슨일이일어난거야?!"

"내가 아냐, 망할!!"

티오나의 당황한 목소리와 베이트의 욕설이 오가는 동안에도 후방의 통로가 파괴의 진격에 휩쓸리고 있었다. 상황을 제대로 이해하지 못한 채 아이즈 일행은 통로를 질주해, 조금 전 지나왔던 대형 홀로 뛰쳐나갔다.

뒤를 따르듯 특대 폭파음이 울려 퍼졌다.

"~~~~~~~~~~~~~~~~~~~~~~~~~~~~~~~?!"

충격파에 등을 얻어맞은 아이즈 일행은 떠밀려 날아갔다.

바닥을 구르는 단원들, 제1급 모험자들이 간신히 자세를 추스르고 즉시 뒤를 돌아보니…… 거대한 실루엣이 존재했다.

너무나도 굵고 강인한 네 다리, 사납게 뒤틀리고 꺾인 거대한 두 뿔, 머리부터 으스스한 녹색에 침식당한 강철색 외피. 올려다볼 정도로 커다란 몸집은 어깨높이 6M을 가뿐히 넘어섰다. 꼬리는 중간부터 두 가닥으로 갈라졌으며 끄트머리는 칼날처럼 단단하고 뾰족했다.

분명히 '소'의 체형을 본뜬 전신 중에서도 가장 이질적인 부분을 든다면, 그것은 이마에 해당하는 부분에 존재하는 '여자'의 몸이었다.

소름 끼치는 미소를 붙여놓은 여체의 상반신.

"아다만타이트 벽을, 뚫고 나왔지 말입니다……?"

라울의 중얼거림이 툭 떨어지는 가운데, 제1급 모험자들은 그 괴물의 모습에 강한 기시감을 느꼈다.

악몽을 환기시키듯, 아이즈가 그 이름을 불렀다.

"데미 스피리트……!"

© Kiyotaka Haimura

5장

노곡총전
(怒哭總戰)

Гэта казка іншага шляхі.

З меча прыйшоў да яго, як

© Kiyotaka Haimura

【로키 파밀리아】가 아이즈의 곁에 모두 모이기 전.

"——상당히 재미있어졌는걸."

레피야와 피르비스가 사라진 벽화의 복도에서, 타나토스는 그 신물을 보았다.

"넌…… 이슈타르."

가슴이나 팔다리를 크게 노출시킨 갈색 피부. 모두가 눈길을 빼앗겨버리는 절세의 미모.

곰방대를 한 손에 든 '미의 신', 이슈타르에게 타나토스가 두 눈을 가늘게 떴다.

"이거이거, 스폰서 님, 참으로 잘 와주셨습니다……라고 하고 싶지만, 이러면 안 되지~ 이슈타르? 마음대로 막 오고 그러면."

"새삼스레 무슨 소리람. 여긴 몇 번이나 왔는데? 게다가 네가 여기저기 얼쩡대니까 한참을 찾았잖아?"

뒤에는 휴먼 종자를 대동한 미의 여신은 익숙하다는 양 타나토스와 대화했다. 게다가 그 뒤에는 이곳까지 안내를 해준 가면 인물이 있었다.

【이슈타르 파밀리아】와 이블스의 잔당 양측은 서로 연결되어 있었다. 정확하게 말하자면, 【이슈타르 파밀리아】의 극히 일부 인물이.

이블스—— 나아가서는 바르카를 비롯한 다이달로스의 혈족은 크노소스 완성을 위해 막대한 자재, 자금이 필요했다. 뇨르드와 계약을 맺어 멜렌에서 벌인 밀수는 그러기 위한 자금책 중 하나였다.

이슈타르 또한 거래 상대로서 타나토스 일당에게 막대한 자금을 투자했다. 창관이 가득한 '환락가'를 영역으로 삼는 이슈타르 파벌은 오라리오의【파밀리아】최고라 해도 좋을 정도의 재원을 가졌다. 도시 최대 파벌이라 불리는 로키, 프레이야 양대 파벌을 제치고 말이다.

하이 리스크 하이 리턴이 되기 쉬운 던전 탐색계【파밀리아】와는 달리, 거의 비용과 손실이 존재하지 않는 노 리스크 하이 리턴이기에 오는 강점이다.

"그래서? 무슨 볼일이야?"

이슈타르가 거래에 응했다는 것은 물론 그에 걸맞은 대가를 조건으로 삼는다는 뜻이다.

다시 말해——

"내가 받을 예정인 '하늘의 황소'. 그게 얼마나 강한지 보고 싶어."

이블스의 잔당과 괴인들이 숨겨놓은 강대한 존재를 탐냈던 것이다.

"드디어 프레이야를 칠 때가 왔거든. 미끼인 '토끼'를 잡으면 며칠 안으로 공격할 거야. 만에 하나 무슨 일이 생기면 이 미궁에 그 여자의 권속들을 유인하기로 돼 있는데…… 한바탕 싸우기 전에 그게 얼마나 강한지 확인해두고 싶어."

"……어~ 음."

'미의 신'에게 어울리지 않는 흉포한 미소를 보며 타나토스는 말을 흐렸다.

"다 알아. 지금 마침 로키네 애들이 이 미궁에 흘러 들어왔다며. 가상 프레이야로 이렇게 딱 어울리는 상대도 없지."

"아니, 있잖아? 이슈타르? '열쇠'가 없는 로키네 애들은 까놓고 말해 거의 다 잡은 거나 마찬가지고 말이지? 그런 끝판왕을 끌고 오지 않아도 이미 끝났달까, 반대로 현장을 혼란에 빠뜨리게 된달까…….

"알 게 뭐야."

설득하고자 하는 남신을 이슈타르는 웃음으로 다짜고짜 일축해버렸다.

"내가 5년 전부터 대체 얼마나 많은 돈을 투자했다고 생각해?"

"아~…….

입에 물었던 곰방대를 떼고 연기를 내뿜는 이슈타르에게 타나토스는 항복했다는 듯 두 손을 들었다.

"알았어, 할게, 한다고. 스폰서님의 부탁을 들어드리지."

"그래야지."

만족스레 눈을 가늘게 뜬 이슈타르는 발을 돌렸다.

"구경할 수 있는 장소로 안내해."

그녀와 종자가 복도를 나갔다. 가면 인물이 그 자리에서 스윽 모습을 감추는 가운데, 타나토스의 곁에 있던 권속이 끼어들었다.

"어, 어떡하죠, 타나토스 님? 괴인 놈들이 아직 쓰지 말라고 몇 번이나 못을 박았는데요……."

"뭐, 하는 수 없잖아? 이슈타르한테는 한참 신세를 졌으니까. 이제 와서 삐져버리면 나중에 어떻게 될지 알 수 없고."

그녀의 변덕과 폭주를 우려하고 어깨를 으쓱한 타나토스는 천천히 입술을 틀어올렸다.

"게다가—— 나도 보고 싶었거든. 에뉘오의 히든카드가 얼마나 대단한 건지."

어둡게 웃는 주신을 보며 로브 차림의 권속은 흠칫 몸을 떨었다.

타나토스에게 명령을 받은 그들은 황급히 행동에 나섰다.

이리하여 '괴물'은 자신을 속박하던 사슬에서 풀려난 것이다.

"에잇, 오락밖에 모르는 망할 놈의 신들……!"

무너져버린 잔해 너머에서 레비스는 진심으로 가증스럽다는 듯 내뱉었다.

룸 한쪽은 미궁의 잔해로 막혀버렸다. 엄청난 양의 석재

와 아다만타이트 덩어리가 쌓여, 더 이상 아이즈 일행을
쫓아갈 수가 없다.

'괴물'을 풀어놓은 것이 타나토스 일당임을 금방 간파한
괴인은 짜증을 터뜨렸다.

"내 '목소리'가 닿지 않는 것을 보면…… 아리아가 뿌렸
던 '바람'에 흥분했나?"

'그것'이 향한 방향으로 한쪽 손을 내밀고 있던 레비스는
이내 주먹을 부르쥐었다.

"이렇게 되면 다른 '분신'들도…… 쯧, 살펴보고 와야
겠군."

레비스는 마지막으로 한 마디를 남기고 그 자리를 떴다.

"잡아먹히거나 하진 마라, 아리아…… 회수하기 귀찮
으니."

"피르비스 씨, 지금 그 소리는……!"

"……모르겠다. 하지만 가까웠어!"

레피야와 피르비스는 통로 안을 달리고 있었다.

미궁 안에 몰아치던 아이즈의 '바람'이 끊어져버려 방향
을 잃은 두 사람은 이내 들려온 굉음의 방향으로 진로를
잡았다.

곧 통로 끝이 다가오자, 동료 단원들과 금발금안 소녀의
옆모습이 눈에 들어왔다.

"아이즈 씨!"

안도와 기쁨에 소리를 지르며 룸으로 발을 들인 레피야는 이쪽을 보려고도 하지 않고 뻣뻣이 선 동료들의 모습에 의아함을 느꼈다.

그러나 그 의문도 이내 해소되었다.

아이즈 일행의 시선을 따라갔다가 굳어버린 레피야 또한, 그 흉흉한 '괴물'의 존재를 시인했기 때문이다.

"저, 저건…… 59계층에서 봤던……?!"

거대한 소의 하반신, 이마 위치에 돋아난 여체의 상반신. 2M 정도 되는 여체는 소의 거구와 비교해 어울리지 않을 정도로 작았다.

녹색 피부에 녹색 단발, 극채색 옷, 천녀로 착각할 만한 미모이면서도 으스스한 기운을 뿜어내는 여체의 미소는 레피야의 기억에서 파도처럼 출렁거렸다.

미답파영역 제59계층에서 사투를 벌였던 개체와 너무나도 흡사한, '데미 스피리트'가 그곳에 있었다.

『──오, 오, 오.』

그때 '데미 스피리트'의 거구가 움직였다.

레피야는 객관적으로 보았을 때 매우 좋지 못한 타이밍에 합류하고 말았음을 이해했다.

아무런 설명도 듣지 못한 채, 괴물의 공격이 시작됐다.

『────────────────────────────!!!!』

단순한 돌격.

그러나 여기에 담긴 질량과 파괴력은 자릿수가 달랐다.

아이즈 일행이 바로 옆으로 뛰어 온 힘을 다해 회피운동한 직후 그 자리를 달려 나가, 그야말로 저돌맹진을 몸으로 보여주듯 넓은 룸의 벽면을 박살냈다.

"세, 세상에?!"

"아다만타이트 벽을 저렇게 쉽게……!"

레피야의 경악성과 피르비스의 전율. 마침 소녀들 곁에 도착한 아이즈 일행도 하나같이 말을 잇지 못했다. 힘을 자랑하는 가레스조차 파괴에 애를 먹었는데, 저 괴물은 단 일격으로, 그것도 무슨 아이들의 나무 블록 장난감을 무너뜨리듯 아다만타이트 벽을 분쇄해버린 것이다.

미궁벽에 뚫린 큰 구멍을 바라보며 【로키 파밀리아】는 모두 말을 잃었다.

"……59계층에서 만난 놈하곤 달리, 저건 괴력 특화형이구먼."

헬름의 위치를 고치며 가레스가 신음하듯 말했다. 단순한 육탄돌격이 가차 없는 '필살'이 되는, 타고난 파워 타입이라고.

"야…… 저거 어떡해? 싸울 거야, 안 싸울 거야?"

"당연히 도망쳐야지?! 얼른 치료하지 않으면 단장님이 위험하다고!"

베이트의 말에 티오네가 대들었지만 티오나가 떨떠름한 표정을 지었다.

"하지만, 저거, 분명 쫓아올걸."

"……내가, 미끼가 돼서."

"응, 안 돼~."

아이즈가 하려 했던 말을 티오나가 즉시 기각해버렸다.

그때 시선 너머, 먼지가 피어나는 구멍 너머에서 거대한 윤곽이 천천히 후퇴했다. 그 광경에 단원들이 식은땀을 흘렸다.

"게다가 출구까지 가는 길을 모르지 말임다……."

"저 괴물을 날뛰게 만들어서, 바깥으로 가는 출구까지 부숴달라고 하면…… 하, 하하."

"무너진 미궁에서 생매장 당하기는 싫어."

라울이 새파랗게 질린 얼굴로 중얼거리고, 나르비가 메마른 목소리로 농담처럼 말하자 아키가 견딜 수 없다는 듯 부상 입은 팔을 붙들며 대답했다.

희망을 발견하지 못하는 그런 그들에게 레피야가 몸을 내밀며 말했다.

"제, 제가 출구를 발견했어요! 안내할게요!"

지금 막 그녀를 본 것처럼, 단원들의 시선이 레피야에게 향했다가 다음으로는 "우와아ー!" 함성을 질렀다. 특히 "잘했어, 레피야!!라고 외치는 티오네의 목소리가 컸다.

"그럼 남은 문제는 저 커다란 놈이지 말임다……."

라울이 말한 것과, '데미 스피리트'가 홀로 돌아온 것은 동시였다.

천천히 선회해, 하반신에 해당하는 거대 소의 두 눈과

활처럼 뒤로 구부러진 여체의 눈이 아이즈 일행에게 향했다.

결단이 필요했다.

모두를 하나의 지침으로 인도하는 강한 목소리가. 혹은 희생을 불사하는 선택이.

1초, 또 1초, 귀중한 시간이 낭비되고 있었다.

이윽고 망설이던 단원들의 시선은 매달리듯 한 인물에게 모여들었다.

소녀 단원에게 업힌, 파룸 두령에게.

"……큭."

빈사상태인 핀은 눈썹을 찡그렸다.

피를 너무 흘려 생각이 제대로 정리되지 않는지, 아니면 핀 같은 사람이라도 망설이는지.

지휘관의 입술이 방황하는 가운데—— 어떤 이가 입을 열었다.

"말하게, 핀."

가레스였다.

"얼마 전 같으면 늘 있는 일 아니었나."

드워프 대전사는 도끼를 걸머지며 핀의 곁에 섰다.

"누가 자네들 엉덩이를 지켰나?"

덥수룩한 수염 안에서 입가를 틀어올리는 가레스에게.

핀 또한 입술을 웃음의 형태로 일그러뜨렸다.

"……최후방을, 맡아줘, 가레스."

"물론."

처절한 웃음을 지으며, 가레스는 혼자 거대한 괴물을 향해 걸어갔다.

단원들의 시선을 받으며 멀어져가는 드워프의 등을 보고 미간에 주름을 지은 라울은 핀 대신 외쳤다.

"전원 이곳에서 철수함다! 서두르지 말임다!! 레피야, 안내를!"

"네, 넷! ……피르비스 씨!"

"……그래, 알았다."

청년의 호령에 단숨에 움직이는【로키 파밀리아】.

레피야와 피르비스가 통로로 달려나가고, 단원들도 뒤를 따랐다.

그런 가운데, 말이 없던 아마조네스 자매가 아이즈와 동료들에게 등을 돌렸다.

"……가레스한테만 멋 부리게 둘 순 없어. 난 단장님한테 칭찬 받을 거야."

"나도 갈래~."

호전적인 아마조네스들이 드워프의 등을 따랐다.

명령위반 상습범인 어린 제1급 모험자들은 가레스와 함께 그 자리에 남았다.

"베이트, 아이즈…… 단원들을 지켜줘."

"……쳇!"

자신도 남고자 꼬리를 움직이려 하던 베이트는 핀의 청

을 듣고 혀를 찼다. 그와 함께 단원들을 따라간 아이즈는 홀에서 나오기 직전, 다시 한 번 가레스와 자매의 뒷모습을 보았다.

"티오나, 티오네…… 가레스."

지지 마.

최후방 수비수를 맡은 동료에게 파티의 운명을 맡기고, 아이즈는 애를 끓는 심정으로 달려나갔다.

"괜찮겠나, 티오네? 핀 곁에 있지 않아도."

자신의 역할에 동참해주게 된 아마조네스 소녀에게 가레스가 물었다.

"단장님의 엉덩이를 지키는 건 나야! 단장님 엉덩이는 내 거니까!!"

"왜 엉덩이를 강조한담~."

오기를 부리며 외치는 티오네에게 티오나가 눈을 흘기며 어이없어했다.

한 변이 100M은 되는 정사각형 홀. 대형 배틀액스, 쿠크리 나이프, 우르가. 각각의 무기를 손에 든 모험자들은 처음이자 마지막으로 얼빠진 대화를 나누었다.

『……아아아.』

수다도 거기까지.

전방의 초대형급이, 움직였다.

쿠웅. 거대한 해머를 내리찍는 듯 둔중한 굉음이 내디던 앞발과 함께 울려 퍼졌다. 동료들이 떠난 통로 입구를 노리고 똑바로 이쪽을 향해 달려온다.

"근데 저거 어떡한다~?"

"제대로 맞붙을 상대가 아니잖아. 우리도 만전의 컨디션이 아니고…… '마석'을 작살내는 한 방을 노려야 하려나."

포이즌 베르미스의 '극독'을 뒤집어쓴 티오나는 온몸에서 땀을 흘려댔으며, 암살자의 '커스 웨폰'에 베였던 티오네는 가볍기는 해도 상처가 낫질 않았다.

적은 과거【로키 파밀리아】가 모든 주력을 쏟아부어 겨우 격파했던 '데미 스피리트'.

세 사람은 베스트 컨디션과는 거리가 멀었으며, 막아내야만 하는 적은 너무나도 강대했다.

"뭐, 그것도 좋겠네만…… 여기선 기본으로 돌아가야지. 자네들, 덩치에게 대처할 때의 정석이 뭐지?"

"다리를 노리고."

"지면에 쓰러뜨린다!"

"좋아. 공격당하지 말게나. 한 방에 작살이 날 테니."

그러나 제1급 모험자들은 비관하지 않았다. 그것은 '모험'을 할 때 자신을 죽이는 '독'이 된다는 사실을 그들은 잘 안다.

불길에 반쯤 타버린 갑옷을 흔들며 가레스도 도끼를 들

었다.

"어디까지나 우리의 노림수는 발을 묶는 것이네만, 동료들을 위해서라도 해치우는 게 제일 좋겠지—— 가세."

드워프가 땅을 박찬 것과 함께 전투의 막이 열렸다.

"달리기 시작하면 막을 수가 없네! 티오나, 붙잡게!"

"알았어~!"

"티오네는 '마법'으로 저 녀석 다리를 묶고!"

"'마법'은 잘 못쓰는데…… 하는 수 없지!"

가레스와 티오나 두 사람은 그대로 직진하고 티오네는 옆으로 뛰어 일단 전력을 이탈했다. 접촉을 포기한 티오네는 그대로 '영창'에 들어갔다.

『아리아…… 아리아!』

반면 '데미 스피리트'는 환희의 목소리를 내며 맹렬히 돌진을 개시했다.

석판으로 덮인 아다만타이트 바닥을 꿩연히 박차며, 지진 같은 진동과 함께 달려들었다.

""흡!""

밀려드는 거구에 가레스와 티오나는 재빨리 좌우로 갈라지며 회피했다. 그러나.

적의 진로에서 벗어났음에도 무시무시한 풍압이 두 사람의 몸을 후려쳤다.

"아우, 느닷없이 달려들기는~!"

"쯧!"

찌릿찌릿 떨리는 몸으로 손을 짚으며 착지한 가레스와 티오나를 내버려둔 채, '데미 스피리트'는 홀을 떠나고자 돌진했다.

한번 달리기 시작하면 막을 수가 없다. 그 말대로였다. 거대한 소가 펼치는 무적의 약진에 가레스가 고함을 질렀다.

"티오네! 그쪽으로 갔네!"

대형 홀 일각에서는 아마조네스의 주문이 흘러나오고 있었다.

"【바다에 잠긴 나의 욕망, 바다가 기른 나의 갈망── 운명의 때는 왔도다】."

한 글자 한 어구도 틀리지 않도록 확실하게, 익숙하지 않은 영창을 입에 담는다. 어빌리티 '마도'를 습득하지 못한 그녀의 발밑에는 당연히 매직 서클이 전개되지 않으며, 힘찬 운율만이 울려 퍼졌다.

시야 왼쪽에서 오른쪽으로 달려 나가는 '데미 스피리트'를 노려보며 티오네는 자세를 잡았다.

"【모양을 이루고 드러내어 뱀이 되어라. 바다를 가르고 뭍을 건너 세계를 덮어라. 운명을 잡아, 운명을 멈추어, 운명을 유린하라】!"

주문이 완성됨과 동시에 티오네의 손 안에 광채가 생겨 나고 '마력'이 구현화된 자남색 빛의 채찍이 발생했다.

"【리스트 이오롬】!"

그대로 상대를 향해 후려친다.

빛의 채찍은 고속으로 사행하며, 그야말로 사냥감을 물어뜯는 뱀과도 같이 거대 소의 오른쪽 뒷다리에 감겼다.

『?!』

그 순간 '데미 스피리트'의 몸이 부자연스럽게 굳었다.

티오네의 마법 【리스트 이오룸】.

빛의 채찍이 되어 현현하는 그 속성은 '구속마법'. 통상의 타격무기로도 사용할 수 있는 이 채찍에 사로잡힌 대상을 일정 확률로 리스트레인트(강제정지)에 빠뜨린다. 성공률은 티오네 자신의 '마력' 어빌리티 수치에 의존한다.

마도사도 아닌 티오네의 숙련도는 낮지만 거듭되는 【랭크 업】으로 '마력' 그 자체의 수치는 높다. 본인의 말로는 계층 터주 상대라면 열 번 써서 한 번 성공한다나.

그 한 번이 처음에 나온 자신의 행운에 티오네는 갈채를 보내며 빛의 채찍을 끌어당겼다.

『큭......?』

리스트레인트에 빠진 '데미 스피리트'가 몸을 엄습하는 흉포한 관성에 견뎌냈다.

의지와는 달리 정지한 상반신의 여체가 경악하고, 앞으로 고꾸라지려 하는 거대 소의 하반신이 쓰러지지 않고자 바닥판을 헤집으며 강인한 앞다리로 버텼다.

그리고 그 틈을 놓칠 제1급 모험자들이 아니었다.

"이야아압~!!"

"흡!"

등 뒤에서 따라잡은 티오나와 가레스가 적의 다리를 공격했다.

"으악, 딴딴해에~?! 엑, 으악—?! 우르가에 금이 갔어—?!"

좌우 뒷다리를 각각 노린 두 사람의 눈이 한껏 커졌다.

소란스럽게 말한 것처럼, 티오나의《우르가》에는 균열이 발생했고 가레스의 대형 배틀액스는 단 일격에 칼날이 떨어져나가고 말았다.

적의 외피는 무시무시한 강도, 그야말로 아다만타이트 수준의 경도를 자랑했다.

『아파.』

그러나 티오나와 가레스도 【로키 파밀리아】에서 1, 2위를 자랑하는 파워 파이터. '데미 스피리트'도 멀쩡하지는 않아, 그 단단한 피부에 흠집이 생겨나고 붉은 피를 떨어뜨렸다.

"이거 우리보다도 무기가 먼저 뻗어버릴 것 같구먼."

"어떡하지, 가레스?"

"뻔한 것 아닌가── 그러기 전에 때려눕혀야지!"

바닥을 박찬 가레스와 티오나가 다시 습격을 가했다.

격렬하게 교차하는 두 개의 그림자가 몇 번이나 적의 다리를 난타했다.

『……놀아줄 거야?』

다리를 몇 번이나 엄습하는 충격에 '정령'의 탁한 금색 눈이 아래로 향했다.

코끼리에게 몰려드는 쥐 같은 모험자들을 내려다보던 '그녀'는 고개를 갸웃하고, 웃었다.

『그럼—— 놀자.』

자신을 묶은 구속을 너무나도 쉽게 풀어버리고, 가레스와 티오나를 정면으로 바라보듯 몸을 돌렸다.

"뭐 이렇게 빨리 풀려……!"

리스트레인트를 눈 깜짝할 사이에 해제해버리는 적의 '마력'에 투덜거리는 티오네. 하다못해 조금이라도 움직임을 저해하고자 뱀 채찍을 혼신의 힘으로 끌어당겼다.

그러나.

"윽?!"

반대로 티오네가 끌려들어가, 바닥에 나뒹굴 정도의 힘으로, 채찍이 감겼던 뒷다리를 내리찍는다.

"잠까—?!"

대굉음.

간신히 회피한 티오나를 진짜 생쥐인 것처럼 날려버릴 정도의 스톰프.

다시 석판을 부수고 아다만타이트 바닥을 함몰시킨다.

『아하, 아하하하하하하하하하하!』

흉악한 로데오가 시작되었다.

발을 구르며 이리저리 움직인다. 그저 그뿐이었다. 그것만으로도 역전의 제1급 모험자들은 부상을 입었다. 괴물이 일으킨 지진이 자세를 무너뜨리고, 스톰프의 충격파가 가차 없이 드워프의 갑옷과 아마조네스의 갈색 피부를 후려쳤다. 게다가 엉덩이에서 뻗어나온 두 가닥의 꼬리가 칼날채찍처럼 휘어지며 가혹한 공격에 한몫을 담당했다.

『ㅇㅇㅇㅇㅇㅇㅇㅇㅇㅇㅇㅇㅇㅇㅇㅇㅇㅇㅇㅇ!』

'정령'의 가련하면서도 가학적인 웃음소리와 함께 터져나오는 광포한 소의 포효.

상반신과 하반신, 두 개의 의지를 가진 '데미 스피리트'는 사냥감만이 아니라 미궁 그 자체까지도 파괴해나갔다.

"이 광포한 습성은…… '보옥'을 '파워 불'에 기생시킨 겐가?"

"그 심층영역 몬스터는 이렇게 크지 않잖아~! 아우~!"

가레스와 티오나가 견디지 못하고 거리를 벌렸다. 분노에 찬 티오네는 과감하게 채찍을 잡아당겨 움직임을 제어하려 해봤지만 거의 효과를 발휘하지 못했다.

육체 그 자체, 엄청난 퍼텐셜이 적의 가장 큰 무기였다.

"역시 자폭을 각오하고 부딪칠 수밖에 없겠구먼."

가레스는 여기서 각오를 다졌다.

"이 망할 놈의 소……!"

이어서 티오네가 **이성을 잃었다.**

마음대로 휘둘렸던 자신을 용서할 수 없어, 가레스의 지시를 무시하고 공격에 나섰다. 다리에 감겨 있던 【리스트 이오룸】은 풀지 않은 채 '데미 스피리트'를 중심점으로 큰

원을 그렸다.

『?』

네 다리에 감겨드는 빛의 채찍에 고개를 갸웃하면서도 '데미 스피리트'는 아랑곳 않고 여전히 날뛰었다.

몬스터를 내버려둔 채 고속으로 선회하던 티오네는 지면을 박차고 소용돌이의 한복판으로 밀려드는 바람처럼 단숨에 육박했다.

"얌전히, 있어!!"

『?!』

막대한 회전력에, 나아가 【스킬】까지 더한 분노의 철권.

격렬한 구타음에 이어 티오네의 주먹은 부서지고 다섯 손가락이 뒤틀렸지만, 너무나 극심한 위력에 거대한 소의 다리도 풀썩 꺾였다. 회심의 일격이었다.

"잘했네, 티오네!"

움직임이 멈춘 '데미 스피리트'에게 가레스와 티오나가 기회를 놓칠 세라 달려들었다.

이미 상처투성이인 적의 팔다리를 난타해댔다. 무기의 파편이 튀었지만 상관하지 않는다. 창졸간에 요격하려는 꼬리도 도끼날을 되돌려 절단해 '정령'은 크게 놀랐다.

『큭…… 【거침없이나아가라천둥의창 대행자인나의이름 은토니트루스번개의화신번개의여왕——】.』

거대한 소의 움직임이 둔해진 가운데, 웃음기를 지운 여체 상반신이 주문을 외웠다. 단문영창이면서도 인지를 넘어서는 고속영창으로 눈 깜짝할 사이에 포대가 완성되었다.

『【썬더 레이】!』

허공에 거대한 매직 서클을 전개하며 자신의 측면, 옆구리로 육박하는 티오네에게 한쪽 손을 내질러 저격한다.

"그건 알거든~!"

그러나 티오나는 재빠른 예측행동으로 대포격의 사선에서 별 어려움 없이 피신했다. 제59계층에서 진저리나도록 맛봤던 벼락의 창에 혀를 내밀며, 그대로 적과 교차하는 형태로 우르가를 휘둘렀다. 소녀가 가랑이 사이를 지나간 후 깊은 대미지를 입은 뒷다리 하나가 무릎을 꿇었다.

『——————————?!』

굵은 침을 떨어뜨리는 거대한 소의 몸부림.

오르내리는 진동에 『정령』의 상반신이 견디지 못하고 비명을 질렀다.

——적의 돌격, 공격은 분명 위협적이다. 멈출 수 없는 진격은 마도사와 그녀들을 지키는 전열수비수의 입장에서는 그저 악몽일 것이다. 그러나 그뿐이다.

제59계층의 '데미 스피리트'가 마법 타입이었다면 지금 교전하는 개체는 파워 타입. 압도적인 파괴력과 기본적인 방어력은 무시무시하지만, 공격의 종류는 얼마 되지 않는다.

다시 말해, 단조롭다.

심층영역 '원정'을 되풀이하며 '미지'에 도전해왔던 백전연마의 【로키 파밀리아】에게 이 정도로 다루기 쉬운 상대는 없다. 적어도 무수한 촉수와 꽃잎의 장갑을 가졌던 제59계층의 '데미 스피리트'보다도 눈앞의 적은 다루기 쉬웠다.

　공격의 단조로움을 커버하려는 적의 압도적인 퍼텐셜 때문에 멀리 날아가고, 상처를 입고, 피에 젖으면서도 가레스와 자매는 공격의 손길을 늦추지 않았다.

　"흐어어어어어어어어어어어어어어어어어!"

　후방수비수를 맡은 모험자들의 기백이, 집념이, 동료를 생각하는 마음이 일진일퇴의 공방을 낳았다. 격렬한 인내 대결. 모험자들의 심신과 무기가 먼저 스러질지, 괴물의 팔다리가 먼저 굴할지.

　남은 꼬리와 포격으로 열심히 상반신—— '마석'에 대한 필살의 공격을 막아내는 '정령'의 얼굴에 또렷한 조바심이 내달렸다.

　『……!』

　인내에서 밀린 것은 '데미 스피리트' 쪽이었다.

　남은 꼬리가 떨어져나간 후, 마침내 하반신이 굉연히 주저앉았다.

　"잡았다아~!"

　"죽어버려!!"

　티오나, 티오네, 가레스가 세 방향에서 동시에 '정령'의 상반신으로 달려들었다.

'마법'을 뿜어내 한 사람을 치려 해도 나머지 두 사람이 '마석'을 꿰뚫을 것이다. 애초에 단문영창을 읊을 여유도 없었다.

우르가와 쿠크리 나이프, 대형 배틀액스가 정령의 몸에 꽂히려 했다.

『——아하.』

하지만 그때.

정면에서 달려들던 가레스는 '정령'의 끔찍하고도 무구한 웃음을 보았다.

『【거칠어라하늘의분노여】.』

한 구절.

단지 그것만으로도 '마법'은 발동했다.

『【카엘룸 베일】.』

초단문영창.

찰나 속에 해방된 적의 마법발동에 가레스와 자매의 시간이 얼어붙었다.

그리고 발생한 것은 어마어마한 벼락의 장막. '정령'의 상반신을, 거대 소의 하반신을 전류의 갑옷이 뒤덮었다.

——인챈트.

아이즈의【에어리얼】과 같다.

원래 말도 안 되던 괴물이 강대한 벼락의 은혜를 얻었다.

히든카드를 숨기고 있던 '정령'은 무구한 웃음을 교활한 것으로 바꾸었다.

『디스텔.』

다음 순간, 어마어마한 뇌격이 전개되었다.
"~~~~~~~~~~~~~~~~~~~~~~~~~~~~~~~~
~~~~~~~~~~~?!"
부여되었던 벼락 갑옷이 360도, 전방위에 걸쳐 전류를
방사했다.

그야말로 벼락의 그물에 사로잡힌 세 사람은 목소리를
이루지 못하는 절규를와 함께 곡선을 그리며 날아가 버
렸다.

온몸을 뇌격에 그을린 세 모험자가 등부터 지면에 떨어
졌다.

『──오오오오.』

여기에 결정타를 꽂겠다는 양 추가공격이 펼쳐진다.

상처 입은 '데미 스피리트'의 네 다리가 황금의 입자를
뿜어낸 것과 동시에 '자기재생'을 시작해, 다시 일어난다.
두 뿔까지 전기를 띤 소는 하늘을 우러러보듯, 놀랍게도
그 거구를 두 뒷발로 꼿꼿이 세웠다.

거대한 그림자가, 바닥에 드러누운 모험자들을 덮었다.

──설마.

날아드는 앞다리가 가레스, 티오나, 티오네의 의구심을

긍정해주었다.

'정령'의 사악한 웃음과 함께, 벼락을 두른 소의 발굽이 내리찍혔다.

『오오오오오오오오오오오오오오오오오오오오오오오오오오오오오오오오오오오오!!』

폭쇄.

벼락의 발굽이 떨어진 홀 중앙을 기점으로 무시무시한 충격과 눈부신 번개가 발생했다. 파괴의 해일과 굉뢰의 탁류가 세 사람을 집어삼키는 데서 그치지 않고 홀의 바닥을, 벽을, 천장을 철저히 부쉈다.

귀가 먹먹해지는 천둥소리, 그리고 시야를 희게 물들이는 벼락의 연속.

깊은 균열이 새겨진 홀 전체가 당장이라도 무너질 것처럼 일그러진 금속을 노출시켰다.

바닥이 떨어져나가지 않고 버텼던 것은 여러 층에 걸쳐 겹쳐진 아다만타이트의 강도, 그리고 천년의 망집 덕이었다.

『아하, 아하하하하하하하하하하하하하하하하!!』

크노소스의 일부가 대파괴의 양상을 띠는 가운데, '정령'의 웃음소리가 울려 퍼졌다.

"하하하하하하하하하하하하하하하하하하하하하하하하
하하하하!!"

좌대에 비친 그 대파괴의 광경에 이슈타르는 '데미 스피
리트'와 동조되어 환희를 터뜨렸다.

"완전히 엉터리잖아!! 로키네 애송이들이 저렇게 쉽게!
봐라, 탐무즈. 저것에 비하면 계층 터주 따위 아무것도 아
니야!"

옆에서 목소리를 잃은 청년 종자에게 이슈타르는 절정
을 맞이한 탕부와도 같이 고함을 질러댔다. 뺨을 물들이
고, 그 압도적인 힘에 흥분했다.

벼락의 인챈트 덕에 더욱 상승한 퍼텐셜.

특화로 인해 공격과 수비가 한층 강화되니 극악하기 그
지없었다.

저것이야말로, 비견될 존재가 없는 '하늘의 황소'다.

"쓰러뜨릴 수 있어, 프레이야를!! 이것만으로도 놈의 권
속들을 해치울 수 있다고! 내가 이겼어! 하, 하하하하하하
하하하하하하!!"

몸을 젖히며 홍소를 터뜨리는 미의 신을 한 걸음 떨어진
곳에서 지켜보던 타나토스 또한 느물거리는 웃음을 감추
지 못했다.

"이거 굉장하네~ 끝내주네~. 저렇게 끝내주는 거였어,

레비스?"

이곳에는 없는 괴인에게 외치며 타나토스는 입술을 낫처럼 틀어올렸다.

"타, 타나토스 님?! 크노소스가 파괴되는 모습을 보고 바르카 님께서 이성을……! 마구 날뛰고 계셔서 손을 댈 수가 없습니다! 이대로 가다간 【검희】를 놓치고 말아요!"

"부디 바르카 님을 진정시켜 주십시오!!"

"어~ 뭐라고~ 암것도 안 들려~."

주먹질을 당했는지 얼굴이 엉망이 되어 석실로 뛰어드는 권속들의 보고를 타나토스는 안 들리는 척 무시했다.

"이게 그 전쟁 때 있었다면~."

5년 전에 패배했던 도시 항쟁을 떠올리며, 남신은 유유히 우뚝 서 있는 '데미 스피리트'를 보고 눈을 가늘게 떴다.

움직이는 이가 사라진 대형 홀.

잔해 무더기가 곳곳에 흩어진 가운데, 웃음소리의 충동이 가신 '데미 스피리트'는 다시 움직이기 시작했다.

아이즈 일행이 사라진 통로를 향해 쿠웅, 쿠웅, 거대한 다리를 옮긴다.

『?』

무언가가 휘감기는 감각에 '정령'의 상반신은 발밑을 내려다보았다.

쳐다보니, 빛의 채찍이 앞다리에 얽혀 있었다. 채찍 끝을 따라가 보니 바로 옆에서 티오네가 '마법'을 행사하고 있었다.

벼락에 불탄 몸으로, 너덜너덜해진 채.

"누가, 보내 줄 것…… 같아……."

엎드려서 【리스트 이오룸】을 사용한 티오네에게 '그녀'는 생긋 웃었다.

다음으로는 힘차게 앞발을 휘둘러, 낚싯줄처럼 그녀를 끌어당겼다. 아무런 저항도 하지 못하는 아마조네스를 그대로 벽 한쪽에 격돌시킨다.

"커억……?!"

『후후후, 아하하!』

다시 한 번, 그리고 다시 한 번.

지진 같은 진동을 수반하는 운동으로 몸의 방향을 몇 번이나 바꿔가며 바닥에, 벽면에, 잔해 무더기 속에 티오네를 처박았다. 이 '장난감'은 좀처럼 망가지지 않는다. 대단하다. 재미있다. 그런 식으로 꺄꺅 웃음을 짓는다. '정령'의 무구한 웃음은 어떻게 보면 가학적인 웃음이었다.

그야말로 아기처럼 잔혹한 놀이를 반복했다.

『후후…… 안녕.』

우득.

한쪽 팔과 한쪽 다리가 부러져 피웅덩이 속에 잠긴 소녀에게 웃음을 짓고, '데미 스피리트'는 등을 돌렸다.

다음 '장난감'이 '그녀'를 기다린다. 사랑을 애타게 찾는 소녀처럼 고대하던, 최고의 장난감—— '아리아'가.

이형의 괴물이 이번에야말로 홀을 나가려 하던, 그때.

"……기다, 려."

『………….』

이번에는 가느다란 목에 빛의 채찍이 감겼다.

옆얼굴만 돌려서 흘끔 보니, 소녀는 일어나 있었다.

떨리는 다리로, 빠진 한쪽 팔을 축 늘어뜨린 채, 한쪽 무릎을 꿇은 자세로.

찢어진 이마에서 흐르는 선혈로 피범벅이 된 티오네는 열심히 눈썹을 틀어 올렸다.

"네놈이, 가, 면…… 단장님이…… 단장님을…… 단장님의…… 그렇게 둘 줄 아냐. 그렇겐 안 된다고…… 절대로…… 안 돼……."

소녀의 눈꼬리에는 눈물이 맺혀 있었다.

오열을 토해내듯, 지리멸렬한 말과 사랑하는 이의 이름을 중얼거린다.

'데미 스피리트'는 눈살을 찡그렸다. 기껏 신이 났던 기분에 찬물을 뒤집어쓴 것 같았다.

다시 한 번 놀아줄까 생각했지만, 제대로 된 지능이 없는 '그녀'가 보기에도 소녀는 이미 망가진 상태였다. 그리고 '그녀'는 망가진 장난감에는 흥미를 보이지 않았다.

"지킬 거야, 내가………… 그 녀석들을………… 그 사람, 을……."

피를 너무 흘려 정신이 몽롱해진 티오네의 말이 점점 가늘어졌다.

목을 조르는 힘이 꾸득, 살짝 강해졌지만 '데미 스피리트'는 이미 상대도 하지 않았다.

소녀의 헛소리를 무시한 채 통로로 나아갔다.

『……?』

그러나, 쭈우욱.

느닷없이, 조금 전과는 달리 힘차게 채찍이 뒤로 당겨졌다.

숨이 막힌 '그녀'는 다시 한 번 뒤를 돌아보았다.

팽팽하게 당겨진 빛의 채찍. 그 끝에서 한데 겹쳐진 두 개의 그림자.

멍하니 눈을 크게 뜬 티오네의 뒤에, 한 드워프가 서 있었다.

"잘했다, 티오네——."

대담한 웃음을 얼굴에 새긴 것은, 헬름도 갑옷도 잃어버린 상처투성이 가레스였다.

오른손으로 채찍을 든 티오네의 손을 붙잡고, 왼손으로는 채찍을 움켜쥐었다.

다음으로는 눈꼬리를 틀어올린 얼굴로 빛의 채찍을 끌어당겼다.

"──절대 놓지 말거라!!"

그 순간 '데미 스피리트'의 상반신이 단숨에 뒤로 벌렁 넘어갔다.

『?!』

빛의 채찍이 녹색 피부의 목에 힘차게 파고들었다.

'정령'의 상반신이 꺾여버리는 것 아닐까 싶을 정도로, 바로 뒤를 향해 당겨졌다.

무너진 천장을 비추는 '그녀'의 시야. 뿌득뿌득 소름 끼치는 소리를 내는 가느다란 목.

창졸간에 두 손을 채찍에 걸었지만 의미를 이루지 못했다.

채찍이 늦춰지지 않는다.

숨을 들이마실 수 없다.

호흡을 할 수 없다.

발성할 수 없다.

"그래서 노래를 할 수 있겠나? 못 하겠지? ──할 수 있을 리가!!"

사나운 웃음을 터뜨리며 가레스는 굵은 침을 튀겼다.

봉인된 '마법'.

'데미 스피리트'의 무기 중 하나를 빼앗았다.

드워프의 굵은 팔과 강인한 어깨에 더더욱 힘이 더해지고 '정령'의 탁한 금색 눈이 한껏 크게 뜨였다.

"방심하면 지는 게야! 전사의 자질은 절대 없는 놈으로

고. 모험자에게 등을 보였으니 불평은 말거라!!"

『……, ……, ……?!』

"또박또박 말하지 못하겠느냐, 이 못생긴 정령아!!"

'그녀'는 처음부터 전사는 아니었으나, 지금 가레스에게는 상관이 없었다.

혼신의 힘을 쥐어짜내는 드워프의 얼굴이 시뻘겋게 타올랐다. 부조리한 말을 노성과도 같이 던져대며 채찍을 조였다.

사납게 날뛰는 가레스는 그 기세 그대로 고함을 질렀다.

"티오네에!! 근성을 쥐어짜란 말이다! 핀을 지키겠다며?!"

그 순간.

멍하니 정신을 놓고 있던 티오네가 번쩍, 눈꼬리를 틀어올렸다.

어디에 그런 힘이 남아 있었는지, 살아 있는 한쪽 팔이 튕겨지듯 재기동했다.

"시꺼 이 망할 영감탱이야!! 댁이 뭐라고 할 것도 없어――다 아는 소리라고!!"

2인분의 괴력이 '정령'의 목 한 점에 부하를 쏟아부었다.

『～～～～～～～～～～～～～～～～～～～～～～～～?!』

목소리를 내지 못하는 대절규.

'데미 스피리트'는 영문을 알 수 없었다. 왜 자신이 괴로워하는지, 왜 자신이 욕을 듣고 있는지.

왜 지금, **자신**이 살해당해야 하는지.

제대로 된 생각이 정리되지 않은 채, 손에 붙든 채찍을 몇 번이나 풀려 했지만 파고든 뱀의 이빨은 결코 떨어지질 않았다.

목이 압박되어 마침내 금색 눈에서 피눈물이 흐르기 시작했다.

""오오오오오오오오오오오오오오오오오오오오오오오오오오오오오오오오오오오오오오!!""

터져 나오는 모험자들의 격렬한 목소리.

괴물을 원초의 싸움으로 끌어내려, 아무도 예상하지 못했던 '교살'을 감행한다.

살육의 의지를 내걸고, 자신의 내면에 있는 모든 것을 바쳐 포효를 터뜨렸다.

"내가아! 내가 단장님을 지킬 거라고오! 단장님의 엉덩이를 지켜서 내가 마음껏 사랑해드릴 거라고!! 내가 결혼해서 엉덩이랑 단장님을 같이 행복하게 해주는거야그렇게 결정했다고오!!"

"흐하하하하하하하하하하!! 무슨 엉덩이랑 결혼을 한다고 그러나!!"

"시꺼어어어어어어어어어어어어어어어어어어어어어어어어어어어어어어어어어어어어!! 애초에 왜, 어째서, 무슨 이유로 가레스인 거야?! 이럴 땐 단장님이어야지! 나랑 단장님이 사랑의 공동 작업을 해야지!! 내가 단장님의 조그만 몸을 부드럽게 꼬오옥 안아서 뽀뽀하면서 엉덩이를 탐닉해야지!! 왜 후덥지근한 드워프랑 같이 지저분한 괴물자식 모가지나 잡아당기고 있는 거냐고오오오오오오오오오오오오오오오오오오오오오오오오오오오오오오오오오!!"

"크하하하하하하하하하하하!! 부끄러워 말게나 티오네!! 핀보다는 내가 잘생기지 않았나!!"

"죽을래에에에에에에에에에에에에에에에에에에에에에에에에에에에에에에에에에에!!"

"흐하하하하하하하하하하하하하하하하하하하하하하하하하하하하하하하하하하하하하하!!"

티오네와 가레스는 망가졌다.

울고 분노하고, 폭소하며 살의를 터뜨렸다.

사명과 살의가 혼연일체가 되어 두 사람을 극한상태라는 미지의 영역으로 데려가는 한편, 견딜 수 없게 된 것은 '데미 스피리트'였다.

모험자들이 영문 모를 괴력을 발휘해 자신을 죽음의 늪으로 몰아간다. 그런데도 채찍을 떼어놓을 수 없다. '정령'의 가녀린 팔은 뱀 채찍을 떨칠 수가 없었다.

인지를 초월한 힘을 가진 것은 거대한 소의 하반신뿐. '마법'을 조종하는, 말하자면 포대인 상반신은 너무나도 무력했다.

『＿＿＿＿＿＿＿＿＿＿＿＿＿＿＿＿?!』

발버둥을 치며 괴로워하는 상반신과 연동된 것처럼 경련하던 소의 하반신이 견디지 못하고 뛰쳐나가려 했다. 그 힘으로 가레스와 티오네를 떨쳐내고자.

그때.

""티오나아아아아아아아아아아아아아아아!!""

가레스와 티오네는 동료의 이름을 외쳤다.

다음 순간 잔해 무더기 한곳을 터뜨리며 다른 아마조네스가 질주했다.

"잘 잤다아—!! 이 짜식—!!"

고함과 함께 함께 입에서 토해낸 것은, 새빨간 숨결.

스킬【인텐스피드】.

그리고【버서크】.

최대한으로 드높아진 '스킬'의 중복.

이 이상 강해질 수 없는 최강의 일격── 우르가를, 경악하는 거대 소의 하반신에 작렬시켰다.

"간다아아아아아아아아아아아아아아아————!!"

대절단되는 '데미 스피리트'의 오른쪽 앞발.

『오오오오오오오오오오오오오오오오오오오오오오오?!』

설마 했던 일도양단에 거대 소가 통곡을 터뜨렸다. 한쪽 다리를 잃어 거구가 바닥에 처박히는 한편, 《우르가》의 칼날이 파편의 비로 바뀌었다.

사용자의 『힘』과 괴물의 단단한 외피 때문에 거대한 날 중 한쪽이 부서져버린 것이다.

그러나 나머지 한쪽 날은 아직 남았다.

"아직 멀었어어어어어어어어어어어어어어어어어어어어어어어!!"

대검으로 변한 무기를 들고 앞다리를, 뒷다리를.

노도의 기세로 남은 다리를 마구 베어댄다.

버서커로 전락한 티오나는 대참격의 폭풍을 퍼부었다.

『——————————————?!』

그리고 떠올렸다는 듯—— 폭주하듯—— 아직까지 온몸에 부여되었던 벼락의 갑옷을 방전시키는 '데미 스피리트'.

미친 듯이 날뛰는 벼락이 티오나의 공격과 접근을 가로막았다.

그러나.

"미지근하구마아아아아아아아아아아아아아아아아아아아아아아아아아아아아안!!"

"안 통한다아아아아아아아아아아아아아아아아아아아아아아아아아아아아아아아!!"

떨어지질 않는다.

목의 구속만은 결코 떨어지질 않는다.

채찍을 타고 밀려드는 전격을, 가레스와 티오네는 견뎌냈다.

아니, 그 정도가 아니라 몸이 타들어 가는데도 그들에게서는 더 큰 '힘'이 솟아났다. 티오네의 입에서는 붉은 입김이, 가레스의 팔에는 수많은 푸른 힘줄이 생겨났다.

터뜨릴 수 없는 비명 대신 '정령'의 눈에서 피눈물이 왈칵왈칵 넘쳐났다.

"나도 끼워줘~!!"

한쪽 날만 남은 《우르가》를 내팽개친 티오나가 언니와 가레스에게 합류했다.

빛의 채찍을 직접 움켜쥐고, 줄다리기라도 하는 양 혼신의 힘을 더했다.

안구에서 밀려나오는 온갖 체액.

녹색에서 거무죽죽한 적자색으로 변하는 '정령'의 얼굴.

피부를 태우는 벼락의 절규를 무릎꿇리듯, 제1급 모험자들은 찢어지는 기합성을 터뜨려댔다.

""""우워어어어어어어어어어어어어어어어어어어어어어어어어어어어어어어어어어어!!""""

다음 순간, 와그작.

'정령'의 목이 몸통에서 분리되었다.

힘을 잃은 두 팔이 축 늘어지고, 눈을 까뒤집은 머리가 허공으로 치솟았다.

떨어져나간 목의 단면에서는 어마어마한 선혈이 간헐천처럼 솟구치고, 거대 소의 하반신이 힘을 잃듯 무너졌다.

모험자들 또한, 팟 흩어지는 빛의 채찍과 함께 바닥에

쓰러졌다.

"……후욱— 후욱—……!!"

아마조네스 자매가 손가락 하나 움직이지 못하고 있는 가운데, 드워프가 혼자 천천히 일어났다.

거칠게 숨을 몰아쉬며, 경련을 되풀이하는 '데미 스피리트'의 거구를 향해 발끝을 돌렸다.

"——마무리일세."

질주한다. 뇌를 잃어 행동불능에 빠진 적의 육체로.

발을 멈추지 않은 채, 대검으로 변한 《우르가》를 주워들며 미궁의 잔해를 부수고, 대도약.

몬스터의 머리 위, 피분수가 끊어진 '정령'의 상반신으로 낙하하며—— 마무리 일격을 내리꽂았다.

"먼지나 돼라아아아아아아아아아아아아아아아아아아아아아아아아아아아아아아아아아아아아!!"

폭산.

상반신의 '마석'이 부서진 순간 '데미 스피리트'의 거구가 방대한 재로 변해 흩어졌다.

마지막 수직 일격이 바닥판까지 갈라놓았다.

치솟은 재가 커다란 안개를 만들었다.

메아리치던 파쇄음이 사라졌을 무렵, 안개 속에서 그림자 하나가 걸어 나왔다.

© Kiyotaka Haimura

재로 이루어진 안개를 빠져나온 드워프 대전사는, 어린 아마조네스들에게 돌아왔다.

움직이지 못하는 쌍둥이 자매를 좌우 어깨에 하나씩 짊어지고, 옮기기 시작했다.

"……가레, 스……."

"말하지 마라, 티오나. 우리가 힘이 다하기 전에 탈출하도록 기도나 하고."

"내, 우르가도…… 가져다, 줘……."

"무리일세. 포기하게."

"아~ 또 빚 늘어나겠네…… 티오네에…… 도와줘……."

"웃기지, 마…… 나가, 죽어……."

"역시 자네들은 안 죽을 것 같구먼."

모두가 온몸이 너덜너덜해진 채.

제1급 모험자들은 '정령'의 잔해가 피어나는 대형 홀을 빠져나왔다.

🔥

"【디오 튀르소스】!"

피르비스의 완드에서 뿜어져 나간 번개가 몬스터의 무리를 불태웠다.

적이 일소된 통로를 수많은 발이 달려 나갔다.

"레피야, 아직 멀었어?!"

"이제 거의 다, 거의 다 왔을 거예요⋯⋯!"

부상자를 부축하는 아키의 목소리에 레피야가 땀을 뻘뻘 흘리며 대답했다.

탈출을 시도하는 파티 본대는 거의 한계를 맞고 있었다. 거듭되는 몬스터와 자객의 습격이 원인이었다.

막바지에 이르러 추격에 혈안이 되었음을 알 수 있었다.

"'문'이 닫히지 않는걸. 합류하기 전에는 그렇게 열심히 열리고 닫히고 하더니⋯⋯!"

"적 쪽에도 뭔가 계산착오가 생긴 것 같지 말임다⋯⋯ 뜨악?!"

손에 든 버클러와 장검으로 공격을 막아내며 아키와 라울이 숨을 헐떡였다. 그들의 추측대로 적은 【로키 파밀리아】가 보는 앞에서 '열쇠'를 사용하거나 하지는 않았다. 마치 빼앗길 것을 무엇보다도 두려워하는 것처럼.

그들은 모르는 일이었지만, 이때 '데미 스피리트'가 크노소스에 막대한 피해를 주는 바람에 바르카는 완전히 이성을 잃어버린 상태였다. 미궁을 조종할 수 있는 유일한 브레인이 착란에 빠져 이제까지 했던 것 같은 원격조작은 불가능해진 것이다.

미궁의 은총을 충분히 누리지 못하는 이블스의 잔당들은 몸을 바쳐 【로키 파밀리아】를 막으려 했다.

'가레스 씨네가 아직 오질 않고 있어⋯⋯! 길에 표시는 남겨놨지만⋯⋯!'

몇 번이고 돌아보는 레피야의 얼굴에도 조바심이 배어 나왔다.

대열 제일 뒤와 중간 정도에서 호위하는 베이트와 아이즈가 적에게 붙들리지 않도록 분전하지만, 그것도 앞으로 얼마나 버틸까. 많은 부상과 피로에 무릎이 꺾이려 하는 단원들이 속출했다.

"——아! 레피야!!"

"네?!"

갑자기 옆길에서 나타난 식인꽃의 무리.

누군가가 근처의 '문'을 열었는지, 트랩으로 남겨놓았던 식인꽃이 잔당들을 짓밟으며 달려들었다.

'아차——?!'

레피야의 '병행영창'도, 피르비스의 장벽마법도 이미 늦었다. 아이즈의 '바람'에 반응해 정면에서 밀려드는 괴물의 대군에 레피야는 눈을 감았다.

"【윈 핌불베트르】!"

그러나 절대영도의 백색 폭풍이 이를 가로막았다.

몬스터의 무리를 얼려버리는 포격이 터져 나온 것이었다.

"어……."

"달려라, 레피야!"

리베리아였다.

통로 저편에서 새로운 주문을 영창하기 시작한 마도사를 보고, 한순간 넋이 나갔던 레피야는 피르비스에게도 떠밀려 구르듯이 달려 나갔다.

바닥에 전개된 리베리아의 매직 서클을 지나자, 그곳에는 동료들의 귀환을 기다리는 모험자들의 모습이 있었다.

"부상자를! 어서!"

"밖으로 옮기자! 서둘러!"

아리시아를 비롯한 동료들이 넋을 놓은 단원들에게 손을 내밀며 억지로 끌어당겼다. 부상자를 짊어지고 일제히 밖으로 옮긴다.

"이건……."

"잘했다, 레피야. 네가 남겨준 지팡이가 이정표가 되었다."

단원들이 잇달아 나타나는 통로에서 멍하니 서 있던 레피야에게, 포대가 되어 적을 밀어내던 리베리아가 얼굴도 보이지 않고 웃음을 지으며 말했다.

광범위하게 매직 서클을 전개했던 리베리아는 '마보석'의 희귀한 마력을 감지하고 레피야가 남긴 메시지를 수신했다. 그렇게 발견한 출입구를 통해 미궁 내부로 침입하고, 구조를 단행한 것이다.

"리베리아!"

"아이즈, 무사한가!"

"가레스랑 티오나, 티오네가 아직, 돌아오질 않아……!"

"적은 통제가 되질 않고 있다. 지금이 구해낼 기회다. 움직일 수 있는 사람을 모아 데리러 가라. 한계까지 버텨볼 테니!"

"응!"

"망할 할망구, 나도 간다!"

잇달아 리베리아 일행과 합류하는 단원들 속에서, 응급처치를 재빨리 마친 아이즈와 베이트, 여기에 라울과 아키까지 구출대에 더해졌다. 넋을 놓고만 있던 레피야도 황급히 그들을 따라 행동을 함께 하려 했지만,

"레피야, 너는 지상으로 돌아가라."

"자, 잠깐만요, 리베리아 님! 저는 아직 움직일 수 있어요! 여기서 같이……!"

"마인드가 바닥난 주제에 무슨 소릴 하느냐. 나도 여력이 별로 남지 않았다. 탈출할 수 있는 자부터 어서 탈출해!"

극대마법에 따라 매직 서클 전개를 남발하던 리베리아의 비취색 머리카락은 땀에 젖어 이마에 달라붙어 있었다. 【정유(精癒)】 어빌리티 덕에 마인드가 자연회복될 텐데도, 소모를 따라잡지 못할 만큼 소비가 극심한 것이다.

"레피야."

"……네!"

피르비스에게 팔을 붙들려 레피야는 입술을 깨물고 고개를 끄덕였다.

구조 최전선을 이탈해, 다른 단원들이 그야말로 흉벽이 되어 지켜주는 외길을 따라 달려나갔다.

마지막 계단을 다 오른 후, 숨을 헐떡일 정도의 질주를 거듭해, 얼음이 녹아내리는 출입구를, 넘어섰다.

"……아아."

쓰러진 동료들을 옮기는 단원들.

중상을 입은 두령의 모습에 오가는 노성과 비명.

한 발 늦어 **숨이 끊어져버린** 전우에게 흘리는 눈물.

【파밀리아】에게 심대한 피해를 가져다준 인조미궁에서 레피야 일행은 큰 대가를 지불하고, 탈출했다.

🐾

"망할…… 놓쳤어, 빌어먹을, 놓쳤다고오…… 핀……!"

여자, 바레타는 혼자 미궁 안을 배회하고 있었다.

몬스터를 끌어들이는 '가루'를 암살자들의 **피**로 씻어낸 온몸은 중상자처럼 새빨갛다.

놓친 사냥감에 집착한 그녀의 분노는 그칠 줄을 몰랐다.

"——어서, 서둘러요! 이 소리는, 다들 근처에서 싸우고 있는 거예요!"

"……아앙?"

그런 바레타의 시야를 가로지른 것은, 죽어가는 파티였다.

한쪽 팔을 잃은 사람, 자폭에 말려들어 화상을 입은 사람, 치유되지 않는 부상에 눈물을 흘리며 괴로워하는 사람. 언제 죽어도 이상하지 않을 자들이 아직도 목숨을 부지한 것은 안경을 낀 저 힐러 소녀 덕일 것이다. 부상자를 부축하며, 피에 젖은 얼굴로 격려를 거듭하는 그 모습은 바레타가 보아도 아름다웠다.

꿋꿋하고, 헌신적인, 생명의 광채가 있었다.

"리네…… 이젠, 됐어…… 날 두고, 얼른 가."

"힘내세요, 얼마 안 남았어요! 조금만 더 가면 우린 살 수 있어요!"

그러므로 바레타는 어두운 기쁨에 잠길 수 있었다.

지금부터 할 일은 분명 그 원수의 낯을 일그러지게 만들겠지.

저렇게나 아름다운 생명의 광채를 '짓밟는다'는 것은, 아아, 이 얼마나——.

"히히."

혀로 입술을 핥으며 유귀처럼 소리도 없이 다가선다.

"히히히."

피에 젖은 오버코트에서 꺼낸 것은 한 자루의 단검.

붉고 붉은, 섬뜩한 원념이 담긴 '저주'의 칼날.

"야, 너희. 【로키 파밀리아】 맞지?"

여자는 입술을 틀어올리며 소녀들 앞에 나타났다.

"당신은——."

소녀의 눈에, 흉흉한 웃음과 허공으로 올라가는 단검이

비쳤다.

트릭스터 엠블럼이 피에 물들었다.

⊡

솟아오르는 붉은색.

눈꺼풀 안쪽을 물들인 진홍색이 정신을 차렸다는 신호
가 되었다.

"……큭."

힘차게 뜨인 눈이 마석등의 희미한 조명에 자극을 받아
다시 감겼다.

시야가 어두워진 순간 기분 나쁜 꿈의 잔재가 손을 뻗으
며 밀려들었다.

구역질이 날 정도로 선명한 붉은색에서 멀어지고자 다
시 눈을 억지로 뜨려 했다.

"깼나?"

곁에서 들려온 목소리가 그런 꿈에서 몸을 끌어내주었다.

더할 나위 없는 피로감과 싸우며 핀은 천천히 눈을 떴다.

"……리베리, 아…… 여긴?"

"【디안 케흐트 파밀리아】의 치료원이다. '커스'를 푼 후
병상을 빌리고 있지."

이제 막 눈을 뜬 머리에는 그런 단순한 설명이 편했다.

리베리아 자신도 몸에 두른 성의가 아직 지저분했다. 간단한 치료만을 마치고 이 자리에 있어준 것이리라.

"아미드에게, 그리고 임기응변을 발휘한 단원들에게 감사해라. 아슬아슬했다더군."

흰색을 베이스로 한 청결한 실내조차 지금 핀의 눈에는 눈부시게 비쳤다.

초점이 맞을 때까지 한동안 천장을 올려다보던 후……무언가에 떠밀리듯 시트를 젖히고 일어나려 했다.

"핀, 움직이지 마라. 누워 있어."

"…………."

"왜 내가 여기 있는지 알겠나? 너를 이곳에 묶어놓기 위해서다."

"…………."

"냉정해져라. 지금 너는 가면을 쓰지 못하고 있어."

"……미안해."

리베리아가 이마에 손가락을 대고 가볍게 떠밀기만 했는데도 핀은 침대에 쓰러져버렸다.

모든 것을 꿰뚫어 보고 나무라는 오랜 지기에게 조용히 사과했다.

"상황은……?"

"아이즈와 베이트는 '다이달로스 거리'에서 철수할 준비를 하고 있다. 지금쯤 이미 완전히 떠났을지도 모르지."

"가레스는……?"

"가레스, 티오나, 티오네는 무사히 회수했다. 우리가 미궁에서 탈출한 후, 현재까지 확인했던 미궁의 모든 '문'이 닫혔다. 적의 추격은 없었고."

"……피해는?"

목구멍에서 밀려나온 핀의 목소리는 병에 걸린 어린아이처럼 바짝 말랐다.

이마에 땀을 맺으며 조용히 캐묻는 목소리에, 리베리아는 처음으로 표정을 무너뜨렸다.

살짝, 눈을 내리깔며.

"사망자가 나왔다. 행방불명자를 포함해 7명…… 로이드, 클레아, 안주, 리자, 칼로스, 레밀리아…… 그리고 리네."

"니 다친 데는 이제 괜찮나, 가레스?"

걸어오는 가레스의 모습에, 야경을 바라보던 로키의 뒷모습이 물었다.

"그래. 이젠 문제없지."

"가레스는 마 튼튼하니께."

그곳은 '다이달로스 거리'를 내다볼 수 있는 건물의 옥상이었다.

옥상 가장자리에서 대롱대롱 한쪽 발을 흔들며, 주황색 머리카락의 여신은 어둠에 잠긴 미궁거리에 시선을 고정시키고 있었다.

이쪽을 돌아보려고도 하지 않는 주신의 곁에 가레스는

말없이 나란히 섰다.

"핀도 조금 전에 정신을 차렸다더군."

"그래? 잘됐구마."

"로키."

"응~?"

"미안하다."

"…………."

"그 녀석들을 죽게 하고 말았다."

두 사람 모두 시선을 마주하지 않았다.

"……이럴 때는 말이제─. 아직도 머라 리액션을 해야 좋을지 모르겠데이. 가레스 니나 애들하곤 달라서, '마 평생 몬 보는 것도 아인데' 하고 깨는 소리 할라 카는 심정이 어딘가 있구마."

"그렇구먼."

"근데 가슴 만졌을 때 반응이라든가, 엉덩이 쓰다듬었을 때 화내던 얼굴 같은 건 그때 그 얼라들만의 거고…… 머랄까, 그래, 첫사랑 상대인 여자애가 사라져삔 거 같은 기분이데이."

"그렇구먼."

두 사람 모두 앞만을 보았다.

"나는 언제든, 가버린 녀석들과 더 술을 많이 마시지 못했던 것을 후회하지."

"그래…… 그렇구마. 술도 쫌 더 마이 마시고 싶었데이."

그저 시야에 펼쳐진 어둠을 험악한 눈으로 노려보고만 있었다.

"우리의 패배다. 오리할콘 '문' 탓에 제대로 미궁 속을 나아가지도 못했어. 다시 한 번 도전해봤자 결과는 뻔하지."

"거길 공략할라 카면 말 그대로 '열쇠'가 필요할기라."

아지트의 정체는, 난공불락의 대미궁.

자유로이 크노소스를 나아갈 수 없는 지금 상황에서는 공략의 실마리가 존재하지 않는다.

도시에 파멸을 가져오는 재앙의 '알'을 눈앞에 두고도, 【로키 파밀리아】는 진격을 중지할 수밖에 없었다.

"한동안은 정보하고 '열쇠'를 찾아야겠구마. 그넘아들 입김이 닿을 거 같은 곳 전부 다 뒤져가꼬, 철저히 조사해야 쓰겠데이."

"음."

"아나, 반성 끝. 이제부턴 리벤지 준비데이."

일어나서 팡팡 옷을 턴다.

가레스를 데리고 몸을 돌린 로키는, 떠나가며 다시 한 번 미궁거리를 바라보았다.

"기다리그라, 문디 자슥들—— 이제부턴 마 전쟁인기라."

분노의 신위를 터뜨린다.

눈을 크게 뜬 얼굴로, 신은 인조미궁에 재도전할 것을 맹세했다.

【로키 파밀리아】는 '다이달로스 거리'에서 철수했다.

절망한 자는——

Гэта казка іншага сям'і.

Пажадана сур'ёзна; рабіць гэта

© Kiyotaka Haimura

지하에 숨겨진 크노소스에서 벌어진 교전 따위 눈치챈 자도 없어, 아무에게도 알려지지 않은 채 아이즈 일행은 패주한 것이다. 적지 않은 피해와 희생자를 내고.

　크노소스에서 되찾을 수 있었던 시신은 도시 남동쪽 구역에 있는 '제1묘지'——'모험자 묘지'에 매장되었다. 과거에 목숨을 잃었던【로키 파밀리아】선배들의 묘비, 그 옆에 나란히 이름을 함께 했다. 희생된 이들과 교류가 깊었던 단원들과 함께 티오나, 티오네, 레피야는 눈물을 흘렸다. 금발금안의 소녀는 이럴 때에도 눈물을 흘리지 않는 자신에게 혐오감을 품으면서 꽃을 바치고 동료들의 명복을 빌었다.

　처음으로 동료의 죽음을 접한 단원은 적지 않아, 많은 이들의 슬픔과 함께 마음의 상처를 입었다.

　그리고 그 이상의 분노를 느끼며, 크노소스에 도사린 마물들에게 설욕할 것을 맹세했다.

　패주의 영향이 꼬리를 끌어, 단원들 사이에서는 '어떤 갈등'이 일어나기도 했지만【로키 파밀리아】는 금세 일상으로 돌아갔다.

　그리고 시간이 흘러, 크노소스 도주로부터 사흘이 지난 밤.

　"하아~ 아지트를 아는데도 몬 쳐들어간다 카는 기 답답해서 미치겠구마."

홈 '황혼관'의 중앙탑.

최상층에 마련된 자신의 신실에서 로키는 버릇없이 책상에 다리를 얹고 있었다.

말 이상으로 험악한 분위기를 풍기며 허공을 노려본다.

"그건 그렇다 캐도 크노소스의 '열쇠'라. 찾을라 캐도 단서가 엄꼬…… 역시 그넘들하고 결탁한 이슈타르네를 족칠 수밖에 없는 거가……?"

움직일 수 있는 전력을 가늠해보며 로키가 눈을 가늘게 뜬, 그때였다.

불온한 술렁임이 들려온 것은.

"……머고?"

의자에서 몸을 내민 로키는 문득 보인 창밖의 경치에 벌떡 일어났다.

창가에 다가선 후, 눈을 크게 뜨고, 활짝 열어젖힌 창문을 통해 곡예사 같은 몸놀림으로 나갔다.

눈 깜짝할 사이에 탑 꼭대기에 오른다.

그녀가 바라본 방향은 도시 남동쪽, '환락가'.

"환락가가…… 불타는 거가?"

어둠이, 지상의 불길에 비쳐 붉게 물들었다.

로키와 마찬가지로 이 사태를 알아차린 일반인들이 수없이 길 한복판에 모여서 환락가 방향을 가리키고 있었다. '황혼관'에서도 단원들이 경악해 창문에서 얼굴을 내밀고 있었다.

신의 코가 냄새 맡은 것은, 전쟁의 기척.

이것이 단순한 사고가 아님을 로키는 깨달았다.

"항쟁이가? 환락가를 근거지로 삼은 이슈타르를, 누가 쳐들어간 거가?"

【이슈타르 파밀리아】는 오라리오에서도 손꼽히는 대형 파벌이다.

보유한 전력은 물론이고 '밤의 거리'까지도 관장하는 미신에게 앞뒤 가리지 않고 쉽게 싸움을 걸 수 있는 사람은 없다.

그야말로 자신을 포함해, 극히 한정된 자를 제외하고는.

"그런 짓을 할 바보는—— ."

여기까지 말하려던 로키의 뇌리에 떠오른 것은.

단 한 명의 신밖에 없었다.

"설마…… 프레이야가?"

눈을 크게 뜬 로키의 얼굴이 순간 벌레 씹은 표정으로 바뀌었다.

이슈타르가 공공연히 눈엣가시로 삼았던 한 여자. 틀림없다.

혀를 차며, 로키는 소동이 들려오는 환락가의 하늘을 노려보았다.

"그 바보가 움직였구마……."

"서, 설마……?!"

주위를 에워싼 불길, 비명, 그리고 쳐들어오는 적의 그림자.

궁전의 발코니에서 몸을 내민 이슈타르는 혼란에 빠졌다.

환락가로 쳐들어오는 것은 다름 아닌 【프레이야 파밀리아】.

——이쪽에서 개전하기를 기다리지 않고, 저쪽이 먼저 쳐들어와?

——예고도 없이, 부조리할 정도로, 포악할 정도로!

가증스러운 상대를 치기 위해 수많은 준비를 거듭했던 이슈타르는 그러한 계획이 완전히 와해되는 소리를 들었다.

'아직 멜렌에 있는 칼리에게 원군을……! 안 돼, 원래 이쪽이 쳐들어갈 때 상대의 홈을 협공하기로 돼 있었는데 이제 와서 신호를 보낸다고 제때 와줄 리가 없어! 그럼 '다이달로스 거리'로 도망쳐서 '하늘의 황소'를………… 아, 아, 앗, 아아아아아아아아아아아아아아아아아?! 웃기지 말라고 그래! 지금 와서는 당연히 무리잖아아아!!'

프레이야 타도를 위해 짜냈던 모든 계획은 이슈타르 측의 침공이 전제였다. 멜렌에 있는 【칼리 파밀리아】에게 원군을 청하는 것도, 크노소스로 도망치는 것도, 침공을 당해 환락가가 포위당한 지금은 이미 때가 늦었다.

이미 늦었다. 속수무책이다.

적의 세력이 이렇게 신속한 침공에 나선 시점에서, 자신

의 【파밀리아】는──

"프레이야……?!"

손가락이 파고들 정도로 발코니 난간을 꽉 움켜쥔 음도
의 여왕은 눈에 핏발을 세우며 증오 어린 목소리로 중얼거
렸다.

"방해하는 아이들은 모두 해치워버리렴."

그리고 환락가의 대로.

격렬한 전장 한복판을 유유히 나아가는 은발의 미신은
똑바로 궁전을 향해 걸었다.

"이슈타르는 성질이 급하지만 바보는 아니야. 교활하고,
신중하고, 승산이 없으면 결코 싸움을 걸지 않는 신. 불온
한 움직임이 있었다면 무언가 숨겨놓은 카드가 있었겠지
만……."

자신의 권속과 전투창부들이 주위에서 연주하는 격렬한
전투의 음향 속으로 프레이야는 독백을 녹이며 고개를 들
었다.

은색 눈동자가 꿰뚫어 본 곳은 발코니에서 몸을 내민 갈
색의 미신.

프레이야는 상대의 미모가 얼어붙을 정도로 싸늘한 절
대영도의 미소를 머금었다.

"소용없어."

진정한 여왕은 여기에.

자신의 사냥감, 자신의 남자에게 손을 댄 자에게, 여신은 하늘의 분노를 능가하는 격렬한 업화로 음탕의 도시를 태워버리고자 했다.

방관, 전율, 유린.
저마다 다른 행동을 보인 여신들은 동시에 공통된 마음을 품고 있었다.
이 소동은 예정조화처럼 미리 마련되어 유도된 것이라고.
로키는 혼자 떠올렸다.
기억 속에 남은, 어떤 남신의 웃음을.

간음의 도시가 타오른다.
울려 퍼지는 비명과 절규, 쓰러져가는 아마조네스들. 도시 남동쪽 구역에 펼쳐진 환락가가, 발키리의 엠블럼을 단 모험자의 집단에게 눈 깜짝할 사이에 유린되었다.
붉은 불똥이 피어오르는 가운데, 그 광란의 광경을 보며 눈을 가늘게 뜨는 신이 있었다.
"그래서 어디까지가 계산이셨는지요?"
등 뒤에 선 종자—— 아스피 알 안드로메다의 물음에 주신 헤르메스는 입술을 틀어 올렸다.

얼버무리기만 할 뿐 신의를 드러내지 않는 주신에게 아스피는 질문을 거듭했다.

"불온분자의 궤멸이 목적이었습니까?"

로키, 디오니소스와의 수사선상에서 이름이 드러난 이슈타르를, 헤르메스는 즉시 **처리**했다.

그녀의 지나친 질투와 폭주가 오라리오의 전복으로 이어지리라 판단했기에.

중립 파벌로서의 관계성, 이슈타르가 가진 프레이야에 대한 적개심, 그리고 프레이야의 '보물', 그러한 모든 것들을 이용해 암약했던 것이다.

남신이 뿌린 씨는 멋지게 꽃을 피웠다.

이렇게나 형형하고 커다란 불꽃이 되어.

"아니면 오락 때문에? 아니면…… **시련**입니까?"

핵심을 묻는 질문에.

헤르메스는 대답하지 않고 그저 웃었다.

"인간도, 신들도…… 저런 계집아이도 원하지. 누구나 다."

붉게 타오르는 환락가를.

격렬한 충돌이 일어나는 항쟁의 광경을.

그중에서도 홀로 싸우고 있는 한 소녀를.

모든 것을 내다보며 신은 말했다.

"세상은 '영웅'을 원하고 있어."

남은 '3대 퀘스트'중 하나, 애꾸눈 흑룡.

이에 견줄지도 모르는 위협 —— 폭로된 '더럽혀진 정령'.

모든 원흉인 던전을 제쳐놓고서, 도시에 준동하는 어둠이 지금 파멸의 발소리를 바로 곁에서 울리고 있다.

밀려드는 위기를 앞에 두고 헤르메스는 단언했다.

"그래, 장기짝이 부족해. 비장의 카드, 조커가 필요해."

신의 목소리가 불똥과 함께 바람에 휩쓸리는 가운데.

온 도시의 눈이 불타는 환락가에 모여들었다.

"어둠을 불식할 새하얀 빛이."

암흑에 잠긴 미궁거리에서, 어둠의 주민들이 보내는 안광이.

"선택받은 자들을 구할 종소리가."

도시 북부에 우뚝 솟은 탑에서 금발금안의 소녀들이 보내는 시선이.

"언젠가 '약속의 시대'를 짊어질 최후의 영웅이."

모든 시선이, 전사들이 산성(産聲)을 터뜨리는 전장으로 모여들었다.

신은 예고하듯, 불확실하게, 애매하게, 독선에 가득 차, 그리고 절망의 울림을 띤 그만의 신탁을 늘어놓았다.

"세상이 바라는 비원을 위해…… 나는——."

소속	로키 파밀리아		
종족	드워프	직업	모험자
도달계층	59계층	무기	도끼, 해머, 대검
소지금	66,450,000발리스		

Status Lv.6

힘	S997	내구	S996
기교	D564	민첩	E489
마력	H117	권타	E
마력방어	E	내성	G
파쇄	H	견고수비	H

마법	어스레이드	·지파(地破) 마법. ·'힘' 어빌리티 수치의 효과 영향. ·지면 위가 아니면 발동 불가.

스킬	드베르그 인핸스	·'힘'에 높은 보정.
	아르디갈레아	·'내구'에 높은 보정. ·공격마법에 대한 내성 강화.

장비	그랜드 액스

·대형 배틀액스. 가레스의 주무장.
·[헤파이스토스 파밀리아]의 츠바키 콜브랜드가 제작. 45,000,000~(가격변동).
·가레스와 '직접계약'을 맺은 마스터 스미스 츠바키 콜브랜드가 파격적인
 가격에 제공해주는 제1등급 무장.
·작품이 사용자의 괴력에 견디지 못하고 부서질 때마다 츠바키는 분통하
 게 여기며 더 강력한 배틀액스를 만들어 가레스에게 떠넘기고 있다.
·츠바키와의 계약(명령)에 의해 가레스는 그녀의 작품 이외의 무기를 쓸
 수가 없다.

장비	액스 롤랑

·뒤랑달(불괴속성).
·츠바키가 만든 시리즈 《롤랑》 중 하나.
·형상은 배틀액스. 위력은 《그랜드 액스》와 비교해 몇
 단계 떨어진다.
·110,000,000발리스.

© Kiyotaka Haimura

GARETH LANDROCK

© Kiyotaka Haimura

후기

　이번 권을 집필할 때는 전에 없던 위기를 겪었습니다(아마도).

　당초 작가의 마음속에서 이 외전 7권은 본편 7권의 이면, 환락가에서 아침에 돌아오게 된 본편 주인공의 모습을 그릴 예정이었습니다.

　외전 주인공인【검희】와 그녀의 동료들이 미궁거리에 흘러든 본편 주인공과 맞닥뜨려, 환락가의 사향 냄새에 엘프 히로인의 분노가 폭발하고, 술래잡기에 조난에, 그러저러해서 단둘이 남은 주인공들. 창부와의 우물우물로 오해하고 서먹서먹해지면서도 검희와 토끼는 러브코미디를 연출하고, 스킬(행운)과 영웅담의 지식으로 적 본거지의 수수께끼를 풀고, 엘프 히로인과 일당은 아지트에 잠입하는 데 성공하며, 검희와 토끼는 괴인과 조우해 첫 공동전투를 벌이고, 이러저러해서 본편 히로인 일행을 제쳐놓고 인명구조 명목으로 첫 키스를 해버리는 주인공들…… 뭐 이런 줄거리로 망상을 해놓았습니다.

　하지만 편집자님과 회의를 거듭하는 사이에 "본편 주인공이 나오는 건 무리 아냐?" 하는 결론에 이르렀습니다. 주로 본편과 앞뒤를 맞추는 문제 때문에.

　미리 준비해둔 플롯이 사라지는 바람에 "흐게엑~?!" 비명을 지르면서도 마감은 닥쳐와, "이젠 쓰면서 생각할 수밖에 없다!"고 하여, 첫 애드리브에 도전하게 됐습니다.

그리고 고생고생하면서도 어떻게든 진행을 했습니다만, 운명의 마감 최종일.

클라이맥스를 장식할 라스트 배틀이 무려 공백.

쓰지 못한 것이 아니라, 전개의 설계도 그 자체가 떠오르질 않았습니다.

지도 없이 '모험'에 나선다는 것은 정말로 무서워서, 외전 6권 마지막에 등장시켰던 끝판왕 하늘의 황소라는 어둠의 유산을 절망의 표정으로 끄집어내봤는데…… 역시 머리를 쥐어뜯게 되었습니다.

반칙 마법을 쓸 수 있는 반칙 엘프들도 없고 용사마저 뻗어버린 가운데, 아니나 다를까 드워프와 아마조네스들만으로는 상대가 안 되어서…… 이젠 망했다, 끝났다……!

이렇게 된 이상 리스크를 감수하고 검희와 늑대인간도 전투에 가담시키는 전개로 수정을……! 하고 금지된 수법에 손을 뻗으려 했을 때, 캐릭터가 말 그대로 '망가졌습니다'.

어? '줄다리기'? 괜찮나, 이거? 이래도 되나?

그렇다기보다 드워프랑 아마조네스 조합이라니 이거 수요가 있나?

그래도 뜨거우니 뭐 괜찮을지도! 가라! 해치워버려!

우오오오오오오오오오오! 골디언 해머어어어어어어어

어어어어어!!

　……밤샘 사흘차에 돌입해 정말로 이런 분위기였습니다. 가공할 철야 텐션.

　작가는 무서워서 후반을 제대로 다시 읽지도 못했습니다. 그러니 독자 여러분의 눈으로 보기에 그렇게 잡은 것이 괜찮은지 아닌지 판단해주셨으면 좋겠습니다. 저는 '애드리브에 약하다'라는 과제를 발견한 기분이었어요…….

　그러면 사과와 감사의 인사를.

　편집부의 코다키 님, 타카하시 님, 키타무라 편집장님, 최근 외전이 고전만 해서 죄송합니다. 다음에야말로 평온하게 진행해보겠습니다. 일러스트 담당 하이무라 키요타카 선생님, 많은 적 캐릭터를 개성적으로 그려주셔서 고맙습니다. 존경합니다.

　이번에는 한정판 발매에도 맞춰 소책자 일러스트를 이카와 와키 선생님, 출장 코믹을 GANGAN JOKER에서 코미컬라이즈를 담당해주시는 야기 타카시 선생님에게 부탁드렸습니다. 일러스트도 만화판도 그려주셔서 기뻤어요. 정말 고맙습니다. 관계자 여러분께도 깊이 감사드립니다. 여기까지 읽어주신 독자 여러분께도 최대급의 감사를.

　본편은 가슴 아픈 장면도 넣어야 하고, 그것도 함께 맞물려 고생했습니다만 다음 권은 그러기 위해서라도 늑대인간 이야기로 하고 싶습니다. 해야만 합니다. 츤데레라는 말로 때울 수 있을지 모르는 그가 포효를 질러주기를 기도

하면서 다음 권에 다시 만날 수 있기를 바랍니다.

　여기까지 읽어주셔서 감사합니다. 그러면 실례하겠습니다.

오모리 후지노

DUNGEON NI DEAI WO MOTOMERU NOWA MACHIGATTE IRU DAROKA
GAIDEN SWORD ORATORIA 7
Copyright © 2016 by Fujino Omori
Illustrations Copyright © 2016 by Kiyotaka Haimura
Original Characters Designed by Suzuhito Yasuda
All rights reserved.
Original Japanese edition published in 2016 by SB Creative Corp.
Korean translation rights arranged with SB Creative Corp.
through Eric Yang Agency Co., Seoul.
Korean translation rights © 2017 by Somy Media, Inc.

**던전에서 만남을 추구하 면 안 되는 걸까 외전
소드 오라토리아 7**

2017년 4월 8일 1판 1쇄 인쇄
2017년 4월 14일 1판 1쇄 발행

저   자 오모리 후지노
일 러 스 트 하이무라 키요타카
캐릭터 원안 야스다 스즈히토
옮 긴 이 김민재
발 행 인 유재옥
본 부 장 조병권
담당편집자 정영길
편   집 권오범 김다솜 김민지 박찬솔 정영길 조찬희
라이츠담당 오유진
디 지 털 홍승범
발 행 처 ㈜소미미디어
등   록 제2015-000008호
주   소 서울시 마포구 토정로 222, 403호 (신수동, 한국출판콘텐츠센터)
판   매 ㈜소미미디어
마 케 팅 박지혜
전   화 편집부 (070)4164-3962, 3963 기획실 (02)567-3388
             판매 및 마케팅 (070)4165-6888, Fax (02)322-7665

ISBN 979-11-5710-872-5 04830
ISBN 979-11-5710-021-7 (세트)

소미미디어 S 노벨 시리즈

고교생 마왕의 결단 1

그리하여 불멸의 레그날레 1

나선의 엠페로이더 1

나의 용사 1~2

나이트워치 시리즈 1~3

내 인생에는 심각한 버그가 있다 1

내 천사는 연애 금지! 1~2

냉장고 속에 나타난 그것(?!)이 나의 잠을 방해하고 있다 1

넥스트 헤이븐 1

데스 니드 라운드 1~3

돌아온 용사 야마기 하루토 1

뒷골목 테아트로

록 페이퍼 시저스 1

말캉말캉 츠키타마 1~3

메이드 카페 히로시마 1

메이지 오블리주 1

롬니아 제국 흥망기 1

미남고교 지구방위부 LOVE! NOVEL 1

미소녀가 너무 많아 살아갈 수 없어 1~2

바람에 흩날리는 브리건딘 1~3

밤의 공주 1

배리어블 액셀 1

백은의 구세기 1~3

불교학교에 오신 것을 환영합니다 1

선생님, 틀렸어요. 1

성검의 공주와 신맹기사단 1~2

성흑의 용과 화약 의식 1

세븐스 홀의 마녀 1

소환주는 가출 고양이 1

수국 피는 계절에 우리는 감응한다

스타더스트 영웅전 1

스트라이프 더 팬저 1

시간의 악마와 세 개의 이야기 1

신탁학원의 초절자 1

아오이와 슈뢰딩거의 그녀들

아카무라사키 아오이코의 분석은 엉망진창 1

아크9 1~2

앨리스 리로디드 1~2

여름의 끝과 리셋 그녀

연애 히어로 1

영겁회귀의 릴리 마테리아 1

용을 죽인 자의 나날 1~5

인피니티 블레이드 1

잿더미의 카디널 레드 1~2

첫사랑 컨티뉴 1

친구부터 부탁합니다

클레이와 핀과 꿈꾸는 편지 1

키스에서 시작되는 발키리 1

7인의 미사키 1

건소드, EXE 1

검신의 계승자 1~6

검은 영웅의 일격무쌍 1~5

격돌의 헥센나하트 1

굿 이터 1~2

그 대답은 악보 속에

기계 장치의 블러드하운드

나와 그녀와 그녀와 그녀 1~2

닌자 슬레이어 1~3

대마왕 자마코씨와 전 인류 총 용사

두 번째 인생은 이세계에서 1~3

래터럴 ~수평사고 추리의 천사~

랜스&마스크 1~5

모노노케 미스터리 1

모브코이

백련의 패왕과 성약의 발키리 1~4

부유학원의 앨리스&셜리 1~2

부전무적의 버진 나이프 1

사랑이다 연심이다를 단속하는 나에게 봄이 찾아왔기에 무질서 1

사이코메 1~6

생보형님

수목장

슬리핑 스트레거 1~3

시스터 서큐버스는 참회하지 않아 1~3

신안의 영웅제독 1~2

아키하라바 던전 모험기담 1~3

여기는 토벌 퀘스트 알선 창구 1~2

오컬틱 나인 1~2

요괴청춘백서

용사와 마왕의 배틀은 거실에서 1~3

한 바다의 팔라스 아테나 1

던전에서 만남을 추구하면 안 되는 걸까 외전 소드 오라토리아

7

오모리 후지노 — 지음
하이무라 키요타카 — 일러스트
야스다 스즈히토 — 캐릭터원안
김민재 — 옮김

"우리가 단장님을 구해야 해! 아이즈나 가레스 씨가 아니고, 우리가! 우리밖에 없다고!"

◆초판한정◆
스페셜 책갈피
일러스트 트럼프 증정

"안녕히, 【로키 파밀리아】. 좋은 악몽을 꾸길."

항구도시 멜렌에서 단서를 얻은 【로키 파밀리아】는 미궁거리 '다이달로스 거리'를 조사하기 시작했다. 적의 아지트를 밝혀내고, 마침내 이블스의 잔당을 몰아붙이려는 아이즈 일행. 그러나──.

"'인조미궁 크노소스'…… 시조님께서 만드신 걸작의 초석이 되거라."

전에 없을 정도로 강렬한 어둠의 망집이 이빨을 드러낸다. 저주 받은 혈족, 용사에 대한 악연, 모습을 드러내는 마지막 사신, 그리고 돌아온 붉은머리 괴인.

'악'의 소굴이 지금 아이즈 일행에게 최대의 위기를 가져온다.

이것은 또 다른 권속의 이야기,

──【소드 오라토리아】──

Copyright © 2016 Fujino Omori
Illustrations © 2016 Kiyotaka Haimura
SB Creative Corp.

Snovel

던전에서 만남을 추구하면 안 되는 걸까 외전
소드 오라토리아 소책자 특별 한정판
7

오모리 후지노 지음
하이무라 키요타카 일러스트
야스다 스즈히토 캐릭터원안
김민재 옮김

"우리가 단장님을 구해야 해! 아이즈나 가레스 씨가 아니고, 우리가! 우리밖에 없다고!"

◆소책자 한정판◆
스페셜 책갈피
일러스트 트럼프
한정 소책자 증정

"안녕히, 【로키 파밀리아】. 좋은 악몽을 꾸길."

항구도시 멜렌에서 단서를 얻은 【로키 파밀리아】는 미궁거리 '다이달로스 거리'를 조사하기 시작했다. 적의 아지트를 밝혀내고, 마침내 이블스의 잔당을 몰아붙이려는 아이즈 일행. 그러나──.

"'인조미궁 크노소스'…… 시조님께서 만드신 걸작의 초석이 되거라."

전에 없을 정도로 강렬한 어둠의 망집이 이빨을 드러낸다. 저주 받은 혈족, 용사에 대한 악연, 모습을 드러내는 마지막 사신, 그리고 돌아온 붉은머리 괴인.

'악'의 소굴이 지금 아이즈 일행에게 최대의 위기를 가져온다.

이것은 또 다른 권속의 이야기,
──【소드 오라토리아】──

Copyright © 2016 Fujino Omori
Illustrations © 2016 Kiyotaka Haimura
SB Creative Corp.

보석에게 사랑받는 소녀의 달콤쌉싸름한 이야기

보석을 토하는 소녀
4

나미아토 　지음
케이 　　　일러스트
김현화 　　옮김

클루의 망설임을 그린 제4막!!
특별단편 '스푸트니크 보석점의 사계절 이야기' 수록.

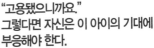

◆ 초판한정 ◆
스페셜 책갈피 2종
증정

"고용됐으니까요."
그렇다면 자신은 이 아이의 기대에
부응해야 한다.

"너. 왜 저 아이를 지키는 거야?"
대륙 동부에 위치한 평온한 도시, 리아피아트
시.
그 도시 한쪽 구석에 점원 두 사람이 일하는 아
담한 보석점이 있었다.
──'스푸트니크 보석점(주얼리 스푸트니크)'
'보석을 토하는' 소녀 클루와 그녀가 일하는 보
석점 점주 스푸트니크는 피네치카에서 돌아와
여느 때와 다를 바 없는 생활을 보내고 있었다.
그러나 클루는 피네치카에서 들은 '어떤 말'이
마음에 걸려 힘겨운 감정에 망설이게 되는데.
그리고 두 사람이 사는 마을에 낯익은 이인조가
다시 방문한다.
그들이 리아피아트에 나타난 목적은……?
보석에 사랑받은 소녀의 달콤하고 아련한 판타
지 소설!
마음을 자아내는 제4막!!

© Namiato 2016 / PONY CANYON INC., Tokyo

유령도 귀족도 물리치고—— 남자의 꿈인 내 집을 장만하라!

두 번째 인생은 이세계에서
3

마인　지음
카보차　일러스트
정선옥　옮김

헤로인은 메이드 요정?!

◆초판한정◆
포스트 카드
증정

© Mine Illustration Kabocha

"어째서 유령이 나오는 건물에서 하룻밤을 묵는 건데……제발, 돌아가자……."

파티를 위한 아지트로 삼기 위해 집을 사기로 한 렌야네 3인방. 그러나 그 집에는 아무래도 유령이 출몰한다는 불온한 소문이 있는 것 같다. 하지만 렌야는 그 유령 소동을 말끔히 해결하고 그 집을 구입, 결과적으로 땡전 한 푼 없는 빚쟁이 신세가 되고 만다. 집의 대출금을 갚기 위해, 그리고 당장 쓸 활동 자금을 마련하기 위해 렌야 일행이 애즈에게서 떠맡은 일이란, 귀족 학생의 콧대를 꺾어 놓는 것인데——. 꿈에 그리던 내 집(메이드 요정이 눌러사는)을 장만하고 자유분방함이 더욱 가속하는 대인기 이세계 판타지 제3권!

Snovel+

온실 밖의 퇴마사와 늑대인간의 이야기를 그려내는 제3권!!

재배소년 3
~퇴마사와 늑대인간의 밤~

단해, 샤야드   지음
바다달팽이, 코멧   일러스트
OWLOGE   원작

시리즈 3권 출간 기념, 작가 사인본 &
사인 일러스트 카드 증정 이벤트 개최!!

◆초판한정◆
게임 코드 쿠폰 2종
양면 일러스트 카드
증정

"걱정하지 마세요. 저는 여행자니까.
길을 서두르지 않으면 안 돼요."

퇴마사의 밤 (단해 지음)
퇴마사인 아마릴리스는 교황청의 명령으로 한국으로 온다.
흡혈귀 백일홍은 한국에서 사람과 공존하면서 살고 싶었다.
하지만 흡혈귀 옵스쿠르는 백일홍과 아마릴리스의 작지만 평온한 일상을 깨버리는데…….
늑대인간의 밤 (샤야드 지음)
망나니 신부라고 불리는 부젠은 기분을 풀기 위해 술집으로 향한다.
늑대인간인 비엔은 외로움을 잊기 위해 술집으로 향한다.
둘은 서로 다른 종족이라는 것을 모르는 채 하룻밤을 지새우는데…….
누구에게나 공평하게 다가오는 밤에
과연 퇴치하고, 퇴치당하는 사이인 그들에게 우정이 생길까?

© OWLOGUE Co., Ltd. All Rights Reserved.

슬라임 던전에서 천하를 얻고자 한다
4

사이토 지음
시이나 유 일러스트
한수진 옮김

던전의 깊숙한 곳에서 태어난 것은 무엇인가?!
황금용, 폭주!

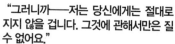

◆초판한정◆
양면 커버
증정

"그러니까——저는 당신에게는 절대로 지지 않을 겁니다. 그것에 관해서만은 질 수 없어요."

무능한 마법사 마기는 던전에서 혼자 살고 있었다.
그런데 그의 던전은 날이 갈수록 점점 북적거리게 된다.
요염한 인간형 슬라임 슬라코와
요정 시이, 소녀 스켈.
마기를 사모하는 늑대소녀 칼라와
귀족 아가씨 루크레티아,
그리고 황금용 스트로플라이!

그 무렵, 던전의 깊숙한 곳에서는
뭔가 꿈틀거리기 시작한다.
수수께끼의 슬라임과 거대한 괴물?!
세계 멸망의 위기가 닥쳐온다?!

©2015 by Saitou